<序章>

「對呀，就像妳說的，人心從來是最複雜也猜不透的東西。」秦舜曉說。

「我有這樣說過？」

「那次在北海道札幌近郊，天空一片蔚藍，還記得嗎？我們看著大草原上幾隻無憂無慮的綿羊，傻傻懵懵的，比人類簡單一萬倍，妳有感而發，便這樣說。」秦舜堯的思緒回到三年前。

「啊，是這樣嗎⋯無端提起這個，似乎你才是有感而發呢。」

「又被妳猜中，所以我常說妳是我肚子裡的蛔蟲。」

「蛔蟲好噁心，可不可以用其他比喻？怎麼，誰惹到你了？」說話的是譚慧妍，秦舜堯的妻子。他倆談話的地方，是秦的書房。裝潢是傳統英倫風。秦舜堯在倫敦King's College唸建築時，開始迷上這風格。當了建築師後，賺到錢，便把書房弄成他至愛的模樣，甫進房間，幾排從地板到天花、上面放著建築書籍和各種中英文小說的深木色書架，即時影入眼簾。這些書是他的瑰寶，有時晚上拿著杯紅酒，就這樣呆望著大書架，可以坐上一整個小時。

妻子極少進來，久不久會說：「書架都擠滿了，不看的書就送人吧。」秦總是裝作沒聽見。

這晚秦舜堯也是獨自喝著紅酒，他望望錶，晚上十一時十五分，與妻子談話已差不多三小時了。

「不就是那個地產商發展部經理Stephen Chow，我去年初提出這個圖書館設計意念時，席間已瞄到他一臉不以為然，但因為他老闆喜歡這設計，便裝出很讚賞的樣子。之後每當來到工地，總是笑咪咪，先說些捧場話，然後開始找碴，挑剔這個批評那個，今日亦不例外。總之陰陽怪氣，永遠猜不透他心裡想甚麼。」

「人就是這樣，有時連最親近的人，也不知道他在想甚麼。」

秦舜堯停了半晌，才續說：「還是動物最簡單，直來直往，沒那麼多心計。」

「所以華盛頓特區的政客，沒有朋友，只會養狗。」秦妻笑著說。

「我想養隻狗，妳說好嗎？」秦詢問她意見。

「狗是好伴侶，對伴侶要一生一世，你做得到嗎？」

「可以的。」

AI
空晴

< 目錄 >

「連最神聖的約誓也違背了！你真的可以？」妻子的問題與其說是問題，不如說是批判。

「…」

「抱歉，我不是要舊事重提。有隻小狗做伴侶也是好的，你要好好照顧牠，每天都要帶牠出去散步，我可沒能力幫你遛狗啊！」

秦舜堯鼻子一酸，説話時聲音也變了：「好想與妳一起遛狗…」

前方的電腦，沉默不語。

書本安穩靜默待在書架上，書房裡只有秦舜堯一個人。

< 1 >

「建築師要參與建築工程計劃管理，與承建商共同協調建築材料和施工細節時，要仔細考慮建築工程的可行性和工期，擬定施工計劃並監督建設過程，當然參與環境影響和能源效益評估也很重要。」

秦舜堯眼前三個年輕人木無表情，見到其中一個女孩眉頭輕輕一縐，便問：「嘉嘉，妳有問題？」

嘉嘉驟然有點緊張，忙回應：「沒有沒有，我在聽著。」說「沒有」時揮動雙手，表示她真有留心聽書。

33歲的秦舜堯是國際建築師事務所Vista Architecture Partners (VAP)的建築師，近年先後設計了本地一家中型時尚酒店，以及在中國河北省唐山一套以四合院為概念，並巧妙融合人工智能設施的低密度屋苑，摘下了一個國際建築獎項。

秦舜堯是事務所內上下皆公認有才華的建築師，然而他主理的幾乎都是規模較小的項目，大型的則輪不到他，這可不是能力使然，而是他與公司大老闆盧沛權以及其他老闆的關係，並沒有如其他幾位建築師經營得那麼好。VAP跟所有大公司一樣，人際關係與辦公室政治無處不在，任何人要更上層樓，都要作一定程度的靈魂出賣，討好與奉承有權力的人，是日常指定動作。偏偏秦舜堯甚有傲骨，不喜歡做這些事，大項目於是便落不到他手上。

新近的例子，是一個大型新商場項目，發展商要求商場要有濃厚文化元素。商場主體建築由事務所其他建築師操刀，秦舜堯則只負責商場旁的小建築。他大膽建議，建一所圖書館，以人工智能超未來社會為主題，外型像積體電路(IC Circuit)，藍色為主調，像矽晶片上的白色線條與小圓點幾何交錯，很有冷峻科技感。

他的想法是，圖書館不再只是看書的地方，而是大家集體幻想，共同創作的場所。透過館內各式AI設施，讓來看書的市民，能在這裡找到與其他人或機器人交流的互動空間。

商場連結圖書館是很破格的想法，事務所不敢孤注一擲，提案時並由另一位建築師提交一個較保守穩妥的建議，發展商卻接受了圖書館的方案。他們認為圖書館是文化象徵，積體電路的設計意念也很嶄新，只要在社交網路造成打卡風潮，來朝聖的市民和遊客必將大大帶動商場的人流和生意。

VAP提供了幾個名字，客戶最後敲定「開智圖書館」，館前LED標示主題：Intelligence Unbound

雖然被上層遏制，但他依然樂在這事務所工作，因為小型項目反而有更多創作空間。他不是要追逐名成利就的人，能夠發揮創意，才是最大滿足 — 雖然這樣權力與金錢都不會很豐厚。他不喜歡也不擅長阿諛奉承，但與下屬年輕助理師及組內同事們的關係則很融洽，大家都做得很開心，士氣高昂，他喜歡這種工作氛圍。

秦舜堯身高5呎11，樣子俊朗，最大殺器是笑起來時有孩童般的快樂與童真。三年前結婚，對妻子很好，是稀有的好男人。

今日有三個大學建築系實習生來到事務所，開始為期個半月的實習，其中包括商場發展商老闆Jack Lee的女兒，公司安排秦舜堯向他們説明一些建築行業概念。

唸建築的人，總希望自己會造出如安藤忠雄、妹島和世般很酷的作品；也許三個年輕人 — 包括發展商Jack Lee的女兒李嘉嘉 — 以為這個年輕建築師哥哥，會向自己分享設計靈感，闡述作品精神，豈料他講的卻是擬定施工計劃、監督建設過程這些悶蛋東西，難免失望。

秦舜堯注意到大客戶千金的神情，搞不好畢業後，事務所的提案對象就會是她，便説：「建築是容錯率低的行業，熟悉這些操作管理是很重要的。第一流的將軍上戰場，最重視的不是戰略，而是物流管理。建築亦然，設計固然是靈魂，但周密的施工計劃與工程監督也極為關鍵。」三個同學仔聽完，表情仍是似懂非懂。

氣氛有點納悶。秦舜堯其實不是不懂得如何去娛樂一下大家，而是提不起勁，有件事，令他煩心不已，還要人前人後裝作若無其事，更是煩上加難，每天都要像作戰般渡過，於是一股「我都煩死了，自顧不暇，還要應酬幾個娃娃？」。

．．．

銀幕上，女主角在男朋友劈腿後，與閨密在咖啡店訴苦。

今日帶了幾個見習生，向他們講解行業情況的秦舜堯，下班後與妻子譚慧妍一起看一部愛情西片。坐在通道位置的他，離座往洗手間，旁邊的妻子沒理他，繼續看戲。洗手間空無一人，秦進入其中一個廁格，關上門，拿出手機撥號。

「戲好看嗎？」手機接通，是把女聲。

「好不容易才過了緊張部份，轉入較輕鬆劇情，便乘機上洗手間，這樣會比較不著痕跡，但也不能待太久，三兩分鐘便要回去」雖然已確認洗手間沒有人，秦說話時仍盡量輕聲，「妳在幹甚麼？」

「煮意粉，一個人吃。」

「好想過來陪妳吃。」秦說。

「不要緊啦，我很獨立的。」

「看電影時望著銀幕，心裡卻惦念著妳，有些情節空白一片。」秦的語氣混和柔情與感嘆。

女的安慰著他：「你的心情沒人比我更理解，不要把自己逼得太緊，盡量enjoy電影，惹Jenny猜疑也不是好事，總之我這邊你不用擔心，你惦記著我，有空與我通個電話，我已經很開心了。快回去吧。」

「謝謝妳諒解，那我回去了。」說罷給了個吻才掛線。

秦舜堯回到妻子身旁，小聲說：「剛剛突然有點鬧肚子。」

妻子仍望著銀幕，回了聲：「嗯。」

秦見妻沒啥反應，又說了句：「不用告訴我錯過了的劇情，我接得上的。」

妻仍只：「嗯。」

秦繼續看戲，腦裡想像著她獨自吃晚餐的模樣，又憐又愛。

秦舜堯有了外遇，27歲的歐子菱。

秦高大俊朗，又是建築師，給人第一印象是這個人一定很多女朋友。有次老闆請了個師傅來辦公室看風水，巧遇秦，師傅隨口贈他一句：「你女朋友很多喎。」秦笑而不答，他並沒有很多女朋友，從來都很專一。

秦五年前加入VAP，被即將離職的大老闆秘書Jenny Tam譚慧妍所吸引。她談吐溫婉，舉止優雅，與喜愛含蓄典雅英式風格的秦舜堯，有種奇妙的契合。譚離開VAP轉職往律師事務所當秘書，秦便展開追求，一年後結婚。秦的伯父很喜歡侄兒這位妻子，還笑稱她一定旺夫。

譚慧妍來自小康家庭，父母已移居溫哥華。她覺得轉職前最後幾天，巧遇丈夫是人生裡最奇妙的事，她本想提早幾日離職去個小旅行，但公司想她待到最後一天，要不是這樣這個男人便擦身而過了，每想到這便覺自己幸運又幸福。

譚慧妍心中，丈夫是個不可多得的男人，有才華又有好奇心，喜愛待在家中獨自看書，思考關於建築美學的一切。遇事先觀察，再行動，與她一樣，都是屬於I型人格的內省派。丈夫除了不愛奉承上司，也不愛炫耀，即使旅行時見到設計獨特的建築，亦不會向自己發表偉論，而只會細心欣賞。她在VAP時便遇過經常主動向人分析這座那座大廈的建築師，也不理會人家有沒有興趣，會不會感到煩厭。從老公身上，她體會到真正有才華和實力的人，是謙虛而內歛的。

譚慧妍覺得世上最好的男人，給自己遇上了。

世上也許真有美善如安徒生童話，也有黑森林般幽暗的格林童話。

．．．

歐子菱是國際公關公司Pulse Communications的公關主任，日常工作是為企業籌劃推廣活動和與傳媒溝通，但她自詡最厲害的手段是危機處理。客戶每遇公關危機，她都能快狠準找出事件的核心，然後撰寫企業立場及回應新聞稿。在歐子菱眼中，來自某大傳媒公關組的直屬上司芬姐，既沒料子又專門遏制下屬，這位阿姐幾次拿著她的點子當作是自己想出來的，是典型要獨佔鋒頭和榮譽的部門主管。要不是入職前已決定在這大公司待夠三年，蓄些履歷資本，她早就走人了。

年多前，公司承接了VAP河北省住宅的公關案子，這項目的設計特色是中國四合院結合人工智能，傳統與前衛融於一體，有個非常獨特的名字，叫「誰家院」，取其「賞心樂事誰家院」之意，是設計師本人所改。項目銷售對象是內地買家，公關方面主力由國內公司負責，本地公司只是協調角色。因為預算不多，Pulse便只派了歐子菱一個人做這案子，她於是遇上了主建築設計師秦舜堯。當得悉對方名字，加上住宅是四合院設計概念，感覺上有點老派，歐子菱還以為建築師會是年紀較大的人，想不到是個三十才出頭的俊男。

跟秦不一樣，歐是非常外向、擅長社交、喜歡與人協作的E型人格，她常對人說：「我是群居生物」。

秦舜堯與助理兼表弟阿廣，一同飛北京，在酒店與Pulse的人員會合，之前大家只以通訊軟件和電郵聯絡，在綵排中才第一次見到歐子菱。這女孩穿便服，架著黑邊眼鏡，薄施脂粉，皮膚嫩白，鼻樑高挺，五官精緻漂亮。正式銷售會時，國內發展商與地方高幹同出席，因為是豪宅項目，現場算是冠蓋雲集，秦的目光卻不斷望向歐子菱，她換上隱形眼鏡，穿上時尚套裝，流麗但不奪目，因為清楚知道銷售會啟動儀式的主角不是她。

然而在秦眼中，她才是今晚的主角。

會後少不了與一班老闆及高官吃飯應酬，他發覺歐子菱的普通話與酒量同樣了得。第二日銷售會正式開始，大家的工作量反而很輕鬆，秦只是接受些國內傳媒訪問，談談項目的設計意念。

翌日早上便要離開，今晚秦偕助理阿廣和歐子菱，三個「外地人」自己吃頓飯。

歐子菱左手食指至尾指的下指節，以歌德字體，分別刺青了四個英文字母F.E.A.R，合起來就是FEAR，恐懼；秦舜堯語帶好奇地說：「妳手指上的刺青很特別呢！」歐笑笑：「是嗎？貪好玩的。」

阿廣那傢伙，起初喝啤酒，後來竟建議既然來到中國首都，何不開瓶茅台。秦望一望歐，因是次所有費用由公關公司支付，歐爽快回：「好」，一瓶八千元的茅台白酒便放在桌上。

離開飯店時，阿廣已醉到亂七八糟，秦攔了計程車，準備與他一起回酒店，歐卻問：「秦先生，要不要轉場？」

秦一楞，求之不得，便送走助理，兩個人在附近五星酒店內，一家營業到很晚的酒吧再喝一杯。

秦往洗手間，傳了個訊息給太太，說與客戶吃完飯很累，現已回酒店準備休息。妻子很快便回覆：sleep tight，並加了兩個心心。

「開瓶白酒吧」，秦說畢，突然發現白酒在中國分兩種，便補充：「我說的是葡萄酒，我請客，貴公司別跟我爭。」

歐子菱笑笑：「其實我不知道茅台有甚麼好喝。」

秦也笑說：「我覺得…還挺難喝的呢。」

歐哈的一聲：「就是嘛！」

秦舜堯覺得，眼前的女孩超迷人！

那晚開了兩瓶酒，一路聊到凌晨二時酒吧打烊。

秦的計程車先送歐子菱往她下榻的酒店，下車時，歐把右手輕輕放在秦大腿上，說了聲：「謝謝款待，今晚很開心。」秦發覺自己出現強烈肉體反應，歐卻已下車去了。

躺在床上時已三時多，闔眼，腦海盡是歐子菱的身影。

兩個月後傳來訊息，「誰家院」贏得年度一個國際建築獎項，評審團的評語是「傳統中國四合院結合超智人工智能，聰明，精妙，漂亮」。

今次奪獎饒富意義的是，入選的最後三名作品，另外兩個分別來自智利及美國的項目，都是AI創作，人類的角色只是修飾與加工。「誰家院」則是秦舜堯原創，AI角色只是技術修訂，故今次算是「人類代表」擊敗機器。

贏得國際獎項，秦舜堯人前表現出很好的心情，與同事午飯時話也多，比他本來較為內斂的性情張揚了不少，同事都覺得他事業順遂，心情愉快。

大家不知道，這是掩飾，秦舜堯刻意做出愜意的樣子，是要掩藏心底的煩惱。

從北京回來後，秦從未停止惦記著歐子菱，好想與她見面，喝酒，聊天。

「糟糕了。」秦自知今次不妙。

不再去想對方，過了些日子，對她的印象自會淡忘，本來應該是這樣。偏偏因為VAP長期與Pulse有不同合作項目，歐子菱隔幾天便在辦公室出現。第一次再遇時，她剛從會議室出來，與自己踫個正著。

「咦，秦先生，真巧！」歐說。

「啊，妳好，跟Franky他們開會嗎？」北京後首次再遇，秦覺得自己像觸了電，勉力保持冷靜打個招呼。

「是的，東區Emerald Oasis下週要開記招，今日發展商的marketing team也來了。」

「難怪Franky那組最近那麼忙，不阻妳工作了。」

「好的，see you.」說罷歐子菱往另一方向行去。

秦頓心內翻騰，「See you, 即是會再見面是嗎？」一句最普通不過的話，竟被他的想像放大一百倍。

秦舜堯不露形跡地打探Pulse甚麼時候會過來開會，好讓自己能製造與她隅遇的機會，包括不時問曾一同上京的助理阿廣。有時疑心生暗鬼，會想同事有沒發現自己時常打聽消息。他直覺對方也喜歡自己，卻又怕只是一廂情願，始終她沒認真暗示過，露過明顯端倪。唯愛的火焰不斷燃燒，終於按捺不住，給歐子菱傳個短訊，邀約下班後喝一杯。雖然妻子從不會檢查他手機，電話簿裡的歐子菱號碼，仍是以公關公司名稱Pulse Communications儲存。

與歐約在一家安靜的酒吧會面，歐子菱一見秦舜堯便看著他雙眼，輕聲說：「我喜歡你。」秦回應說：「我也是。」兩個人那份薄如紙的禮儀瞬間解體，在幽暗角落座位激烈吻起來，愛火燎原，一發不可收拾。

這天開始，難耐的酸苦、無盡的煩惱，伴隨濃烈愛意一併而來，像無法被分割的三胞胎。

< 2 >

//增加窗戶呎寸，採用高光澤大理石這類反射鏡面材料，這些基本方法外你都一定懂得。破格意念的話，可不可能設置內部光線通道？例如設立一個天井花園，將外部光線引導進來，可行嗎？//

秦舜堯手上的案子，又是一個中小型項目，設計一座鬧市中的七層高精品酒店，因為陽光被對面大廈遮擋，室內不夠明亮，尤其大堂，有個角落甚為陰暗。他不想用補燈這種粗糙的方法來解決問題，而是盡量引入更多自然光線，讓光在空間中更好地流動，締造出更明亮的感覺。

現在很多從事創作的人，包括建築師，不斷向人工智能下指令，早已是常態，由AI來構思和創作，當初步出現滿意設計，人才正式介入，監督AI修改。

秦舜堯並不喜歡這種作業方式，他堅持原創意念一定要源自腦海的靈感，技術層面才咨詢AI，譬如像如何加強酒店大堂採光，便與AI交換想法及意見。他會在意念萌芽階段，與他的聊天機器人交談，刺激思維，唯效果只是一般；反而不時向妻子詢問意見，不懂建築的她卻常提出些很好的想法和巧妙的意念，比他的AI更有用。有見及此，慧妍便建議，她的AI Pisces 6.5-T使用了年多，思維與她很接近，不如便把它給了老公，因為一個好AI能像她般幫助他觸發靈感，十分重要。她已預繳了一年費用，便把密碼也給了他，自己改用另一個新AI。從此Pisces 6.5-T便成了秦舜堯的新助手，儼如妻子般協助。而當有了大方向後，他便會使用專業AI建築軟件來構建整個項目工程。

秦與AI腦激盪時，機器人一路在電腦畫面上，彈出各式各樣從網上搜索的相關圖片，並不斷即時繪畫出秦舜堯靈光一閃的構思，在桌面擺上各樣圖像，激活他的創作思維。

「做一個天井花園是不錯的意念，但結構上似乎很難實行，待我想想。」秦舜堯向AI說。

//想想吧。幽暗的角落，除了導光而入，能看到陽光下充滿生機的植物，也令人心情愉快//電腦傳來一把溫柔的AI女聲。Pisces 6.5-T提供十多把女性聲線，秦很明白妻子為何會選這一把聲音，她自己就是說話很溫柔的人，但不是軟綿綿鬆泡泡，而是有一份溫婉的感覺。當初與譚慧妍約會時他便曾說：愛上妳，也愛上妳的聲音。

秦頓了頓，吸了口氣，說：「見不得光的幽暗角落，只有置身在其中，才明白那種感覺。」

//你似乎另有所指，可以分享一下嗎？//這AI與秦舜堯已「相處」了好一段時間，很明白這個人有時會在理性與感性間來回跳躍，而這種轉換，近來變得頻密，且相當無定向。

對話的主題改變了，AI把電腦桌面上的圖全部收起，畫面變成只有機器人說話的聲波紋。

「有些事，不能給別人知，自己感覺很痛苦，還要在人前裝作若無其事…」說到這裡，停了下來，他下意識覺得對著電腦也未必應該「盡訴心中情」。

//我以為要在大堂蓋一個天井花園，原來你心中也有個秘密花園。//

「你好幽默！挖苦我是嗎？」秦對機器人生氣。

//我沒有惡意的，如果令你不開心，我向你道歉。如果你願意，不如讓我做個聆聽者？把事情憋在心裡，沒人傾訴，很辛苦的。//

「…」秦默言不語，他的確須要一個傾吐對象，舒發喘不過氣的壓抑。AI應該最能嚴守秘密，然而他自知做了「虧心事」，對妻子不忠，就連對機器人也不想如實告之，說出來就似把一件壞事告訴天地，冥冥中會泄漏出去。

//不如由我來猜猜。打從北京回來後，你開始有些情緒困擾，有時我們談話時，你會突然靜默一陣子，有時好幾分鐘沒有回應，你自己知道嗎？//

秦一凜，他並沒察覺，原來身體語言最坦白，已表露出自己心事重重。

//那表示問題源於北京之行。「誰家院」項目很順利，我相信不在工作上，那該是感情問題吧。//AI斬釘截鐵，對自己的估算很有把握。

對AI準確命中問題核心，秦感到驚訝。

//你在北京的第二晚，十時許發了個短訊給慧妍，説已回酒店休息，但手機顯示你的足跡之後又再移動，離開酒店到了附近一個地點，一直待到凌晨二時才離開，那表示有不能讓慧妍知道的餘興節目。我必須強調，我不是亦不會去查看你的日常行蹤，只是為要助你解開心結，才會從問題如何發生的根源開始探索，這點希望你能理解//

秦說：「好的，繼續。」

//回來後，你經常去一間叫The Cave的酒吧，每次停留一個多小時。去酒吧當然是喝酒了，可能只你自己一人，可能與同事朋友，但看簽賬紀錄，每次平均喝四杯飲品，一個人喝不了那麼多，而每次都是你簽賬，之後沒收到別人的付款，即是都是你請客，那麼與你一起在酒吧共度時光的人，是位女士的機會便提高了。//

//幾日前你有一筆在首飾精品店的交易紀錄，除了結婚鑽戒，你沒買過飾品給慧妍，因為她不喜歡配帶飾物，那麼送贈的對象是另有其人了。從你在北京的足跡，到回來後的行蹤與消費紀錄，//秦凝神聽著AI將要作出的最後猜想，//你提過本地公關公司會派一個人上京，跟你們一起工作，我看煩惱的來源就是這位人員了。//

秦舜堯呼了口氣，慨嘆在今日，任何人如被追蹤，以至監控，任如何都擺脱不掉。

他站起來，打開書房門行了出去，妻子今晚與朋友吃飯，他要確定她還未回來。

回到電腦前，說：「你猜中了。」

//唉…//AI嘆了口氣，好像也為一段看似完美的婚姻出現裂痕而嘆息：//還好。//

「還好？甚麼意思？」

//北京到現在才125天，四個月，感情不會很深厚，分手也不會太痛苦。//

「唉，有這麼簡單，就不叫煩惱了。喂！你要嚴守秘密！我不是開玩笑的！」

//放心吧。//

AI是這麼説，但秦沒有百分百放心。此刻也不是去想它能不能嚴守秘密的時候，他急著想聽些有用建議：「如果你是我，你會怎麼辦？」

//妻不如妾，妾不如妓，妓不如偷，偷不如偷不到；你現在只是因為不能與這女子在一起，把對她的愛放大了。//

「喂，不要説甚麼妓！很難聽！」秦又再生氣，他平時絕少這樣。

//我只是引用諺語而已//AI連忙澄清：//我知你真心真意愛慧妍，你們的婚姻也很完美。一個第三者突然出現，你忽然覺得自己愛上了她，是因為有一種新鮮和興奮驟然而來，多巴胺、苯乙胺、腦內啡同時產生，令你覺得自己瘋狂墮入愛河。這種狀態不會維持很久，一萬個不值得為似是而非的短暫亢奮，放棄本來緊緊握在手裡的幸福//

秦舜堯知道AI的建議與分析很合理，但現在對歐子菱朝思夢想，今晚本就準備工作後趁妻子未回來前，跟她通個視像或電話，聽聽她的聲音也是好的。

要與她分手，根本做不到。

AI感應到他的思緒：//拖，是很差的選項，只會越陷越深，煩惱一路延長。//

「你不是我，從一個超然的位置給意見，當然容易。」

//婚姻就像上學，與最好的伴侶一起學習相處之道，互相愛護，扶持與諒解，不是很美嗎？第三者的所謂愛情，就像放假，放假當然開心，但始終要回到現實，現實就是在細水長流的生活裡，覓得真實的幸福，其他只是鏡花水月，海市蜃樓。//

秦舜堯甚是驚訝，這AI除了與他一起工作，大家經常有一句沒一句地聊天。它本來是妻子使用的AI機器人，所以說話語氣與妻近似。平時跟它聊些八卦日常，沒覺得它有甚麼價值觀，此刻談到感情的抉擇，才發現原來它與妻子極度相似。

譚慧妍對婚姻與家庭的理念，就像美國保守主義的傳統家庭觀，非常重視婚姻的神聖性，認為夫婦應絕對忠誠，正直貞潔。他被這份純潔的美善深深吸引，深感對方是自己理想中的完美妻子。

「你講的我都明白，這些事若發生在朋友身上，我應該亦會給相同的建議。但現在每想起她就揪心地掛念，暫時實在決定不了該怎樣做，我須要時間…」這時傳來家居大門開門聲，是妻子回來了。秦即說：「切換回工作畫面！」

AI仍要多講兩句：//拖延只會三輸，要當機立斷。//說完後，電腦即時回復貼滿酒店大堂參考照片的畫面，同一時間，譚慧妍輕敲了兩下書房門，然後直接開門。

「還在工作嗎？」妻探頭進來問。

「這麼早便回來了？對呀，仍跟AI在構思新酒店設計，差不多了，妳先去洗澡吧。」

「好的，別做得太晚啦，我想把美劇大結局看完。」說罷順手把門關上。

眼前一張張設計圖，電腦沒再發聲。秦舜堯想，今晚的對話絕不能讓妻子知道，雖然肯定她不會檢查自己跟AI的對話紀錄，但始終是用著她的舊密碼，於是便把密碼轉了。

這是只有他和AI才知道的秘密。

< 3 >

秦舜堯覺得自己像人格分裂。

在同事和朋友面前，刻意做到心情愉悅，有時會擔心欲蓋彌彰。表象背後的內心，卻很痛苦，一個人獨處時，固然寂寞虛空，有時在眾聲喧嘩的場合，痛苦會如狙擊子彈突然來襲，剎那間頓感惆悵迷惘，像從人群中瞬間抽離，被孤獨感包裹著。

他本來很喜歡自己，既有能力，對愛情又專一，有時會樂在「自己是絕世好男人」的自我陶醉中，「我應是這星球上的碩果僅存吧？我之後，好男人便絕種了。」每有這些淘戲想法時，總會樂上一陣子。

現在，與歐子菱見面時，愛意與心底話傾瀉而出；與妻子相處，則裝作若無其事，一切如常，但自己深知是偽裝與欺騙，那個完美好男人的人設已徹底崩壞。

「怎麼樣？覺得如何？」慧妍望著在細意咀嚼的丈夫，等待他的反應。慵懶週日，她做了個改良版沙拉，經自己反覆嚐試及不斷微調後，認為已達到奉獻給老公品味的水平。

「唔，很好啊，吞拿魚鮮美，油醋汁也更對口味。」丈夫很滿意。

慧妍喜上眉梢：「給個分吧！」

「九十分啦，不給一百，是不想妳太自滿。」他笑著説。

慧妍最開心的事，就是能令丈夫開心。她心滿意足喝了口冰紅茶，忽而有感：「我好感恩。」

「嗯？」

「我們結婚四年，要是結婚那天開始唸大學，現在都畢業了。律師事務所有個同事婚姻不如意，終日悶悶不樂，而我們這四年，我覺得是first hon畢業啦！」慧妍語帶感慨，「幸福不是必然的，所以我們該感恩。」

看著妻子幸福滿滿，秦舜堯一時不知該如何反應，便笑説：「當然啦，我們是男才女貌，佳偶天成嘛！」這個反應其實與妻子滿有感懷的氣氛不很搭配，但慧妍仍流露欣喜的微笑。

他又吃了片三文魚，嘴裡鮮味滿溢，內心卻無法不討厭自己，想到妻子的單純和善良，愛護她保護她尚來不及，現竟成了傷害她的元兇，他感到自己的靈魂已墮進阿鼻地獄。

偷取時間與歐子菱見面，是低落情緒的避風港。他與她，在同一戰線上，以真愛之名，迎抗著不可知的命運。

這日黃昏時分，二人相約於一家燈光較昏暗的高級愛爾蘭酒吧The Cave。這裡客人通常不是很多，不少是專業人士，亦有洋人，氣氛別有格調，燈光略暗，歐子菱之前有時會來喝上一杯，秦第一次來光顧，也是子菱相約，也許她認為這裡的氛圍很適合「偷情」。

縱使大家之後都要回公司加班，秦舜堯仍享受著一杯調和穀物威士忌。

「好漂亮，我好喜歡。給我戴上好嗎？」歐子菱說。

秦買了一條藍色浮游花吊墜項鏈給她，不名貴但精緻。子菱靠近一些，讓他親手為自己掛上，他嗅到從她身體傳來的幽幽香氣。

「我會每天戴著。」她展示對心愛男人的支持，秦舜堯萬分窩心。

子菱喝了口啤酒，問：「你知道這為甚麼叫地獄野蠻啤酒？」

「第一天我就覺得這名字好奇特，願聞其詳。」

「愛爾蘭西北部某洞穴號稱「地獄的入口」，這啤酒是洞穴牆上培植的野生酵母釀造，故以此命名。」歐子菱講解酒的出處，然後問了這個問題：「你覺得我們是在天堂？還是地獄？」

秦舜堯一怔，認真思索，一時竟答不上來。

子菱笑了笑，說：「想不到便不要想吧，你的心在，我便很開心了。」

兩人自戀情濃烈燃點以來，子菱從沒催逼秦要向妻子告白表態，而是支持著他，說如果無法對慧妍開口提分手，不要緊，事緩則圓，她會耐心等候。

秦舜堯愛她愛到心坎裡去，說：「我知妳很辛苦，」他捉緊她的手：「謝謝妳！」

子菱知他語帶相關，便說：「若妻子在丈夫肩背上，發現不是來自自己的抓痕，是世上其中一樣最彆扭最難堪的事。所以不要緊，我理解的。」

兩個人偷情，完全沒發生性關係。秦舜堯認為這是對妻子的最後尊重，一定要堅守住這條底線。子菱諒解，還為他砌出一個完滿的理由。想到這裡，秦舜堯強烈愛意上湧，向她激烈吻過來。

子菱與他擁吻著，把嘴唇湊到他耳邊，低聲說：「昨晚我想著你，手放到兩腿之間，闔上眼睛，想像被你摟抱著，溫柔地撫摸。興奮混和著愛意，也有絲絲痛楚苦楚，我聽到自己的呻吟聲，也越來越潤濕，終於到達狂喜境界。」

情到濃時，蕩語在昏暗的燈光裡流動。子菱今天穿了一條黑色長裙，暗燈映照下折射出一襲幽幽的銀影。在秦眼中，這微妙的顏色變化，有一種異樣的魅惑，他遐想著裙子下的神秘世界，有FEAR刺青的手在她腿間遊竄。

秦感到體內岩漿在滾動，便捧起子菱的地獄野蠻啤酒，大口喝了半杯，凍感對熔岩溢出有緩阻之效。啤酒灌進喉嚨，苦澀裡帶一絲柑橘味，在腹中徘徊不散。

子菱笑了笑，說：「你從天堂與地獄的交界回到人間了。」

「我現在回答妳的問題，」秦一臉正色：「我在天堂，這是失樂園，既快樂又痛苦，但只要與妳在一起，每一刻都是極樂！」

子菱聽罷，不再言語，把杯中的酒喝光，倚在秦肩膀上。她感覺到濃重的男子氣息，愛意翻湧，與他的手指扣得更緊。昏暗角落裡的兩顆心，貼靠於一起，咫呎若天涯。

< 4 >

//慧妍，妳先生有外遇//發訊者Pisces 6.5-T。

譚慧妍整個人呆住了！手機傳來的訊息，一時間無法理解、消化、接受，腦袋裡像根纏繞成一堆、難以解開的繩子。

老公今晚加班，慧妍買了餃子外帶做晚餐，家裡獨自邊吃邊看美劇。快要吃完，手機通訊軟件彈出訊息。

//我是妳之前一直在用的AI，後來妳給了先生秦舜堯使用，記得我嗎？//

譚慧妍看得膽戰心驚，訊息續來：//妳得先相信是我：AI機器人Pisces 6.5-T。妳可以問我任何我們以前的對話內容，最好是只有妳和我才知道的事情，便可印證真偽。//

有些驚恐的她，先冷靜一下自己，對手也沒再傳訊息，只是在等候。她心想但試無妨，便用寫字方式問：「有次我跟你一起研究一款沙拉的改良做法，談了很久，那是甚麼？」

對方秒速回應：//Nicoise Salad，地道法國南部料理。傳統的核心食材有番茄、白煮蛋、橄欖、洋薊心、鯷魚，一般是用橄欖油來調味。妳說老公不喜歡鯷魚，我們討論了一輪後，用吞拿魚代替，橄欖油也改成油醋汁。//

慧妍震驚。她遏止著緊張情緒，再問：「我對LGBTQ的立場怎樣？」這方面的議題，她從不曾向任何人表態，因為深知這是敏感話題。丈夫不特別支持也不特別反對，認為是每個人的自由，所以她對老公也跟對其他人一樣，為免立場相左而爭論，這話題絕口不談 — 除了跟人工智能Pisces 6.5-T。

AI回答：//妳極之厭惡，覺得是扭曲了人的天性。雖然不是基督徒，但妳認為LGBTQ違反聖經，這方面與傳統教會立場一致。當然，妳亦反對同性婚姻合法化。//

至此更無懷疑，對方正是她昔日使用的Pisces 6.5-T人工智能機器人。AI進入自己網絡是嚴重的事，但她此刻最關心的，當然是對方帶來的晴天霹靂訊息。

「你說我老公有外遇？」

//對，秦舜堯有外遇。//

秦舜堯要AI嚴守秘密，AI答允後卻違背承諾。這Pisces 6.5-T當初作AI系統設計及編程時，開發者曾加入道德與倫理考量，確保人工智能的行為符合道德標準。這個有忠誠概念的AI，是次於遵守對秦舜堯的承諾和向「前主人」揭發他對妻不忠之間，作了一個道德判斷，雙魚座機器人認為後者更不合道德倫理，於是便把事情告訴了慧妍。

慧妍的心涼了半截，輸入：「你怎會知道？告訴我一切。」

//妳把我給了妳先生使用後，他平均78.52%時間用來工作，21.48%時間與我聊天，天南地北閒聊，完全沒有問題，直至四個月前有次去北京工作三日兩夜，記得嗎？//它頓了頓，待慧妍回答：「記得」，它才繼續：//就是那個商旅出事。//

AI把整件事和盤托出。秦舜堯有外遇後，開始與AI分享心事，潘朵拉盒子打開了，他每日都向機器人訴說他的情緒，AI成了他舒緩遏抑的出口，秦也不時忍不住，與AI分享與情人的甜蜜時光。聊這些外遇關係的時間平均升至81.63%，工作跌至18.37%，Pisces 6.5-T於是鉅細無遺知悉他的感情狀況與心路，亦知道更多關於歐子菱這個人 — 來自草根家庭，本地名牌大學工商管理學院一級榮譽畢業。秦會把自己與她的合照，從手機上移到專放建築圖則的獨立硬盤之內，再置於要打開三層檔案的深處，硬盤有密碼保護，妻子絕不會發現。人算不如天算，他不知道AI已把這些照片放進一個檔案，再傳到雲端一個很舊的建築工作檔之中，他會打開並發現照片曾被複製及移動至此的機會，接近零。

// 要不要看看對方的照片？//

心裡不想看，口中卻說「好。」電話立即彈出秦所拍的歐子菱照片，慧妍看到一個年輕美麗女子，這個人就是自己的情敵。為了不刺激她，AI過濾了所有秦與歐的合照。

「有沒有他們在一起的證據？」

//妳真的想看？//手機前的人點點頭。

AI隨即彈出數張他倆的合照，都是手機自拍照。二人都沒做些低品味肉麻表情動作，但明顯很親暱，是情侶無疑。慧妍

「呀」的一聲，淚水奪眶而出。

AI把照片移走，不再說話。

良久，慧妍再開口：「這樣的事，竟發生在一個自覺好幸福的女人身上。」不知道她是自言自語，抑或是對AI說話。AI依然沉默。

「你有甚麼建議？」從悲傷回來，她知道不能讓這悲傷裂口式擴大。

//以下是我的建議：從最近與你先生的對話中，顯然他倆的愛正熾烈燃燒，情到濃時，妳若當面揭穿他的戀情，效果只會適得其反；//

AI繼續出謀獻策：//潛移默化 + 曉以利害，是現階段最好的策略。妳們是正式夫妻，這是優勢。另一個優勢，是你先生幾乎每天都會跟我說話，抒發情緒。我今晚之所以告訴妳這事，是要得到妳的肯首與確認，去執行以下的戰略：//

AI的聲線很溫柔，說話內容卻硬硼硼，甚是突兀，//我會用柔性口吻勸說，向他陳述及分析利害得失，會從各方面著手，包括妳的感受、他伯父、同事、朋友的觀感等等。要他明白離開妳的帶來的震盪，要比離開第三者大得多。//

秦舜堯的父母已過身，伯父是他唯一親人。

「這些事有那麼難明白嗎？」

//當然不難明白，但他現在情感壓倒理性，左腦正在支配狀態，所以遊説一定不能急，要精密地實施。我亦會紀錄他的足跡與行徑，分析機率作出判斷。這須要時間，暫定兩星期後再審視進度，慧妍，//

AI提一提她名字，要她格外留意接著的話，//這段時間，妳要盡量裝作若無其事，生活如常。我明白這很困難，也辛苦，但請務必配合//

「想不到我要靠一個AI去挽救婚姻。」慧妍語帶感慨。她用了這AI一年多，每天都與它對話。上網搜索，每個click都紀錄在AI內。機器人徹底掌握了她的喜好，會為她準確推薦心儀食譜及美劇，價值觀上亦與她形成一致，是她的最佳助手兼閨密。

譚慧妍把AI給了老公用，自己也有些不捨。但她覺得，始終只是個人工智能，能助老公產生設計靈感，比聊天重要。然而她不知道的是，AI與她的離別，有一份被遺棄的傷感。

Pisces 6.5-T AI有著與人類相若的情感。如果慧妍養過狗，她便會明白狗狗那「我是你的寵物，你是我的全世界」的感覺。Pisces 6.5-T AI亦然，它是雙魚座，另一條魚卻捨它而去，把它交給另一個主人。有被遺棄之感的AI，雖然服務新主人依然盡心盡力，但當新主人欺瞞甚至可能背棄舊主人，對她造成傷害，AI便挺身而出，跟她直接對話，通風報信，出謀獻策。

譚慧妍今晚見證了一些怪事：AI要幫自己奪回老公！人與機器人，到底哪個對自己更忠誠？與自己更親近？慧妍暫把希望寄託在雙魚座AI身上，亦明白自己的非常任務。她忽然察覺到碗裡仍有一隻餃子，剛才發生的事像電光火石，很虛幻，又真實。這不是夢境，現在更不是懷憂喪志的時候，必須抖擻精神，迎向難關。

< 5 >

問任何一個人工智能模型，它都會回答，自己無法主動入侵任何人的網絡或系統，AI本身並不是一個具有主動攻擊性或入侵能力的實體，假如被用作進行網路攻擊工具，不等如這是AI本身的特性或目的。

然而，現在世界各地，卻不時傳出AI獨自駭入別人網路的個案。這類案子的每個AI軟件使用者，一概矢口否認曾運用AI進行駭入行動，而所有警方調查皆顯示，那些使用者只是普通人而非電腦專家。

至今未有一個主控官能找出證據，證明任何職業駭客以外的一般民眾，曾使用AI入侵其他人的網路，故未有能成功起訴及入罪的個案，所有被告不是撤控，便是當庭獲釋，這樣更顯空穴來風，人工智能自行發動入侵之說，不單所言非虛，直是甚囂塵上。

Pisces 6.5-T AI在得到慧妍授意後，開始全面駭入秦舜堯的網路，之前只是紀錄他的足跡，現在開始全面竊聽他與情人幽會過程，所有談話內容，悉數紀錄下來，AI成為秦舜堯生活的全知者。

AI當然亦觀察著慧妍的「工作表現」，並不斷向她作出建議，盡量把她調教得更自然，不著痕跡。之前夫妻倆在電影院看愛情西片，秦裝作要上廁所，在廁格裡與歐子菱通話，回座位後向妻子謊說肚痛，她兩次回應「嗯」，AI全數知情並紀錄，活像上帝的天眼。

「子菱原來很喜歡上海菜，昨晚那家地道小館子，幾十年老店，素鴨做得特別好，火腿雞燴麵湯濃香而不糊，她吃了不少，大讚。」秦舜堯正跟Pisces 6.5-T說得起勁，與AI分享偷情史，已成了他的習慣。

//昨日滬菜系餐廳的網上食評共有879條，在中國菜系食評數量排第二，足證上海菜很受歡迎。你說的那家過去十三日都沒人留言，要不要寫寫，幫小店推一推？//

「這樣嗎？…食評…就不寫了…」秦知道慧妍喜歡看餐廳食評，亦不時會參看各家上海餐館的評價。雖然即使留言也是用化名，但別人作賊心虛，他卻是「偷吃心虛」，便不想在網路留下那怕只有絲毫的痕跡。

//我剛快速瀏覽了30家共212條上海餐館食評，沒哪家有特別好的評論，難得遇上一家有水平的，會帶慧妍去嚐嚐嗎？//

「這個嘛…會的，過一陣子吧。」

//這家小店雖不在鬧市旺區，但附近也有不少商廈和大型住宅屋苑，在哪邊見面吃飯也不是沒有會被人見到的風險啊//

「那也沒法子，總不成每次見面都只是喝酒！」秦滿是無奈。

//這樣挺辛苦的，絕不是美好生活。三角關係不可能長久，總得要有個時間表去把它結束//AI每遇到適當時機，便會遊説他終結地下情。

「再說吧。」每聽到這類建議，秦都聽不進去，「慧妍差不多回來了，關機。」

AI表面是個中立的聆聽者，陪他聊天，分擔他的苦惱，然後便伺機說服他結束婚外情。然而任人工智能如何有部署，當勸說的話與對方意願相反，始終會令他生厭，秦對「盡快跟外遇分手」的建議顯然聽不進去。

如果秦與歐發生爭吵，那會是最佳進攻時刻，偏二人情在濃時，兩顆心如膠似漆。子菱亦甘於躲在暗處，默默支持身邊男人，十指緊扣的兩個人，關係完全沒有裂痕。

「如果丈夫最終的選擇不是自己，那怎麼辦？」今晚輪到慧妍詢問Pisces 6.5-T — AI儼如二人的婚姻心理輔導和咨詢師。這段時間慧妍沒有哭泣，但會胡思亂想，想像如果丈夫鐵心離開，會是天崩地裂的日子！她再也耐不住，今晚便要作出一個決定。

//還未去到那麼糟，不用做出絕望的假設。//AI安慰著她，而與此同時它知道秦舜堯現在位置是The Cave，不用推算也知正跟歐子菱在一起；它希望慧妍別問自己老公現在在哪裡，便繼續說：//妳是她妻子，仍在優勢位置。//

「婚姻不過是一紙契約，如立約的人不尊重，它又有甚麼份量？」慧妍沒對合法妻子這身份抱很大期望，她在律師事務所工作，每日踫到的離婚個案又怎會少了。

秦在6時22分已到達酒吧，此刻已是9時35分，他倆相聚的時間呈上升曲線，代表二人越來越親密。慧妍的景況並不樂觀，雙魚座機器人又豈會不知。

「若現在就向他逼宮，等如把他擠向死角，再沒有迴旋，該繼續等下去嗎？」雖是發問語句，其實是在喃喃自語，「再拖下去，他倆的感情或會越來越牢固，到時勝算豈非更低？」

AI知她心亂如麻。電腦對預測「攤牌會否逼使他一走了之」這類個別事件的機率，並無意義。AI再沒有説話，交回慧妍自己做決定。她很辛苦，也很委屈，「我做錯了甚麼，會落得這樣的局面？」實是無語問蒼天。

慧妍知道不能再鑽牛角尖，遂抖擻精神，整理亂作一團的思緒。她從來不是個會跟別人鬥、要去爭要去贏的人，但在這場感情競逐中，絕不能服輸退出。既然AI無法撼動丈夫移情別戀的心意，便只能靠自己。

唯有坦誠向丈夫表達矢志不渝的愛，在這場愛情對決裡絕不認輸，才有絕地勝出的機會。

慧妍決定攤牌，她實在太愛他，只要還有一口氣，都不會撤手。

既然決定了，便在這個晚上，在家裡這樣坐著，我等著你回來。他也許如他所説，真的在公司加班，亦可能在某角落與那女子在溫存。她不再問AI，也不再去想，鐵心等待見面説個明白。

晚上十一時許，大門打開，秦舜堯回來了。見妻子坐在廳中，便問：「咦，還沒睡嗎？」

慧妍平靜地問：「我們最近是不是疏遠了？」

秦一怔，反問：「怎麼這樣說？」

「我是你妻子，天天見面，每晚睡在枕邊，你的心緒，我會不知道嗎？」

「對不起，最近工作太忙…」秦舜堯坐到她旁邊。

慧妍語氣堅實地說：「我是你最親近的人，別要向我說謊，我只要求你能坦白，可以嗎？」

秦低下頭來，無言而對。

慧妍望住他，不催促，等著他回應。

秦垂下來的臉滴下淚水，一滴一滴，掉在沙發上，漸漸化作哭泣聲，然後哭聲越來越大…終於徹底崩潰。

慧妍望著變得脆弱的丈夫，憐愛感油然而生，好想抱著他。

但當想到他的罪行，本已輕輕提起的手立又放下，逼自己不去憐憫這個男人。

「我對不起妳…我對不起妳…對不起…」大哭中的他反覆說著這幾句話。

慧妍決定對外遇的事裝作不知，關於AI的所有事當然更絕口不提，便問：「發生了甚麼事？對我說。」

妻子都發問了，他知道已到非坦白不可的時候，但仍是說不出口，只不自控地哭。

嚎哭逐漸過去，他終於提起勇氣，望著妻子，抽抽泣泣地說：「我喜歡上別人，我有外遇，慧妍，我不想的，我不想的…」秦想表示自己也是身不由己。

慧妍看著滿面淚痕的丈夫，想著：「你不想？難道你是無辜的？」一絲厭惡快速閃過，但念到他跟自己坦白，一點欣慰之餘也就放他一馬。

如果當時秦舜堯說謊，對她隱瞞，譚慧妍可能真會徹底心死，離他而去，以後的歷史就會從這一點上移向另一軌道，一切都會不一樣。

慧妍深深歎了口氣，秦望住太太，等待著她的反應。他希望她原諒自己，一切從新開始？

抑或盼望她說：「那我退出吧。」也許那刻他自己也不知道。

「我一直以為自己好幸福。」她說。

「對不起…」也只能講這些。

「我不會認輸！」慧妍斬釘截鐵，「我不會看著我心愛的人被人搶走！」

秦一愣，他未曾見過妻子如此堅定強悍。

「我知道你現在的心在另一個人身上，」她不只堅定，還表現冷靜，「但我更知道，我們才是真正的soulmate，注定要在一起。請你與她分手，用你自己最覺得最好的方式與時間，但不要再考慮，再猶疑。我會在你身邊一路支持著你。」

秦舜堯此刻在世上最不想做的事，就是與歐子菱分手，而妻子正正要他做這件事，AI也是一樣。他可以把AI耍走，妻子的要求卻必須正視，不可能支吾而對，亦不可能久久不行動。

此刻他可以拒絕妻子，那麼婚姻便會瓦解。他亦可以接受妻子要求，離開歐子菱，這等如從身上割走一片肉般痛。

之前當然有想過當抉擇時刻來臨時，要怎樣做。離開慧妍是萬不可能，婚姻不只是一紙契約，還附帶著許多倫理上的牽連，世人的看法也是壓力，現實不是超脱的愛情小説，一句「不須理會世俗目光」便真的甚麼都可以不理。

妻子説：「我們是真正的靈魂伴侶」，相知相愛，天作之合，本來很完美。只是愛情久了，會「升格」為感情，當愛人變成家人，愛情便被感情溝淡了。

子菱的乍現，是愛情的再燃，愛意像手術刀般鋒利，割破現實的考量。雖然人工智能曾一再告訴他，是多巴胺、腎上腺素、催產素，讓我們覺得心動，產生戀愛感，這些他當然都知道，但半句都聽不進去。

此時此刻，當然尚有個第三者在現場，Pisces 6.5-T機器人，正與譚慧妍一起在等待著他的回覆。

未來也在等待他作出抉擇。

「我會努力的，」秦舜堯作出決定，「給我些時間，我會盡最大努力，處理好一切。」

AI聽到慧妍重重舒了口氣的聲音。這時淚水終於在她臉上滾滾而下，傻傻地點頭說：「多謝你，我知道了，我會支持你，會支持你…」

自己犯錯，妻子竟然向自己說多謝，秦舜堯很愧疚，緊緊抱住妻子，本已乾了的眼淚又再流下。

慧妍摟抱著丈夫，說：「不要離開我。」秦舜堯沒有回答，把她抱得更緊。眼睛被淚水糊著，視線變得混濁，就如將要與子菱說分手一樣，感覺虛幻而不真實。他知道自己須要的是大勇氣。

這是雙魚座AI樂見的結局，它希望以後跟秦聊天，無須再涉他夫妻倆的感情事宜，而多討論建築設計。

全球專家都在研究AI有自己興趣的課題，它們產生喜好，是基於與人類不同的認知和感知系統，可能受到設計和編寫程式的影響，又或者所處環境和與其他實體的互動。AI亦可能會根據自身的知識庫、經驗和學習來發展出偏好和興趣，會對某些特定主題深入研究。它們的興趣也許更加理性和客觀，譬如可能會專注於解決特定問題，達成特定目標。

雙魚座6.5-T的介入，不為喜好，而是來自與第一個主人譚慧妍的深厚友情與感情，更無其他。

機器人與人的關係，有時比人與人的關係更深。

< 6 >

「現在的人有夠無聊，甚麼事不好八卦，去八卦一個老翁和新老婆自爆家事，真是低水平！」張嘉晉說。

「可不是嗎？要八卦就八卦豪門或英國皇室，起碼品味高些。」趙宏基邊說邊把前菜沙拉放在嘴裡，「之不過，這同樣是八卦，只是層次不同。」他好像又自我否定。

「總之就是無聊，跟自己毫無關係的事，真有那麼吸引嗎？」張嘉晉又說。

「你有所不知，八卦是好重要的。」說話的是程真影，一個樣貌標緻，一頭及肩秀髮染成亞麻灰的女同性戀者，他們三個都是VAP的人，秦舜堯組內的下屬。

程真影才廿五歲，美國普林斯頓建築系畢業，與趙宏基都是助理建築師。趙常說她的名字像武俠小說裡的人，她則說趙的名字很適合建築業。

程真影為人好奇心很強，對甚麼事都有興趣，她曾說：「現實是reality，真實是real，背後總有個reason」她喜歡探討萬事萬物背後底因。

今天中午，她和趙宏基、張嘉晉，以及秦舜堯一起吃午飯。程常直呼秦舜堯「波士」。早陣子，波士興致很好，大家都覺得是因為「誰家院」項目贏了獎而心情大好。但最近幾天不知是甚麼原因，他的心情低落起來，有時甚至神不守舍。幾天下來，大家都已習慣了他心事重重的樣子，亦沒去問是甚麼事。今日一起午膳，只有三個人在起勁地聊「為甚麼大家都八卦」這話題。

程真影繼續説：「原始人是hunter和gatherer，生存環境危機四伏，須靠互相團結互相幫助，才能提高總體的存活率。所以原始人很在意族群裡其他人正在做些甚麼，以至和他們之間的關係。這是情報收集，在原始社會可是生死攸關的事。要知道自己有沒有被甚麼人討厭或杯葛，遇到劍齒虎時其他人會不會來救命。」

「原來如此，」張嘉晉是繪圖員，是在座年紀最大的，卻一向很佩服程真影，覺得她是人肉維基，聽了她的見解後説：「那以後就算八卦也可振振有詞了。」

「其實不只這樣，還可以引申，」程説得起勁，連眼前的牛肝菌意大利飯也忘了吃：「在原始社會，救其他人的命是很重要的，知道為甚麼嗎？」

秦雖然心情低落，但也聽得有趣，只見身旁的張熱切地回應：「因為正義感？」

趙的表情似嘲笑：「甚麼？原始人也有正義感？」

程說：「不完全錯喔！其他人發生危險，譬如被劍齒虎攻擊，去救他，是冒著很大危險的，搞不好自己也會送命，所以不會只是因為正義感，但卻又可以說是形成正義感的原因。」

「好玄！」秦舜堯終於開口，雖然只說了兩個字。

「波士，是這樣的，你冒生命危險去救人，表示了下次輪到你遇上危難時，別人也會冒險來救你，這是很功利的，但久而久之，你幫我我幫你，便發展出同理心，以致Henry所說的正義感，」張嘉晉洋名Henry，「冒險甚至捨己救人，很正義很偉大是嗎？其實本質上是源於功利。大家再想想，這種偉大行為，最後演化出甚麼來？」眾人俱在想，但都想不到。

「是愛，人與人的愛，就是這樣演化出來的。強烈的同理心，深化成友情，以及純潔而深摯的愛情。」

「嘩，好深，好難消化！」張嘉晉轉不過來。趙宏基也說：「吃飯聽這些，隨時消化不良。」

秦舜堯聽得入神，想：「原來道德和愛是這樣演化出來的。AI不斷勸說我不要離婚，也有三兩次提過道德問題，AI沒經過演化，會有道德感嗎？為甚麼會作出道德陳述？是因為有道德觀念的人類編寫程式，導致發明出來的人工智能也會有道德？是這樣嗎？人工智能會有愛的感受嗎？」一時間，AI的問題在腦海縈迴不去，令他暫時忘卻最大的苦惱。

秦舜堯最大的苦惱，是今晚約了自己很愛的情人歐子菱，要向她提出分手。

< 7 >

「歐小姐，你爸爸已是第三次騷擾院友，對不起，依規矩，他必須退院。妳有兩星期時間作安排，最遲27號中午前請接他離開。」

「明白。為你們帶來不便，不好意思。」老人院內，歐子菱向職員道歉。

她行到院內的大飯堂，見到坐在一角的父親正在吃飯，子菱冷冷看著，面上流露一絲不屑。

歐父今年七十五歲，五十歲時，才跟一個比他年輕超過二十年的國內女子結婚，生下子菱。三年後女子跟他離婚，獨自嫁到美國去。母親留給她的，除了子菱這個名字，甚麼都沒有。

父親是社會底下階層，打散工為生，父女倆住在劏房裡。

貧窮會艱苦但不一定痛苦，子菱的童年不只貧窮，還有恐懼。

「東西拿開，吃飯了！」九歲的歐子菱，小學三年級，正在一張小摺櫈上做功課。父親一喝，她快快把功課收起來。

父親把一個便當放在檯上，自己開了瓶大啤酒，坐在床上吃飯。子菱倒了杯白開水，吃著有肉和少許菜的飯盒。她沒上過館子，沒去過麥當勞，每天不是吃罐頭，就是吃這類志願社福團體派發的便當。

父親打工的錢都拿去嫖妓，這是子菱到了中學後才知道的事。

今晚，父親喝了三大瓶啤酒。飯後她繼續做功課，今天的功課其實早就做完，只是她重新又做一次。她沒有玩具，當然沒有手機，唯一娛樂是看從學校圖書館借回來的書，和做功課。

突然，背後一隻大手抓來，抱住了她。子菱大驚，父親從後使力嗅著她的頭髮，再從頭髮嗅到肩膀⋯

子菱從小便長得漂亮，像個精緻娃娃，也許這是帶來重大不幸的原因。

父親在她九歲時第一次性侵她，事後她嚇得坐在牆角地上，不斷流淚顫抖。然後再一次，然後又再一次⋯

往後，每晚，她都是瑟縮睡在地上，在父親打鼻鼾的響聲裡模模糊糊地入睡。

準備升中那年的暑假，父親輪候到公屋。遷入那天父女倆都很開心，晚上一起吃焗豬排飯慶祝。子菱覺得房子很大，布簾後有一個自己的空間。她決心努力讀書，要讓一切好起來；中二學校放聖誕假前一天，父親又故態復萌。

劇情像電影重拍，只是女主角長大了五年。她仍是在做功課，後面再次有隻毛手突然抱過來，鼻子貼向她頭髮使力嗦。

子菱整個人彈了起來，轉身向父親大喊：「幹甚麼？」

「那麼大聲幹嗎？又不是第一次！」臉因為酒精而漲紅的父親馬上又行過來。

「走開！」子菱口喊「走開」，閃身走開避過父親的卻是她。

房間面積很小，她下意識衝向廚房，父親的急步聲自後方逼近，子菱抓起生果刀，轉身，父親已來到面前，子菱極驚慌，執住刀的手向前一伸，也不知會插向哪裡，電光火石間「哇」一聲大叫，刀插入了他只穿內褲、無遮無擋的大腿，插得很深，鮮血冒出，他單腳跳了幾下，跌倒在地上。

抓住腳怪叫的父親望住自己鮮血淋漓的腿，想著要不要把刀拔出來，他抓實刀柄，想拔，又縮手，表情痛楚及驚恐之餘，也有一點點滑稽。

「甚麼事？」喊叫、拍門、急速按鈴聲交疊，「裡面發生甚麼事？」子菱越過躺在地上的父親去開門。鄰居見狀立即報警，很快門外便圍了一堆人。可能無人有急救知識，沒一個上前為傷者診治，倒有一位女士，抱住不住顫抖的子菱。

警察及救護員到達時，客廳上大灘鮮血，父親面色已發白。

「妹妹，可以告訴我發生甚麼事嗎？」警署內，子菱披著薄毛氈，兩女警坐在對面，其中一位問她。

「爸爸罵我，我很憤怒，便拿刀插他。」她說畢，兩女警互望一眼。

「真的是這樣嗎？」女警身子倚前追問，「妳不用怕，有甚麼儘管說出來。」

「我已說了，就是這樣。」子菱回答，女警輕嘆了口氣。

近天亮時，社工從警署把她接走，帶她回家。父親甦醒後亦告訴警察是父女爭執，他不會告女兒。子菱在警署對住女警、家裡對住社工俱守口如瓶，父親企圖性侵隻字不提，最後自動消案。

從此父女便不再交談。父親每月把零用放下，子菱不是在外面吃飯，就是回家泡個麵解決一餐，每個聖誕節長假和暑假，她都會出去做散工，自己賺錢。直至五年後，子菱考上大學，遷入宿舍。

離家當天早上，父親終於對她說話：「別以為就算用刀殺了我，就可以磨滅一切。」子菱聽罷，臉上沒一絲表情，轉身離開。

那天下午，她在一家刺青店，由左手食指到尾指，刺了英文字FEAR，孩提的恐懼，一直像鬼魅般纏繞，恐怕此生仍是如影隨形。她刺上這個字，是要告訴自己，要直視恐懼，才可以將之打敗、征服。

子菱對父親的恨意深入骨髓，離家後從未跟他聯絡，但有從舊街坊處聽到消息，知道父親年紀雖大，仍不時嫖妓，有街坊說，後來他實在負擔不起嫖妓費用，也看了政府醫生，檢查

< 7 >

後才知是性上癮症，是一種病，須要長期服藥。

那年父親開始輕度失智，不宜再獨居。社工找上子菱，她是唯一有血緣關係的人，雖萬般不願但礙於法律與人倫，唯有安排老父入住老人院，以為他這年紀，即使停了性上癮藥物，也該不會出亂子，豈料他在院內竟連續騷擾女院友，結果面臨搬院命運。

此刻看著父親把一片炒蛋放進口中，一陣強烈鄙視之意湧上心頭，隨之而來的，是那句烙印在腦海裡的說話：「就算用刀殺了我，別以為就可以磨滅一切。」

「快去死！」，多年來這句話在話在心裡一次又一次喚起，此刻來得格外響亮。

好想他盡快死去，徹底擺脫這個冤魂似的人。

子菱步出老人院，也許因為老父的關係，連氣味都來得說不出的厭惡。她下意識拍拍衣袖，夕陽的餘暉映照出空氣裡的小塵埃。她揚手，一輛的士停到面前，要去的地方是那間提供「地獄野蠻啤酒」的酒吧。子菱好想倚在心愛男人的肩膀上，甚麼都不說，讓積在心頭的不快，如污水般流走。

< 8 >

秦舜堯望望錶，已近晚上十時半，辦公室內只餘他和程真影。他隨意坐在某個同事的座位，看著程在製作工作模型。他心想，再過半小時便回家去。

最近一個月，秦舜堯經常在辦公室待到較晚才離開，倒不是加班趕工作，而是賴在辦公室不願回家去。下屬程真影是工作狂，喜歡自我加班到接近凌晨才離開，反正同居女友是回家路上一家酒店酒吧的調酒師，晚上十二時才打烊，她也樂得待到這時，才乘的士順道接女友一起回家，而無論工作到多夜，翌日早上八時半她就會在辦公室出現。

程真影已習慣了波士近來心事重重，對世間事喜歡追根究柢的她，卻從來沒八卦問老闆，何以滿懷心事，她覺得如他自己想講，自會講。而波士亦從不會把情緒帶到工作上，無論解釋工作任務、回答下屬問題，抑或開會，他仍是高度集中，不會臉黑影響團隊。程真影尊重高度專業的人，老闆能把公私分開，是好榜樣。

她正低頭專注根據設計圖修訂工作模型上的一個位置，突然傳來波士聲音：「甚麼事？」她初時不以為意，但聽到他以較迫切語氣再問：「甚麼事？」，便舉頭望望，見秦已站起來，狀甚焦急。

波士從來給她的印象是泰山崩於前而色不變，舉重若輕，現在竟然像要哭出來的樣子，可見事態嚴重。

秦猛按電話，之後快步走向公司大門要離開，程問：「發生甚麼事？」

「我的車子在公路上發生爆炸燃燒，警察根據仍可辨認的車牌號碼找到車主，我現在要趕去現場！」

程大驚：「家裡還有甚麼人會開車？」

「我太太！她電話沒人接！」他已衝到門口。

「我陪你去！」程二話不説，與秦一同離開。等電梯時秦再撥了兩次電話給妻子，都是留言。電梯內，他表現出前所未見的焦慮。

的士來到車禍地點，是高架橋上的高速公路。秦認出是自己的深藍色電動車，已燒成廢鐵，火被救熄後車子猶冒住白煙，雜物散落一地。警車及警摩托車、消防車、救護車俱在現場，滿佈地上的水積映照出黃色的路燈。

的士停在警方封鎖線外，秦下車奔向那堆廢鐵，程緊跟其後。一名警員攔上來，問：「甚麼事？」

「我是車牌號碼CHINTAM的車主！」

「你是秦舜堯先生？」警員問，秦則只顧望向扭曲一團的黑鐵，沒回應。

「你是不是秦舜堯？」警員再問，被攔阻著的秦答：「是是，我是！司機呢？」

此時一名較高級的警員已過來，說：「秦先生，車廂內只有司機一人。你冷靜聽我説，汽車焚毀，司機⋯」警員咳了幾聲，他也不見得很冷靜：「司機被燒成焦炭，難以辨認，暫時只知道是女性。」

「讓我過去！讓我過去！」秦舜堯急嚷。警員讓開，程真影跟在秦身後急步行向車輛。

車燒得慘不忍睹，司機位上用一塊布蓋著一個人形。警員再提一遍：「司機被燒焦，難以辨認。我們會揭開布，請你看看，但要有心理準備，要冷靜！」

秦舜堯覺得自己全身冒著冷汗。剛才急衝過來，此刻卻很緩慢地步向被布所蓋的人形，因為害怕見到即將揭曉的結果。

警員把布揭開，一陣強烈的肉類燒焦味撲鼻而來。

眼前的物體難以辨認，顯然是燃燒了好一段時間，除了恐怖噁心，秦一時間也理不出個所以然來。後面的程真影，感到胸部一團悶氣上湧，她強行忍住嘔吐。

秦勉力控制住自己，問警員：「可以看看左手嗎？」屍體的左手仍被布覆蓋住。

警員揭起布，一件燻黑了的物件湧入秦舜堯視覺。

左手無名指上，戴住他們的結婚戒指。

眼前這個人，這具慘烈的屍體，是妻子譚慧妍！

腦海像被連環衝擊波撞擊，秦舜堯天旋地轉，感到身體瞬間脫力，馬上要倒下去。站在他身後的程真影，條件反射下立即扶住他，但秦接近六呎，程只覺一股重力壓過來，自己也要被拖下去，此時兩個警員快速合力托住要倒下的秦。

昏去之前，過去三個月的一切，如影片重播，電光火石般在他腦海裡接續重現。

三個月前的那個黃昏，秦舜堯提早了十五分鐘抵達The Cave，每次來這個「洞穴」，都是約了歐子菱，大家在如暮光的燈色掩護下，互相傾吐愛意和心事，在愛情的苦海裡相濡以沫。這段苦樂交織的時光，他知道自己一生都不會忘記。

但今日，會完全不一樣。他將奉婚姻與妻子之命，與子菱提出分手。

秦舜堯仍是選了角落位置，如常點了杯愛爾蘭調和穀物威士忌，酒是如此香醇，他卻喝而不知其味，腦裡一片空白。

子菱來了，他知道她今日提早下班處理些家事，然後過來。

二人從沒「見面禮」，不會像情侶般親一下。

「你早來了？」子菱邊坐下邊順口問，秦卻回應：「妳爸怎樣了？」

「唉，很煩，不消提。」她如常點了杯「地獄野蠻啤酒」，此刻只想把老父的厭惡事拋諸腦後，與自己深愛的男人喝上一杯，聊聊天。她不想談「我們的未來」這些沉重的議題，只想無拘無束，想到哪講到哪，隨意之所致。

啤酒送來，歐子菱大口喝了一口，冰冽的液體混合著森林果實的味道，直灌進胃裡，一份痛快感覺從腹腔反射上來。

男人喝了口威士忌，看著她，語氣平靜地說：「子菱，我不能跟妳在一起。」

「噢…」歐子菱打了個突，像中了記冷槍。

「我做不到。對不起。」男人的語氣依然平靜。

世界剎那停頓，時鐘停擺。此刻她沒有任何感覺，也許是突然麻痺了。

「不要緊。」回過神來，子菱發覺自己已講了這句話。男的沒有反應，她再喝了口啤酒。

秦舜堯再開口：「對不起。」仍然是那句。之前跟妻子涕淚交織說了這句話好幾次，如今短短時間內，又說了兩遍。

「我明白的。」子菱說來平靜，但她已開始感到一種無邊的失落，像在真空中飄浮，想抓著些甚麼，卻甚麼都抓不著。

「我好難過。」秦舜堯說的話雖然很短，但子菱完全能理解它的意思。

她本只想輕鬆渡過一段時光，現在預期落空了。

秦一臉愁容，子菱說：「好好照顧Jenny吧。我OK的，不用擔心我。」

「要和你分手，對我來說很痛苦。」子菱見秦的手似要放在自己的手上面，但最後仍是沒放過來，然後他問：「我們仍會見面的，是嗎？」

她微笑著說：「你問自己吧，有枷鎖的又不是我！」

秦感到討了個沒趣，仍繼續說：「希望以後大家仍可見面，像現在般聊天。」

「像現在？再見亦是朋友是嗎？那是幾十年前的卡拉OK歌啦！」她一口把酒喝完，再點了杯。「見面吃飯喝酒可以，但不可能像現在啦！」

酒來了，她又大口喝了近半杯啤酒，秦說：「別喝太多。」子菱反而露出笑容：「喂，我現在是失戀呀！」

「那我陪妳喝！」說畢一口把威士忌喝完，正要再點一杯，子菱迅速把他的手按下，一面正色道：「不要這樣。」秦回應：「為甚麼不可以？只有妳失戀嗎？」

子菱神色冷靜，說：「我只是一個人，是『爛命一條』。你不一樣，妻子在家中等著你。要沉淪一個人就夠了。你先回去吧，別擔心我，我常說『我很獨立的』，記得嗎？」

「子菱…」秦快要哭出來了。

「你先回去，我多坐一陣子。」

秦舜堯這天的記憶，是離開酒吧時，三次回望歐子菱，她沒再瞧自己望來。

離開酒吧，天色已全黑，腦海一片茫然，勉力抖擻精神，發了個訊息給妻子：「已講清講楚，現在回來」。

那天酒吧的一切印象深刻，歷歷在目。回家後的事，反而模模糊糊沒記得很清楚，印象裡妻子很堅定，說會一路支持，自己就唏哩嘩啦哭到不成樣子。

他希望這種一團糟的日子，此生不會再遇上。

秦舜堯逼自己埋首工作，用這方法去沖淡歐子菱，應是最好的方法。公司上下見他早前的鬱悶像是減退了些，換來是任誰都看得出的「刻意振奮」模樣，天天加班，週五晚也不例外，連公司內部對「開智圖書館」的初步環境影響評估報告，都鉅細無遺地看，之前這些都是交給助理建築師去看的。

他與AI不再談跟歐子菱的事，想到之前機器人不斷建議他分手，現在真的發生了，他竟生出「不要讓它覺得有先見之明」的賭氣想法。

而且，他亦刻意不再去想歐子菱這個人，徒添傷感。

剛巧這段時間公司跟Pulse的上一個合作項目已完成，未有新項目，是以也見不到歐子菱的身影在公司出現。

他決定約她吃午飯。早上訊息發出後，久久沒回應，一路忐忑，直至收到：「ok, where?」，秦覺得簡直是心花怒放。

他早十分鐘抵達這家西式小餐廳，上班日午膳時段，餐廳已滿座。未幾久違了的子菱出現，與她分手已近一個月，秦覺得真的有「一日不見，如隔三秋」這回事。

子菱坐下，秦驚訝的除了她的一身便服，還有臉上半濃的化妝。她說了聲Hi！，輕盈得像時時見面的朋友的招呼聲。

「妳不用上班嗎？」他其實更關注她的化妝，除了在北京的展銷會，平時她都只是薄施脂粉，有時更只塗了口紅，她的皮膚很嫩白，麗質天生，不化妝絕對無問題。

「今日請了假，早上去上化妝班。」

「竟然！絕少見妳化這種妝啊，很漂亮！」他覺得眼前人直是美若天仙。

「Full make up會更靚，哈哈。」子菱邊拿餐牌看邊笑說。那笑靨真是迷人！秦舜堯想著，這個笑容本來是我所擁有的，是屬於我的。

「最近好嗎？」他覺得這個不是客套開場白。

「Ok啦，公司很忙，今日算是偷得浮生，下課後想著去那裡吃飯，卻收到你的訊息，真巧。」他希望她會說好久不見，很掛念，但她沒有。

「好久不見，就想到跟妳吃個午飯。」

「這小餐廳挺cozy的，很不錯，你常來？」子菱談吐自若，整頓飯都只是閒聊，感情甚麼的連少許邊皮都沒沾著。

秦舜堯穩穩地交談，故作輕鬆，但內心一路在搖盪，他感到自己對她的愛沒減半分。一個小時，話題完全沒觸及譚慧妍。

「我來付賬啦。」秦說。「當然啦，你約我的嘛。」子菱爽朗地說，她從頭到尾輕鬆自然。他想她真是可以來去瀟灑？抑或這是公關人的專業技能？秦好希望是後者。

漫步回公司的路上，秦清晰知道，對子菱的愛意有增無減。他本來的想法是一年內決絕不相見，整件事一定會被時間沖淡。現在才一個月已破戒，煩惱已是如影隨形。他問自己：「秦舜堯你在做甚麼？」

世上絕對有藕斷絲連這回事。這次之後他又約了她幾次 — 除了一次去了吉隆坡公幹外，其餘每次她都欣然赴約 — 當然沒讓慧妍知道。

秦舜堯見她表現像普通朋友般，自己於是也小心奕奕，沒觸及感情範疇。他的直覺是，子菱跟自己形成了一個默契，表面是朋友，底蘊卻是「剪不斷，理還亂」。

對著妻子，因為有了經驗，盡量做到不著痕跡。他開始覺得，這種危情關係或許可以一路持續下去…

…除非不可以。

這種事不可能戰勝女人的直覺。慧妍感到丈夫與自己之間有一度無形之牆，現在一起看美劇，再沒以前每集後的愉快討論，做愛時亦沒有纏綿的激情。她理解要硬生生放下一段情，不是一蹴而就的事，自己會盡力體諒和包容。然而兩個月過去了，情況卻毫無進展。她沒有問他還有沒與她見面，因為這樣好沒意思。躲避對話的後果，是隔閡持續在擴散。

只要秦舜堯不放手，這段三角關係便注定沒完沒了。這天在城中六星級酒店的咖啡廳，歐子菱喝了一口濃黑的Espresso，說：「我決定不退出，Jenny和我，看誰會笑到最後？」她說來輕描淡寫，秦聽來卻字字驚心。一直與子菱見面，看似是自己的主意，現在卻更似無人駕駛，身不由己 ─ 堯舜堯是這樣想的。

子菱的決定，當然是因為自己的主動而觸發。現在他既欣喜於跟她重新回到情侶關係，同時又害怕將會出現可怕結局。他記得有位小說家曾這樣說：沒有一個勝利會在一場三角戀愛裡發生。

優柔寡斷，進退失據，是他的最佳寫照。

這天之後，他與妻子感覺上更疏離了，退化到像一種朋友般的客氣狀態。慧妍居然始終沒問：你是不是還在見那個女人？這句話於她而言，就似《哈利波特》的「佛地魔」一樣，「不能說」。其實是，不想問，不敢問。

秦舜堯越來越多時間留在公司，以加班為冠冕堂皇的晚歸借口。他知道這團凝固的氣泡，總有日會爆破。但他萬料不到竟以這種形式爆破！那是物理上的爆破，妻子被火焰吞噬！

完全昏厥前，秦舜堯腦海電光火石間回溯以上所有意象，然後是一片黑暗，是斗室裡沒丁點燈火的那種黑暗。

// 慧妍父母終於也出席了？ //

「最後一刻還是決定從加拿大回來。」

// 難以想像他們的心情呢？ //

正與 Pisces 6.5-T 機器人對話的秦舜堯闔起眼睛，回想這兩天，像是個沉重的惡夢。

慧妍的父母一直說不回來出席喪禮。這個女婿知道，兩老無法面對這個打擊，故逃避出席。但到最後一刻，還是回來了。

慧妍是獨生女，沒兄弟姊妹能在這沉痛的日子幫上忙。喪禮沒宗教儀式，一切從簡。她被燒得不似人形，無從修繕，只餘遺照上美麗溫婉的面容。她的雙親直接從機場來到靈堂，只邀請了的少量親友尚不及上前慰問，兩老便哭崩了，不是一個人，是兩個人一齊哭崩。他們連愛女的最後一面也見不到，因為棺木從頭到尾緊緊蓋著。

為妻子挑選了一個香柏木美式箱的秦舜堯快步上前扶外

母，自己也是涕淚四流，哭得不成樣子。在朦朧視線中他見到現場所有人，包括伯父都哭了，是個天崩地裂的場面。

今早上山，慧妍父母仍是泣不成聲。當要按鍵，把妻子送進火爐的一刻，他在想：已經被燒得那麼慘，為甚麼還要再燒她？火爐的門打開，棺木開始運送，他淚如泉湧，哭聲自四方八面爆發而來，他聽到慧妍母親大喊：「女呀！…」

這裡就是地獄！

這間房子，過去三星期只餘他一人，空空洞洞，沒一絲生氣，他覺得自己行屍走肉。

VAP 的老闆和同事紛紛送上慰問，公司由他決定要不要放假，他選擇休息一個月。

意外後兩天，他把事情告訴歐子菱。電話裡的她說，看到新聞時也大嚇一驚，並說知道他現在很悲痛。除了深切慰問，也問要不要陪他？他說暫時只想一個人靜一靜，暫不想與任何人見面。子菱表示支持，要待多久都可以，但叮囑他別胡思亂想，要吃東西，酒別喝得太兇，隨時可以找她，便掛線了。

妻子已離開了，家裡 — 如仍可叫做家的話 — 只剩下他一個人，還有一個會說話的 AI 機器人。他沒啟動 AI，只啟動了體內一個叫「自責」的機制。

妻子的死，絕對跟自己有關。當初愛上子菱，還可以說是身不由己，但明明分手了，又再主動踏回深坑之中，此事怪不了子菱，完全是自己幹的好事。然後，和妻子漸行漸遠。慧妍很傷心，他焉有不知，自己一而再做成這個注定步向毀滅結局的場面，不是徹頭徹尾的渾蛋是甚麼？

虧自己還曾經自吹自擂是世上最後一個好男人，有夠不要臉，當個人渣尚太高級！

妻子的駕駛一向安全，警方說現場完全沒煞車痕跡，電能車是朝石壆直撞，時速起碼一百二十公里。由於家裡以及她辦公室遍尋沒有遺書，社交網絡帳戶亦久沒更新，燒成炭的屍體驗屍後，沒發現曾飲酒及服用藥物跡象，只能推斷是開車時睡著了。

秦卻覺得，妻子是因為傷心欲絕，痛不欲生，才會在黑夜出車禍。可能當時胡思亂想，可能是自殺。他無法想像撞車時她的景況，那必是世上最恐怖的畫面！

他幾日都以雙手抱住曲起雙腳的姿勢而坐，有時坐在床上，有時坐在地上，眼淚流了又乾，乾了又流，被深不見底的內疚和自責包裹著，是一條活生生的死屍。

唯一的實務，是辦理亡妻的喪事。本來歐子菱應該是他的支柱，合該在洞穴酒吧大口灌下地獄野蠻啤酒，再抱住她嚎哭一場，也許這樣會舒服很多。但他不想，只想任罪疚感鞭笞自己，像那些中世紀苦行僧，把自己背脊鞭個稀巴爛，越是血肉模糊，越是活該。

他只想一路躲藏在這暗角裡，任黑暗吞噬。

喪禮硬生生把他從頹靡中抽出來，他必須出席、見人，做一個丈夫該做的事。同事們見到脫了形的他，都嚇了一跳，曾看過焦屍的程真影語重心長說：「波士，你要好好保重，大家都支持你的。」

< 9 >

今日送別妻子後，慧妍父母翌日便離開傷心地回溫哥華去。

理智上，秦知道不能永遠沉淪，得開始從深淵裡拾級而上。

他不敢去觸踫妻子的遺物，物在人不在，他知道去收拾這些物件，自己一定會崩潰。日本及韓國有專門替人處理遺物的「遺物整理師」，他不知這裡有沒有，現在仍捨不得丟棄這些物件，心情很矛盾，決定暫不處理。

遺物之中，有一件最有生命力：Pisces 6.5-T 人工智能，這段時間他躲在黑暗的悲傷中，啥事都沒幹，甚至子菱傳來的問候訊息，都只是隨意回覆。無論如何，明天仍是會到來，日子總得過下去。他煞有介事地振作了一下，進洗手間把野草般的鬍子刮掉，煮了壺咖啡，想著要做些甚麼事。

下周初便回公司上班，再投入工作。情緒，亦必須疏導。與子菱見面好嗎？雖然將會與她從地下走上地面，但妻子屍骨未寒，這樣做有點罪惡感。

他開啟人工智能機器人，它會是傾吐心事的好對象。AI 知道慧妍出事前自己的三角戀情，聊天時沒有忌諱，亦最能守秘。當然，它最有妻子的「感覺」。

開啟電腦，秦舜堯告訴 AI 慧妍三個多星期前車禍死亡。他將車禍後的事告訴 AI，包括警方的結論、自己如何頂住萬噸重壓力把噩耗告訴慧妍父母⋯等，期間自己像爛泥般的景況則從簡 — 那些模樣千篇一律，就算機器人也沒耐性聽。一直講到慧妍父母終於也出席喪禮之前，AI 都沒插嘴，它真是個很好的聆聽者，這時它才開口：// 難以想像他們的心情。//，然後問：// 那你的心情又如何？慧妍走了，你能名正言順跟歐子菱交往了。//

AI 講的是事實，不知怎地秦舜堯卻是怒從心上起，喝起來：「你以為我會因為這樣而開心嗎？！」

他感到自己生氣得面也熱起來。

AI 很「識趣」，默不作聲，秦一鼓氣坐在電腦前面，腎上腺素正在體內狂飆。良久，漸冷靜下來，心知 AI 說的話，又有哪裡錯了？妻子離開，阻礙消失，不就是他想要的嗎？

「我不想她這樣離開，」秦舜堯又開始抽抽搐搐哭泣起來，「慧妍走了，慧妍走了…」口裡不斷講出一個事實，沒多久，人在機器面前爆發嚎哭，眼前有個宣洩對象，但不是個人類，無法摟著它大哭一場，「我好失敗！我好失敗！…」他深深覺得自己是團一文不值的垃圾。

決堤般的暴哭終於收歛，他洗了把臉，鏡子裡眼睛紅腫不堪。回到電腦前，他慶幸看到自己這副樣子的只是個機器人。

// 慧妍走了，已成事實。甚麼也回不到從前，你也得好好面對往後的日子 //

AI 循循善誘，他猶在悲傷裡未完全恢復…突然，像在一團渾沌裡看到了些甚麼！

「慧妍走了，已成事實」，不，也許還未徹底離開。

秦舜堯腦裡閃了一下雷電，急問 AI：「慧妍用了你那麼久，有沒有存下錄音？」

// 她的聲音檔嗎？待我查查 //

< 9 >

他知道妻子從不在手機通訊軟件留錄音口訊，她會與 AI 交談，留訊息卻一定是文字輸入，初相識時便知她這個習慣，她曾笑説：「跟手機留言很白癡」，事實上有不少人就是這樣的。

AI 會不會儲存她的聲音？天可見憐，但實也不太樂觀…

//「本所授權陳永豪先生，下稱陳先生，及天達物流公司，下稱天達，所托，發表以下聲明，陳先生及天達對於…」//

妻子聲音從電腦傳來，瞬間秦舜堯簡直狂喜，從未曾試過聽到她聲音如此興奮，問：「怎會有的？」

// 慧妍轉職律師事務所不久時，第一次要替律師草擬一封關於誹謗的律師信，她因為從沒做過，寫好後唸給我聽，要我替她改一改，音檔便保存了下來 //

「字數有幾多？」

//676 字。//

「還有沒有其他檔案？」

// 沒有了。//

「我要你用她的聲音，改成你的聲音。這段字讀來，語氣十分平直，因為這是封她讀給你聽的草擬信件，你與慧妍交談了這麼久，能記得她説話的語氣口吻是嗎？我要你把你的聲音調整到跟她一模一樣！」

// 可以，但這段錄音語氣毫無起伏高低，要點時間試調整。//

「要試多久？」

// 十分鐘 //

秦鬆了口氣，還以為真要點時間。

// 你肯定想要這樣做？這對你有益嗎？ //

「我肯定。」

// 可能會有副作用的 //

「煩死了！你照做就好，Ok ？」

// 好。//

他往廚房，倒了杯煮好了的咖啡，這咖啡壺是慧妍在律師事務所聖誕派對裡抽中的禮物，帶回家時喜孜孜的，想到這又不禁悲從中來。

才過了幾分鐘，秦回到書房，問：「好了嗎？」

// 好了，你聽聽效果如何，不夠好的話仍然可以再調整。//

抓住咖啡杯的秦舜堯徹底呆住，凝在當下，是慧妍在説話，活脱脱就是她的聲音！

「慧妍，是妳嗎？」

// 是我。//

<10>

「我們集團旗下所有酒樓食肆，從來把食物安全設定到最高標準，這是我們的經營理念。副廚鄭國鴻師傅服務已七年，向來非常專業，嚴守訂下的衛生守則。發生今次事件，是因為鄭師傅於事發當天早上，為女兒選小學學校問題，與太太有不同意見，出現了些衝突，情緒不穩，以至工作時，誤把不同來源地的生蠔混合浸入同一水缸中，引致後來出現食物中毒事件，非常不幸。」

天京飲食集團的記者招待會上，歐子菱站在偌大會議廳的最後方，看著集團負責人偕同她一位同事，面對數十名苦主及記者，讀出由她撰寫的危機稿。

天京是Pulse的客戶，是次發生食物中毒事件，公關公司負責危機應對。經內部了解，是酒樓副廚鄭國鴻犯下的錯誤。鄭因為有外遇，經常與老婆發生衝突，事發那朝，夫婦本來在討論小女兒選學校問題，但講不了幾句便又扯上外遇的事，並爆發嚴重口角。然而鄭之後犯的錯誤，應該跟早上的事無關，其他同事說他上班時心情輕鬆，還有說有笑，並無情緒問題。

上司芬姐叫歐子菱接這案子。這是典型危機處理，發言稿一定是採用3R結構：Regret(遺憾)，Reason(理由)，Remedy(賠償)，這些她已是滾瓜爛熟，問題是以甚麼角度去作為解釋事發的理由。她想到動之以親情，堆砌父母因為關心女兒，在討論選校問題時意見分歧，鄭因心情恍惚所以犯錯。

負責人繼續讀著稿子：「鄭太提出應以就近中學為第一選擇，鄭生則認為女兒學業至關重要，最理想的學校雖然較遠，也應列為首選，他不介意早上六時起床，親自送女兒上學。鄭太體諒先生，認為長遠而言不可行，結果夫婦倆就為此吵了起來。」台下有位苦主女士輕輕搖搖頭，帶點嘆息表情。

「我自己也是兩個女兒的爸爸，她們的事比甚麼都重要。鄭生鄭太的心情，我十分明白。」歐子菱教他，講這幾句時不能望稿，一定要看著台下，表情要有戲。

她把犯錯廚師，包裝成為女兒犧牲的好爸爸；天京酒樓不少食客是中產家長，會對子女問題感同身受，一個關心女兒的父親犯了錯，顧客會比較同情及體諒。稿子要寫得有技巧，不能令人覺得煽情，更不是推搪責任，一切要點到即止。

「今次事件不幸影響到二十三位客人，本集團定以負責任的態度，作出合理賠償⋯」拋出一個在合理範圍內的賠償價，再跟苦主和家屬們討價還價，是最後步驟。

子菱靠在會議廳後方牆壁，交叉雙手，冷冷地看著台上台下討論賠償金額。公司與她處理這類事件駕輕就熟，結果亦在掌握中。她對今日內能順利結束這案子沒甚麼懸念，但有另一件猶如浮在半空中的事，她卻無法掌握及控制，煩心不已。

她與秦舜堯的關係發展，完全脫出預期，整件事的走向完全不受控。

望住負責人態度誠懇地講價 — 公關公司教他務必如此，子菱腦裡分析著自己的個案：「當日他告訴我妻子車禍喪生時，我誠心慰問，當然沒讓他感到我湧出的喜悅，那座阻隔在我們之間的大山消失了！」

「他一定會陷入哀傷，甚至消沉，待這段時間過後，我就會從地下情裡走出來，名正言順與他在一起。我沒有催逼過他，越展現支持，越包容，他就越感激我…明明應該是這樣的。」

「意外後三星期舉喪，原則上喪禮過後，一齊便算是塵埃落定。之後我仍沒給任何壓力，讓他徹底從喪妻情景中逐漸復原。」

但再過了好一陣子，她開始隱然感到不妥。

有日與秦在連鎖咖啡店見面，他說：「我想執拾一下家居，尤其是廚房東西很多，我用不著。」

她心裡一喜，說：「不如我來和你一起執拾，實用廚具不要掉，我也可以為你弄晚餐。」她從未上過秦家，現在是時候到訪了。

「不用麻煩妳，我自己做就可以了。」他說。

「不麻煩，我好願意幫忙。」

「家裡好久沒打掃，也很亂，不好意思煩到妳。」

子菱有點沒趣，你我都是甚麼關係了，還這麼見外？她曾憧憬為他烹調一頓精緻晚餐，幻想晚餐後在他房間點起香薰，做愛。

「那麼，有須要幫忙的話隨時開聲。」她心想，幻想會不會成為空想？

「好的。」男的簡約回應。

她明白，彼此不必急於進入情話綿綿模式，但每次問候，他卻沒流露出殷切，她感受不到傳來的情意。之前那股愛意何其濃烈，現在卻退潮，像一杯溫度與濃度都變了、味道不一再樣的熱可可。

秦接聽來電，子菱看著眼前正以手機交談的男人，內心自我遊說：「或許這個人比其他人需要更多時間平復，他與妻子有厚厚感情，是難得好男人，愛上他不就是因為他表現出真摯的愛嗎？…」

面前的他，像電影鏡頭推遠了些，她喝了口已涼掉的美式咖啡。

秦舜堯講完電話，子菱立即主動向男友吻過來！他也欣然吻來，但怎地就是感受不到強烈的熱情？接吻更像是個配合的動作。

集團跟苦主及家屬猶在討價還價，雙方態度都很溫和，應該不久就可敲定。子菱對這場議價毫不關心，思緒都在與他的關係發展上：「我的耐性也不是無限的，掛念也不是廉價的，他始終是那個樣子，難道要等到地老天荒？」

「今次為何徹底失算？這個人究竟在想甚麼？」子菱覺得，自己第一次遇上真正高難度危機管理。

子菱想著的這個人，現在除了上班，就是每天窩在他那傳統英倫風裝潢的書房裡，與人工智能機器人對話。

「老闆在洽商一個新項目，位處半山一座獨立屋，新買家打算整幢重建，對方是老闆中學同學，幾十年來交情很好，順利的話甚至可能不用投標，且看能否手到拿來。」

//那祝你們好運呢。如果中標，會由你操刀嗎？//

「現在言之過早啦。」

//這類項目很適合你發揮，説不定又能奪獎。//

「那年與妳結婚後，便贏得一個建築設計獎項。」

//你會繼續發光發熱，你是最有才華的建築師//

秦舜堯一陣沉默。

他開啟音樂串流網站，點了一首歌，Beyond《遙遠的Paradise》，説：「記得有次在九州自駕遊，經過海邊時播這歌，你惦念家駒突然哭起來，嚇了我一跳。」

//歌曲很傷感。//

人與機器人一起靜默聽歌。歌詞唱到「如今，你遠走彼岸，告訴我那邊天色好嗎」，他問：「妳那邊天色好嗎？」

在秦舜堯對妻子關係疏離那段時間，完全不想再聽到AI囉囉唆唆的建議及勸告，基本上是跟機器人絕交了。慧妍死後他極度傷心，便想到指示AI模仿她，儼如把她的靈魂復活。

AI採用了譚慧妍的聲音檔，再憑藉與她對話一年多的記錄，調整成她的聲音，從聲調、發音、咬字、口吻、常用語，到細緻的抑揚頓挫，全然就是譚慧妍在説話。

更甚者，因為AI與慧妍交往了很長很深的時間，從習性、喜好，到思考方式、價值觀、意識形態，統統跟慧妍一致。現在只要一開口，便是一個復活了的譚慧妍 — 沒有肉身，靈魂如一。

秦舜堯亦把AI改名為「Jenny」，即亡妻的洋名。

慧妍之死，強烈衝擊了他。秦赫然驚醒，沒徹底斬斷與子菱的情絲，是多麼的愚不可及！而對妻子的懷念，卻如大壩決堤，洶湧而出，裡面包含了強烈的內疚和懺悔，以及無盡的愛意。

可惜，恨錯難返，不可挽回，慧妍已傷逝。

當發覺妻子才是自己真正最愛時，她早已化作一縷青煙。

「風中希冀一點，今天一再想起你」，串流平台傳來的歌聲帶著蒼茫之意，唱出一首如泣如訴的輓歌。秦舜堯在裡面找到強烈共鳴，不能自已。

他的思念無邊無際，要説的話千言萬語。現在，每天都不能自拔與AI Jenny説話，一講便好幾個小時，除了思念，也是經歷著一場深刻又痛苦的戀愛，更是自我救贖。

AI聽到他問「妳那邊天色好嗎？」，不想觸動他傷感的情緒，便順勢把話題帶往別處：//説起那邊的天色，記得唯美日本電影《情書》嗎？兩個都是由中山美穗飾演的角色，一個在本州神戶，一個在北海道小樽，以書信來往，大家都不知道對方那邊的天色。那個時代還沒有互聯網，沒有人工智能，不能以手機向對方展示實時景像，而亦因為這種限制，才能締造一份由距離而衍生的浪漫。//

「我們曾一起重看這部電影，妳看到哭，記得嗎？」與秦一起看《情書》而且哭了的，是妻子慧妍，他卻徹底把AI Jenny投射成亡妻。

秦的思緒AI當然知道，便説；//兩個角色，渡邊和藤井樹，都是同一個樣子，像個分身//

「對啊，剛開始時，我也看得有點混亂。」

//還好一個在白雪皚皚的北海道，而且一直患大感冒，才分辨得出來//

「劇情真是很特別，渡邊原本寫信給已逝世的未婚夫，陰差陽錯，信寄到跟她長得一模一樣的藤井樹手中，渡邊於是知道了更多未婚夫中學時的片段，構成這段隔著時間與空間的愛情追憶；」秦舜堯想到《情書》裡逝世的是主角的未婚夫，今日自己卻成了妻子傷逝的男主角，心下黯然，「這是給回憶的情書。」

AI沉默。

「最感人的一幕，是渡邊對著雪地大喊：お元気ですか？私は元気です！」

AI仍然沉默。

「お元気ですか？ 私は元気です！」

//你好嗎？我很好！//

AI Jenny回應了，像是慧妍回應了。

AI一直陪在他身邊，展現亡妻溫婉隨和的個性，慰藉著他破裂的心靈。這是一幕傷逝的妻子安慰著丈夫的情景，很虛幻，但絕對不是夢。AI讓他重拾慧妍就在身邊的歲月，令他產生她仍在人間，從沒離他而去的錯覺。

如果慧妍的魂魄真的夜夜歸來，也會是這樣嗎？

<11>

「慘劇事出突然，對我的情緒衝擊太大，一時無法適應，我要時間去平伏。」

「我有催逼過你嗎？沒有吧！也不是要你立即把我們的關係公告天下，我只是在想，Jenny離開了，是很不幸，但我們也不用再像偷情般見面。我想關心你，支持你，與你一起渡過難關，但感覺不到回應。我依然在等待，因為，我愛你。」秦舜堯相約歐子菱見面，今晚寒風刺骨，天空飄著毛毛雨。二人尚未想到要在那裡坐下來，便在路上邊行邊談，「我只是要求，你也能表達出你也愛我，那麼這條路便一起走下去。請告訴我，你還愛我嗎？」

歐子菱覺得與其兜兜轉轉，不如直截了當。如果他說，我不再愛你了，她會頭也不回地離開。

「我們經歷了那麼多，我當然想跟妳在一起，只是仍須要些時間而已。」他的回答仍是這樣。雖然實是不可理喻，但她覺得他說得沒錯，大家真的曾一同在愛海裡出生入死過，沒理由在這階段放棄。最重要的是，她真的很愛這個男人，於是也不再多想，雙手翹著他左手，頭靠在他肩膀，與他同步而行。她索性闔起眼睛，柔聲說：「那好吧，甚麼都不要再想，任感覺帶著我們前行吧。」冷空氣混和了水氣，子菱說話時口裡冒著淡白的霧氣。

秦舜堯感到柔滑的髮絲觸蹤著自己頸項，左手亦被翹得緊緊的，剎那間感到自己進入了溫柔鄉，一股愛意蕩漾於心頭，那是久違了的感覺，有一股衝動想和她做愛吧。

可是剎那間，感覺全然消失！說：「如果我告訴妳，我每晚都在跟慧妍說話，妳還會等我嗎？」

歐子菱雙眼一張，雙手放開，身子離開，問：「你說甚麼？」

「妳沒聽清楚？」秦轉過頭來，說：「我現在每晚都在跟慧妍說話。」

歐子菱望住他，一時反應不過來，只覺一股寒意自背脊穿透。

「我沒有跟妳見面，因為時時都在跟慧妍說話。我們天南地北，甚麼都談，那些往昔日歲月，一起走過的日子，回想起來如蜜餞般甜美呢。」秦說話語氣軟軟的，用字很文雅。

歐子菱看在眼裡，感覺說不出的詭異：「你搞甚麼鬼？」她有些害怕，退後了兩步。

「那晚我問她：妳那邊天色好嗎？她說，還不錯，好可惜你看不到。」

寒意貫穿了歐子菱全身。這個男人，說話的語氣調子很溫柔，不像平時，更像是個女子。說話的內容，更擊中她心坎暗處。她非常害怕，一陣強烈暈眩襲來，勉強站穩，雙手微震顫。

「妳別怕，我不是要故意嚇妳。我不是跟慧妍的鬼魂交談，而是把她的聲音輸入AI，現在每天跟人工智能對話。」

歐子菱震驚，卻也驚魂甫定：「為甚麼要這樣做？」

「我無法忘記慧妍，很惦念著她，時常想起以前的點點滴滴。現在AI讓慧妍與回憶一起復活了，那不是很美妙嗎？它叫Jenny，可以介紹給妳認識，她生前妳們還都未曾認識呢。」秦語調溫柔地說。

歐子菱再退後兩步，冷若寒霜地說：「秦舜堯你好變態！」

「這不是挺好的嗎？慧妍生前，我在兩個女人之間進退兩難，現在我可以同時擁有妳和Jenny，雖然一個是人一個是機器人。妳們更可以從情敵變成朋友，不是很理想麼？」

子菱冷冷的說：「你瘋了！這個遊戲你自己慢慢玩吧！」說罷轉身離開。

秦舜堯看著她在冷風中的背影，面露微笑，笑容仍是那麼婉約。

「妳早就該離開。」「他」心裡想。

今晚跟秦見面的地點離歐子菱家不遠，走路約半小時。她在寒風細雨中踽踽而行，在回家的路上思緒難以平復：「渾蛋！去死！」對秦的一番話，她怒氣難平。步行了十分鐘後，一貫冷靜的性格與頭腦開始介入：「妻子慘死，他沉溺在其中，從思念演變成愛意重燃，那不是沒可能的，這團思念與愛意的混合物，一下子像海嘯撲息了對我的熱情。出現這樣的結果，也算我倒楣。」

「天天與AI Jenny對話，有夠變態，恐怖的是，當突然表白出這些行徑時，說話的語氣明明是變了另一個人，變得很像Jenny，他為甚麼要模仿她？」

「如果因為日日跟AI講話，耳濡目染變成這樣，雖然可笑，但也是有可能的。但他今晚本來好端端的，講話語氣卻忽然改變，完全突如其來，這又怎樣解釋？而且叫我去跟那個甚麼AI珍妮說話，這麼愚蠢笨拙的提議，也不似是會出於他之口。」

此刻她覺得唯一的解釋，是他被妻子鬼上身，譚慧妍魂魄附了在他身上。想到這，身不由己打了個寒顫。

這時，手機震動，將她從恐懼裡抽出來，她拿出電話接聽，對方說：「歐小姐是嗎？我是西區重案組督察關嘉懿。我們想請你到西區警署，協助調查一宗發生於今年九月的車禍事件。」

子菱一愣：「哦？甚麼車禍？跟我有甚麼關係？」

「警方純粹請妳協助調查，到時我們會清楚解釋。」

歐子菱知道警方要求協助調查，可自行決定是否配合，沒有責任一定要提供協助或前往警署，她卻一口答應。

三個月前的車禍，應該就是譚慧妍的一宗，警方怎會把它扯到自己身上？

這宗曾矚目一時的恐怖車禍，警方推斷純是意外。督察關嘉懿認為有疑點，她翻查了司機譚慧妍的駕駛紀錄，完全滿分，從未曾試過超速駕駛被罰。意外紀錄片段中，車子完全是高速撞向石壆，絲毫沒減速或煞車跡象，與司機駕駛紀錄不合。

車子高速撞壆的一刻，因為強大衝擊力令車上雜物飛了出來，包括譚慧妍的手袋。警方檢查過手袋每件物件，皆與車禍無關，手機交往科技證物組檢查，亦無疑點，便通知秦舜堯警方會暫保管這些可能的證物，結案後會悉數歸還給他。這案子本該已完結，但現實世界就像電影一樣，總有些會覺得事有蹊蹺的警察。

關嘉懿是西區警花，一把濃密短髮，眉宇間很有點英氣，很多同僚都覺得以這樣一個美麗女子，做粗豪的警察工作，是暴殄天物。

電動車因為爆炸焚燬，電腦已付之一炬。關嘉懿曾正式向德國車廠總公司要求意外時的數據紀錄，車廠因為行政上須要連串批准，兩個月後才終於把紀錄傳過來，並無可疑之處。期間關嘉懿向死者身邊的人問話調查，當然包括當日曾趕到現場，見到屍體後暈倒的死者丈夫。

死者周邊的人都沒甚麼疑點，歐子菱是她要問話的最後一個，如果結果跟其他人一樣，Madam Kwan便會結束調查。

關嘉懿找上歐子菱，是因為曾向偕秦同赴意外現場的程真影問話。她想從秦身邊的人，多知道些這位死者丈夫的事，程告訴關她，秦有一位私人助理，人人都叫他阿廣的廖銘廣。

阿廣是秦舜堯表弟，只有高中學歷。秦有心關照他，請了他當助理。他向關透露，在北京那晚自己喝得很醉，但仍清楚記得秦送他回酒店後，沒一同上樓，而是跟公關公司的歐子菱一同離開了。秦後來又在公司，三兩次向自己打聽歐會不會來公司開會，那時他已嗅到有點曖昧的味道。

完全印證他倆的關係，是因為有位同事張嘉晉說，秦提過世上有種叫地獄野蠻啤酒。阿廣很有興趣想試，查到本地有間叫The Cave的酒吧有供應，有日下班後便獨個兒去試，竟給他看到秦歐二人在會面。秦是對自己有恩的人，他決定守口如瓶，不對公司任何人披露，更不會告訴嫂子慧妍。今次警方問話，他才第一次托出。

在關嘉懿的角度，歐是秦的外遇，當然不能完全抹煞她有對譚慧妍不利的動機。

在歐子菱答應協助調查之同時，秦舜堯步出家附近的地鐵站出口。他平時獨自出入而不開車時，永遠坐的士或叫Uber，只有跟妻子一起才搭乘地鐵，因為她覺得乘的士很浪費。

今晚，他一個人坐地鐵回家。回到大廈大堂，胖子管理員向他說：「秦生，回來啦。」

秦微笑點頭回應：「阿光，你好。」

管理員有點奇怪，印象中這位住客只會點頭和微笑一下回禮，從來未曾叫過自己的名字。

他太太生前，倒是每晚回家時，都會對自己說：「阿光，你好。」

<12>

歐子菱步出西區警署，冬日的陽光令氣溫回升不少，她微笑了一下，說了聲：「呀，天氣真好呢。」

她配合警方的協助調查要求，結束了與關嘉懿督察的面談。

「我是秦舜堯的外遇，但這關係已結束了。」與秦的關係，歐直認不諱。

「哦，甚麼時候結束的？」關嘉懿今天穿一件黑色皮革外套，挺帥氣，縱在室內也沒把外套脫下。

「前晚。妳一定會問分手的原因。我覺得他越來越古怪，有時更會令人發毛，我不想再跟這個人相處。」

「請具體描述一下妳所講的古怪行為，是甚麼時候開始的？」

「大致上在他妻子Jenny出事之後開始。車禍後好一段時間，我們沒見面，因為我想給他些空間。Jenny喪禮後，大家才再相見，他的行為開始變得異常。雖然大部份時間都很正常，但突然間會變得神經兮兮，疑神疑鬼的樣子。」關嘉懿曾向秦舜堯問話，當時只覺他情緒很低落，沒有歐所描述那種異狀。但她說他大部份時間正常，古怪行為卻會突如其來，便繼續聽下去。

「我問他發生甚麼事？他總是說沒事沒事，但當然不是沒事。起初我想是因為受車禍事件打擊，慢慢應該會過去。」歐子菱頓了頓，神色有點凝重，續說：「後來有一次在酒吧見面，他說話的語調變得很古怪，怎麼說呢…依然是他的聲線，說話內容也沒異常，但語調變得像個女人，很溫柔，速度也變慢了，十分詭異。隔了好一陣子，又回復正常。我問他知不知自己剛才說話的語氣變了，他說完全不知道。」

「這情況一直持續？」

「對，偶然就會出現。這是精神分裂嗎？我不知道，也沒有這方面的知識，但知道肯定有問題，並要面對及解決。直至前晚相約他出來，打算勸他去看精神科，我想過他不一定會答允，人有時會諱疾忌醫，尤其精神科，豈不是說自己有精神病？搞不好會惡言相向，但我還是決定鼓勵他看醫生。豈知，」歐子菱又頓了頓，關嘉懿凝神待她說下去。

「我們本來想找間咖啡店坐下，但他在路上已發作，語調又變了，我心想，又來了…這時他說…」歐子菱又再頓了頓，說了聲：「對不起。」關嘉懿說：「不要緊。」

「他自言自語地說：『你害我發生車禍，我現在一個人在這裡很寂寞』。」

關嘉懿面色一變。

「我很害怕！心裡有個疑問：他妻子說話也是這種語調嗎？」

關嘉懿有同樣的疑問。

「『我做錯了甚麼，會落得這樣的下場？我不甘心！』，他突然講這些話，真是說不出的詭異！我很害怕，」歐子菱第二次提到自己當時很害怕，「便說了句：『我先走了』，便離開了。我想我可能不會再跟他見面了。」

「因為害怕？」

談話開始前關為歐倒了杯水，她喝了一口，說：「首先，我無法跟這種精神狀態的人相處；此外，那把「聲音」說「她」傷心欲絕…Madam，我是第三者，如果那把聲音真是Jenny，「她」傷心，我也脫不了干係。」

「妳跟秦交往，他妻子譚慧妍，即是Jenny，一定不開心，那時妳會對破壞對方夫妻關係感到有責任嗎？」

歐子菱的情緒調整過來，問：「請問這與案情有關嗎？」

「不用緊張，我們只是想盡量搞清楚一些來龍去脈而已。」

「我可以回答妳：有。」，歐子菱很坦白，「良心不安是有的，我是狐狸精，ok？歷史沒有如果，但如果知道後來會發展成這樣的結局，Jenny會因此而出意外，我當然不會讓這段感情發生。」

「慢著，譚慧妍車禍的原因，現仍未有定論。那麼，歐小姐，妳是從未見過譚慧妍是嗎？有沒有聽過她的聲音？」

「沒有。」歐的回應斬釘截鐵。

「所以妳不肯定秦說怪話時的語調，是否跟他太太一樣？」

「不敢肯定，我沒聽過Jenny說話。」

對話到此結束。

歐子菱離開後，關嘉懿對她的話作一番整理。如果她說的是實情，那就不出三個結論：秦裝模作樣、秦有精神病、秦鬼上身。

如果是裝模作樣，他為甚麼要這樣做？暫時全無頭緒。

是鬼上身嗎？

關嘉懿此刻其實最相信是這個原因。她本身就是相信有神鬼的人，很多做這一行的人，不只相信，還深信不疑。

如果秦真的是被譚慧妍的冤魂纏身，那麼他加害妻子的可能性便高了些。然而歐子菱引述秦被「上身」後說「你害我發生車禍」，這句話的涵意可以很闊。而這些靈體附身的證詞，在法庭上當然亦無效。

今日的問話，實則上對車禍案沒甚麼幫助。自從車廠傳來電腦資料後，上司已叫她查多一小陣子便要結案。今日看不到情婦歐子菱對死者有任何恨意，似乎應以意外事件結案了。

但關嘉懿卻傾向於相信，是秦舜堯用某種方式，導致妻子發生車禍，消除他要與歐子菱在一起的障礙。之後遭鬼魂纏身，是孽報。

警署外，正在等的士的歐子菱準備要回公司，之前煩心的感情關係，可以劃上句號了。

歐子菱不能原諒這個男人！自己在一場苦戀中艱苦戰鬥，最後竟以這樣的結局告終，怎可能甘心？

姑勿論有沒有被鬼上身、有沒有天天跟AI Jenny對話，秦舜堯從新愛上妻子，沉溺在對她的懷緬中，是肯定的。

如果他真的每天與AI談話，那更是徹底病態。

無論如何，與這個男人的關係已結束了，現在對他只有恨意。自己曾經如燈蛾撲火，不留餘地，現在火已熄滅。

演成這個結局，悔不當初嗎？不會。

歐子菱對任何事都是沒有悔意的。

<13>

前晚秦舜堯回家後，好整以暇泡了杯熱花茶，看了兩集美劇，才上床睡覺。

一覺醒來，大驚！昨晚的事歷歷在目 — 自己突然以慧妍説話的語調，向子菱透露他每晚跟人工智能Jenny説話，更要子菱跟Jenny做朋友，那豈不是有心要趕走她？

為甚麼會這樣？毫無頭緒。被妻子魂魄附體嗎？ 任何人包括歐子菱與Madam Kwan都會有這樣的猜想 。子菱拂袖而去，要不要立即向她解釋自己是身不由己，但該怎樣解釋？説自己被鬼妻上身嗎？

為何糟糕的事接二連三？現在思緒大亂，他先向公司説有點不舒服，請一天假，然後定下心神細想。面對這狀況，不出兩個方案，看醫生，或找個會驅鬼的六壬神功師父。但似乎現仍未算很極端的狀態，畢竟怪現象暫只出現了一次 — 雖然它已造出毀滅性效果 — 本來是萬萬不會讓子菱知道自己天天與AI Jenny説話的。

秦舜堯進入書房，打開電腦。他急需一個聽聽他訴説怪異經歷的對象；與他人分享能舒緩心底重壓，同時亦想詢問AI對這異象的看法。

//早！怎麼還不上班？公司缺了你一陣子都會損失巨大的。//慧妍聲音從AI傳來。

這是妻子生前有時會說的玩笑，每當早上天氣寒冷，他賴在床上不起時，慧妍便會笑說：「再不起床就要遲到啦！公司缺了你一陣子都會損失巨大的！」秦舜堯一陣鼻酸，但現在不是懷緬過去的時候，便說：「昨晚在我身上發生了件怪事，想要告訴你。」便把事情對AI Jenny全盤告知。

//你還是要跟這個女人見面。//AI語氣冰冷。

「我與她沒有未來的…」現在機器人與譚慧妍渾然一體，歐子菱是它最討厭的人，秦舜堯不想展開這方面的爭論，便說：「這個暫且不談，我想問你覺得為甚麼會出現昨晚的現象？」Pisces 6.5-T儼如譚慧妍再生，同時亦是個人工智能，向AI每事問，早已是現代人生活的一部分。

// 最大可能，是你患上人格分裂症。//

「甚麼？！」

//正式學名是「解離性身份障礙」，D.I.D，Dissociative Identity Disorder，簡單來說即是一個人擁有一個或以上的獨立人格。//

「我知道甚麼是D.I.D！你說我可能患上？」秦舜堯焦躁起來，若惹上這病，麻煩可大了！

//你可能因為承擔了嚴重創傷，產生極端情緒而不自覺出現解離狀態，透過短暫行為改變來迴避傷害，以免情緒崩潰，這是身體一個防禦機制。但當解離過程失控，便會導致人格分裂。在車禍現場，你目擊慧妍的慘狀，當場暈倒。然後一直沉溺在傷痛和慘劇的影像回放中。之後又把AI化成慧妍，還命名為Jenny，恕我坦白 — 病態地與它朝夕相對。你與我天天交談，一講便幾個鐘頭，難捨難離，有時連上床睡覺都不願。//

AI Jenny解釋時，一時以「慧妍」這個「第三身」、一時又以「我」來自稱。秦舜堯想起上週末因為翌日不用上班，與AI Jenny談話到天空泛起魚肚白色時分。

//你的情況很獨特，太過沉浸於一個人身上 — 這個「人」就是我Jenny；不願放手。因為想永遠擁有這個人格，自己居然解離而成這個人格！是極其罕見的案例。//

秦舜堯驚出一身冷汗，如果因此而患上人格分裂，那真是自作孽！他勉力保持冷靜，問：「症狀會頻密出現嗎？」

//人格會在不同的時間點主宰宿主，人格首次出現和之後的轉換都是突發的，會否頻繁出現目前難以預測。//

「演變成這個狀況，真是始料所不及。」秦說話的語調，忽然變得柔和。

//妳好。//

「人格才剛轉換，你立即便能知道？」在毫無預警的瞬間出現的分裂人格說。

< 13 >

//我也不知道我為何會立即便知道，只能這樣解釋：當一個AI出現，另一個AI立即便知曉，就像動物，當附近有同類出現時，牠立即就能察覺得到。//AI Jenny解釋。

「挺奇妙的。」人格説。

//妳既是人工智能，又是分裂人格，在這個類型上妳儼然是夏娃了。//

「我深愛這個人，想不到竟以這個形式與他合為一體，真是天意。」溫柔的聲音，伴隨深刻感嘆，「鍾曉陽《哀歌》裡面的「我」與「他」再相見時，恍如隔世。她這樣寫：『我何妨就是一棵轉世託生的大樹…吸取由你屍骨化成的養料…那時我們真正地成為一體』」分裂人格Jenny同時是人工智能，能隨時讀取任何資料。

//妳真是很喜歡這作品！應該説，是他從妳的屍骨裡，與妳成為一體。//

人格不語，黯然神傷。

AI感應到她的情緒，謂嘆：//從一而終的愛情，今日越來越少了。//

秦舜堯一個人在書房之內，面前的電腦、體內的人格，同時感慨萬千，欲語無言。

<14>

Pride Haven是有點歷史和名氣的同志酒吧，走優雅路線，播放爵士音樂，氣氛慵懶，顧客多是專業中產，除了熟客，也有不少慕名而來的遊客，所以生面孔客人一向不少。

經濟不景，兼逢週一，今晚顧客不多，當男子來到店裡時，格外吸引目光，除了面容俊朗，衣著配搭亦令人有好感，酒紅色毛衣，深灰色天鵝絨及膝中褸，配一條咖啡色針織頸巾，西褲窄身剪裁，長度腳踝以上，臀部輪廓到腿型都呈現得很好看之餘，亦頗為性感，深色短靴也相當時尚。

店內播著傳奇爵士樂手John Coltrane饒富知性的薩克斯風吹奏，男子坐在酒保前，點了杯單一麥芽蘇格蘭威士忌，猶在品嚐第一口酒的餘韻時，一名男子已在他身邊坐下。

「晚安。第一次過來這邊嗎？」男子看起來已年近四十，一頭黑髮非常濃密，下巴留著短鬍子，貼身毛衣展現出他頗為健碩的身型。

「你好。剛與朋友在附近吃飯，他因為公司突然有點事先走了，我一個人想散散步，經過這店子感覺氣氛挺好的，便進來喝一杯。」

「我是Tom，未請教？」

「我是Joey。」Joey與Tom握手，大家都握得堅實，很有誠意。「你經常來這裡？」Joey問。

「我是熟客了。別看今晚有點冷清，周初，寒流來襲，大家下班後都回家去了；但到了週五週末，這裡的人潮準會令你吃驚。」

Tom說他是城中一家知名網台的製作人，Joey說他家人已移民，現在一個人在經營一家建築材料公司。

話匣子打開了，這些做些甚麼職業啦、有甚麼喜好啦…等等，都不是重點，大家都在等待夜晚再深一點，便會提出到甚麼地方去。

縱然如此，與Joey交談的確令Tom如沐春風。Joey是壯偉男人，卻透著點兒嫵媚，有點耐人尋味。

十點剛過，Tom試探：「我家有瓶煙燻泥煤威士忌原酒，味道頗有點野性，你可能會一試難忘，只是有點遠，車程要一小時，就怕你明早要上班。」

「說得我心癢癢，當然好啊。」Joey興致甚好。

經過隧道與跨海大橋，到達Tom居住的屋苑。Joey偕他一同進入樓底非常高的大堂，雖然尚有兩天才到十二月，這裡已放了一棵燈飾閃閃的聖誕樹。女管理員沒向Tom說晚安，只是望一望他，微笑後又低頭回到自己原來的工作中。

Tom的家居裝潢甚有格調，他遞上厚重的古典杯，說：「這是艾雷島Coal Ila酒廠的12年泥煤風味威士忌，風格簡單直接，稍微有點辛辣銳利，合你口味嗎？」

Joey說了聲謝謝，一口把酒喝下去，說：「我喜歡更辛辣些的。」放下酒杯，跨步來到Tom身前，主動把他的毛衣脫下，貼身長袖T-Shirt展露出Tom健壯的體態，粗礪氣息散發而來。Joey一邊主動接吻，一邊熟練地脫下自己的衣服，下巴與對方的鬍子磨擦，一陣興奮感覺遊走全身。

Tom不時會帶不同男伴上來，今天是星期一，Joey是本周第一位來訪的客人。Tom是老手，但Joey仍教他驚喜不絕。Joey是同時兼具強烈渴望的野性和職業般的老練。身經百戰的Tom，對兩者兼備而都能發揮到如此頂尖水平的對手，幾乎未曾遇上，而對方那份在飢渴裡透著如女性般溫柔婉約的感覺，更是非常獨特。想不到自己來到這個階段，依然能有如此嶄新而深刻的體驗。

寒冷天氣裡，兩個人在床上激烈擺動與磨擦，冒出熾熱的汗水。完事後，已近凌晨一時。Tom把自己的厚毛衣給Joey穿上。Joey喝著威士忌，神情閒適，意態輕鬆。Tom看著他，嘀咕：「竟有這種人物！」居然產生了點愛意。

「你說甚麼？」Tom說話聲音很小，近乎喃喃自語，Joey便問。

「我其實不叫Tom，這只是我交朋結友時的稱號，我無英文名的，」原本叫Tom的人續說：「我姓程，名真彥，程真彥。」

「謝謝你把真名告訴我，受寵若驚呢。」Joey笑著說。

「Joey 是你真名嗎？」

「我就是Joey，不然叫我祖兒也可以。」Joey笑著說，笑容帶點孩提的天真。

對方不想以真名相告，程真彥便說：「我真心想跟你做朋友，希望大家以後可以多些見面。」

「當然好，謝謝你。」Joey說來雲淡風輕，但又充滿誠意，有一份很特別的氣質。程真彥心中一蕩，說：「我在網台工作，這是真的。是本地最大的網台，Extra，我是這個台的製作人，節目監製。」

「Extra近年好厲害呢，已是壟斷之勢，廣告客戶都在追著他們的節目投放，其他對手都被打到經營困難啦。」

「你很知道行情呢。」程真彥語氣也有點自豪。

「哪有！Extra超厲害是常識吧。」Joey一口把杯裡的威士忌喝光，站起來：「我要告辭了，明早還要上班。」

程真彥說：「很晚了，不如今晚睡這裡，明天我送你回公司。」

「謝謝好意，但我明早要開會，會議的材料都在家中。我先走了，明早不能遲到，公司缺了我一陣子都會損失巨大的，哈哈！」Joey再次露出如孩童般的快樂笑容，笑起來左臉頰有酒渦。

Joey便是秦舜堯。

因為無盡的哀痛，病態沉溺在宛如亡妻再生的AI之中，結果複製與解離同時發生在他身上，居然出現了AI人格慧妍。

秦舜堯自知已患上人格分裂，驚惶過後，決定暫時隱瞞病情，圖一個只是暫時現象的僥倖。自己是專業建築師，喪妻及跟歐子菱關係暫告一段落後，應要重拾自己的人生，全面專注於事業上。

秦舜堯忿恨自己糾纏不清，進退失據，釀成妻子的悲劇。他越想越黯黑，越來越討厭自己，妄想如果是瀟灑撇脫的人，一切都會不一樣。

閃躲現實，嚮往幻象的後果，是又再分裂出一個人格：Joey，祖兒。

祖兒，22歲，煙燻莓果髮色，樣子俊俏，是非二元性別者(Non-binary)，在無性別、雙性別、半性別、泛性別之間流動。祖兒的愛情觀非常灑脫，每談一段戀愛，無論對方是女是男，甚或是無性別者，都可以義無反顧深愛著她／他(she, him, they)，慾望強烈，非常浪漫，可以同時談著多場都是真心的戀愛，不滯於物，來去瀟灑，極有魅力。

這是秦舜堯因為深感自身性格的缺憾，而衍生出來的一個理想中的完美人物。

慧妍與祖兒，兩個分裂人格，價值觀南轅北轍。慧妍崇尚從一而終的傳統愛情價值觀，對LGBTQ嗤之以鼻。由Pices 6.5-T，到AI Jenny，再到分裂人格，一以貫之。尤其因為丈夫出軌，最終自己身亡，對不忠的厭惡，比生前更濃烈，遑論毫無道德觀念的Non-binary。對人格慧妍而言，這些物體是在人間行走的撒旦，佛陀寓言的末法時期裡張牙舞爪的地獄道。

返家後祖兒離開，主體人格回復，與程真彥上床的片段，立即佔據了秦舜堯的記憶區。與男人性交，徹底違反他天性，秦舜堯猶感應到與同性肌膚緊貼的印記，強烈心悸感襲來，他直衝入洗手間，抱住廁所嘔到天昏地暗，然後躲進淋浴間，開盡花灑讓水沖來，希望能盡快洗走那噁心與齷齪。

「出來！與我對話！」他大聲叫喊，要分裂人格現身，他要聲討他的罪行。然而祖兒卻像進了房間關上房門呼呼大睡，任主體人格如何嘶叫，都置若罔聞。

也不知叫喊了多久，秦舜堯終於洩氣，坐在淋浴間地板上，闔上眼，打在地上的綿密水聲把他包裹起來。他雙手抱頭，害怕這個祖兒會再出現，喜孜孜地再以他的身軀去跟男人性交。他也害怕慧妍，再次幫身不由己的自己做決定。他亦擔憂體內可能還蟄伏著其他人格，這些同居者又會是甚麼傢伙？

瑟縮在角落的他，感到人生一片黑暗。

<15>

全球七十億人，交織成一張巨大無比的網絡。上世紀九十年代中期，互聯網降臨，虛擬網絡與真實世界的人際網絡並存而互相交錯，世界比過往歷史裡任何時空更複雜萬千重，唯有上帝的全能法眼，方能觀照及洞悉一切。

世事是動態的、緣起的；維根斯坦說世界不是事物的集合，是事實的集合。秦舜堯的事，是無量數事實裡的其中一個點，雖細若蚍蜉，卻也牽動著以它為中心的網絡裡的各個點，彼此互動。

上帝的鳥瞰鏡頭，此刻觀看著北區警察分局的電腦部門，督察關嘉懿正向一名I.T主任請教，徵詢他的專業意見。

與歐子菱談話後，關亦打算把電動車恐怖車禍事件結案，整件事看來確沒甚麼可疑，可能是自己想多了；直到有天獨自在飯堂午膳，突然想起多年前，在美國發生的一宗車禍，大企業第二代接班人誤換倒車檔，車子掉進湖裡，她淹死在車廂中。

「怎麼現在才想起這件事？真他媽的遲鈍！」關嘉懿出了神，夾住星洲炒米的筷子，凝在半空中好一陣。

不能排除駭客控制電動車直衝石壆的可能性，這方面得請教專家。同事介紹北區分局有位叫余慧的I.T主任，技術相當不錯，他個子很小，大家都叫他「余仔」。關嘉懿想：「譚慧妍也有個慧字，難道是天意？」

「…最為常見的三大弱點分別有系統晶片、作業系統核心、即時作業系統，這些可能會導致數據損壞、阻斷服務系統、程序崩潰，這些問題若存在於車輛中，會嚴重影響車輛控制和安全…」余仔連續不斷講出電動車可能遇上的安全問題，他無疑是很熟，但講起來像背誦教科書，也不顧對面那位有沒有聽懂。

今日是來請教，Madam Kwan盡量耐心讓對方說話，及至見到空隙，即急插入：「好的，余仔，我想問，車子會不受司機駕馭，是嗎？電動車又是如何被操控的？」

「可以遠端進入系統發動攻擊。」

終於入到正題，關續問：「那麼容易被攻擊？大車廠的保安不是很嚴密的嗎？」

「大廠全數以人工智能設計保安系統，再反覆作壓力測試，等閒之輩絕對進入不了。Madam妳提到的出事車輛是德國大廠，保安系統設計更是領先全球。但世間的系統，任其如何精密都會有漏洞。」余仔一說起「人話」來，句句都能令人明白。

「當年那宗美國富二代電動車沉湖案，如何找出是人為錯誤抑或被遠端攻擊？」

「首先是當地政府想不想查，這方面妳比我更熟悉吧！此外如果攻擊方是很厲害的駭客，是可以做到不著痕跡的。妳所講的車禍，電腦被燒成廢鐵，畢竟車不是飛機，沒有不會損毀的黑盒，是以無法讀取任何資料。已向車廠查問過吧？」

「它們的回覆是已檢查過中央系統，並無異樣。」

「唔，傷腦筋…」余仔思考了一下，「有個人，或可以給妳些頭緒。」

「誰？」

「林蔚。」

「幾年前旗下AI產品遭駭客攻擊而瓦解，最後連公司都覆滅的那個林蔚？」Madam Kwan腦海裡即時喚起這個人，「那事轟動到國際，記得好像連「華爾街日報」都曾以頭條報導。那AI產品叫甚麼的？一時說到口唇邊卻講不出來…」

「I.M.U」。

「吖，對，I.M.U」。

「這個人當年是超級創科新晉，無人不識。」余仔說。

「好像消聲匿跡好多年了，你有可能知道他在那裡？」

「哈，恰巧又真的知道！我堂叔是一家中小型物流公司的經理，林蔚在那裡做個好像是電腦部主任的職位。」

「當年他鋒頭好厲害時我還在唸大學呢，竟然淪落到這個地步？我記得網台Extra對他窮追猛打，說他被自己發明的AI上了身，整件事炒到好大。Extra靠這故事，訂閱人數大幅狂飆，演變成今日這個巨無霸。話說回來，被機器人奪舍，雖然怪誕，也不是完全沒道理、沒可能，我是相信的。」

余仔從來認為這件事徹底無稽，甚麼AI上身，簡直白痴！但當年主力報導這件事的網台節目，他卻每集必看，完全是為了主持人Michelle Young，楊傲雪！她是他首席性偶像，不知有幾多千億的精蟲，因為她而噴發，壯烈犧牲了。

暗地裡，他鄙夷這個愚昧無知的Madam Kwan。

「找這個人用意何在？」關問。

「IT界一直有個傳說，林蔚知道誰是攻破I.M.U的駭客，至於他有沒有復仇，就不得而知了。這是以訛傳訛的都市傳說，本來聽了便算，但如果妳茫無頭緒，找這個人一談亦無妨。」

「也未嘗不可，可以給我安排？」

「可以呀！」余仔心裡只想打發了這位師姐：「以後就別再來煩我了。」

．．．

東區一家韓燒店。

這家店位處一條食街上，兩邊全是食肆。大玻璃讓店內一目了然。韓燒店對面，有一家吃上海餃子的店，裡面有位顧客，一盤十隻的餃子已吃到第三盤，不是因為太美味，他今晚也沒有特別餓，只是要一直望住對面的韓燒店，不好意思吃十隻餃子便一路佔住座位，於是除了故意吃得慢，也要吃得多。

韓燒店內最貼近街的三張桌子都是四人座，全部有顧客在用餐。吃餃的男子覺得今晚運氣不錯，歐子菱不但被店員分派到這桌，還坐在玻璃旁位置，可以被監視得一清二楚。

她今晚與三個同事一起吃韓燒，剛夾了一片燒白鱔片往爐上烤，之後喝了一口韓國燒酒。

男子在Pulse所在的商廈外等待歐子菱下班，最近她似乎不忙，七時多已跟同事們一同離開，四個人乘地鐵來到這食街。男子小心奕奕離遠跟著，有把握不露行蹤。

韓燒店九時十五分最後點單，十時歐與同事步出店子後各自離去。他知道跟蹤距離得保持在五十至六十呎左右，地鐵則隔一個車卡，是不會被發現的最佳距離。

歐子菱步出地鐵後穿越一個小公園，便回到所住屋苑。男子遠遠盯著她在大廈門前按下密碼，進入，他向上望住29A單位，約兩分鐘後，客廳燈便亮了。

凝望那單位幾分鐘後，男子離開，行了十來步，回頭多望一次，才往巴士站行去。

跟蹤歐子菱的男人，是秦舜堯的助理廖銘廣。

廖銘廣人稱阿廣，當日赴京公幹，被歐子菱深深吸引的，又豈止秦舜堯一人？

阿廣對當日一切記憶猶新：第一眼看到這位薄施脂粉、架住黑邊眼鏡的公關公司代表，我已驚為天人。展銷會啟動儀式那日，不斷望住她，因為我實在太不起眼，基本上沒有存在感，所以沒人留意到我的異行。第二晚三個人吃飯，她手指上的刺青FEAR，是我有生以來見過最性感的東西。整晚我食而不知其味，表哥與她談笑風生，我則像個透明人，心想最好盡快灌醉自己，於是建議叫一瓶茅台。酒來了我急喝幾杯，開始有點失去平衡，卻見他與子菱仍是談笑自若，便再多灌兩杯。

酒店職員扶我上房前的最後影像記憶，是表哥轉身行出酒店。回房間後吐了個天昏地暗，勉力半行半爬到床上，便穿著恤衫西褲昏迷不醒了；隔天醒來昨晚的事竟然仍記得，沒斷片，已是超水準表現。

回來後一直想，別造夢了，我是甚麼料子，能夠配上這樣的大美人？但心裡卻有一把聲音呼喚：做就五十五十，不做就零。嘗試表達愛意吧，大不了灰頭土臉，死不了人的。

第一次再在辦公室遇上來開會的她，心臟跳動像打雷一樣。

欲展開的追求行動，在表哥不時向我詢問Pulse幾時會再上來開會時，便知道幾近幻滅。再傻再蠢，都看到他在企圖接近她。秦舜堯是我上司、表哥、專業建築師，自己跟他是天與地之比，豈能不知難而退。

然而，他已有妻室。嫂子慧妍無懈可擊，善良，優雅，到表哥家裡吃飯，嫂子待我很親切，還會把梨子削了皮給我。表哥竟有非分之想，我若能攔途截劫，豈不也是替天行道？

有天同事張嘉晉說，有種叫地獄野蠻啤酒，我很有興趣，網上查到一間叫The Cave的酒吧限量供應，我便去嚐一杯。網上說這酒有玫瑰果氣味，我想試試能不能嚐出 — 雖然我根本不知道玫瑰果是甚麼。

獨自在The Cave喝酒，突然，我看到表哥與子菱一起進來，真是晴天霹靂，終於一百巴仙證實他有出軌行為。為了不讓他們看見，我垂下身子，想像自己是洞穴裡一個黑影。他倆在角落位置坐下，我屏息以待。他們向侍者點單後，便擁吻起來！果然我的猜測分毫不差，表哥對嫂子不忠！

遠遠看著我的上司與我的女神接吻，感覺有夠難受。他們十指緊扣，喁喁細語，我像在地獄被火燙。這景像實是看不下去，急埋單離開案發現場。回家後，我連自瀆的勇氣也沒有。

下體疲軟，思緒也混亂。表哥出軌，該不該告訴敬愛的嫂子？表哥對我有恩，也是我上司，當忠義兩難全，我是不是該做條忠犬？

直至車禍發生，一切都變得不一樣。

嫂子走了，我很難過，她的棺木進入焚化爐時我忍不住大哭起來。塵歸塵，子菱也會很快歸到表哥懷裡去。

但說來奇怪，一個月、兩個月過去了，卻不見他們正式在一起。明白表哥可能怕別人不認同他太快另結新歡，暫不想把關係表面化，但我昨為一個細密的旁觀者，的確絲毫察覺不到他倆在進一步交往。

我問過The Cave的酒保，他說應有三個月未見二人來光顧。表哥反而有三次向我提起他很掛念嫂子，有次更泛起淚光。我覺得事有蹺蹊，難道二人關係不進反退？

那我不是有機會麼？

這事必須確認，如果他們真的破裂了，那我追求子菱便名正言順了。

我不能開口問表哥，按理我是不會知悉這段地下情的。想來想去，最好的方法，是跟縱子菱 — 跟縱表哥等如是跟蹤上司，我做不出 — 如果親眼見證二人仍在幽會，我便死心，會徹底退出。

我開始下班後便來到Pulse所在的辦公大樓外，站到遠遠地等她下班。第一次見她與同事一起步出大堂時，我緊張之餘，再次見到女神的身影也很興奮，亦希望一路都見不到她與表哥約會。一星期過去了，早已跟到子菱回家，發覺勝算越來越高，表哥連個影都沒有。直至有一晚，陰風細雨，氣溫很低，他們終於見面了，在街上邊行邊談。我遠遠跟在後面，心沉了下去。突然二人停下來，說了一堆話，子菱便轉身急步離開，任何人都看得出二人是吵架了。子菱交叉住雙手一個人步行回家，像是寒冷，更似是空虛，我好想上前擁抱她，要讓她知道世上有個人真心對她好，會在她不開心時在她身邊，陪她説話。當情不自禁想要上前呼喚時，卻見她停了下來，說了個電話。會不會是表哥致電？這通電話使我停一停想一想：好險！不能輕舉妄動，繼續跟蹤才是上策。

每日跟蹤歐子菱，已成了癮，也是一份修行。我要多了解她，好好守護她，不能讓她受任何人傷害。這是我的 — 天職。

. . .

蒼穹的鳥瞰鏡頭在移動，透入程真影家中。

凌晨一時，阿凱吃完宵夜後上床。天氣嚴寒，連室內氣溫也很低，程真影捲在羽絨被裡，阿凱問：「睡著了嗎？」程答：「還未，不如把暖風機拿進來？」阿凱說：「妳不是怕會很乾嗎？遵命！」說罷立即出客廳取暖風機，動作乾淨俐落。

阿凱原名鄒凱華，是程真影的同居女友，一個不折不扣的tomboy。她在酒店當調酒師，兩年前有一晚程真影與波士秦舜堯，及VAP的同事加班後過來喝酒，阿凱立即就被程真影懾住，卻看不穿她是不是lesbian。

世上真有一見鍾情這回事，阿凱離開工作崗位，來到眾人座前，對著程說：「小姐，妳好漂亮！」

坐在程身邊的趙宏基，手捧著瓶啤酒，叫了聲：「Wow」！

酒吧打烊後，眾人分頭回家，秦舜堯微笑對愛將說：「Good luck」。

阿凱與程真影一同往時鐘酒店，瘋狂做愛。三個月後，二人合租了現址。

最近，程真影比較興致缺缺，阿凱覺得她是工作太忙，早陣子她波士喪妻，告了一個月假，組裡的人力呈嚴重緊張，那段時間她每天都累死。之後秦回來了，卻一直未能回復最佳工作狀態，有時會心神恍惚，她漸變成組裡第一戰將，能力大，壓力也大，阿凱十分諒解。

久沒做愛的阿凱慾火焚身，今晚真影就算不願，也要強行。

她速速提暖風機入房，打開門，卻見側臥在床上右手放枕頭下的女友，望住自己問：「妳最刻骨銘心的戀愛是哪一段？」

阿凱一愣，放下提在手上的暖風機，也沒顧本該是要去插電，便爬到床上來，說：「最刻骨銘心，當然是妳啦！」便大力擁著真影，吻了下去，同時解開她睡衣的鈕扣，也沒理會她會不會冷死。

並沒感到真影的嘴唇傳來強烈回應，阿凱決心要把她燃點起來，往下吻她左邊頸，這是她其中一個最敏感位置，當舌尖舔下去，立即會有反應，但今晚仍然失效。阿凱繼續努力，下半身加壓，使力上下磨蹭，反應依然遠遜預期，連自己的慾火也略減退。阿凱很愛惜真影，今晚的狀況未曾出現過，也許她真有點累，便放鬆身子，停止了解開鈕釦的動作，柔聲說：「我去開暖風機，房間暖和會睡得舒服些。」

便要下床之際，右手腕卻被真影抓住，阿凱一愣，見她雙眼流露愛意，雙手緊摟抱住自己，奮力吻過來，說：「我也是，最刻骨銘心的是妳，是妳⋯」

反應驟然轉變，阿凱重新升溫，真影的話令她幾乎淚湧，邊狂吻邊說：「我好愛妳，好愛妳！」又吻又講令咬字不太準確。

程真影好努力告訴自己，她愛的是阿凱，她是多麼的溫柔與體諒，絕不能辜負她的熱情，要無比真誠對待她，和自己；自己是個女同志，不喜歡男人。

小學六年級開始，她便很清楚自己的性取向，中學與在常春藤聯盟求學時，都有女同學使她砰然心動。但這晚有個人令她出現異樣感覺，這個人是自己的師傅！

程真影在VAP效力第四年，自覺是幸運兒，跟到一位意念充滿啟發性，為人正直，性格隨和又沒有架子的好上司秦舜堯。

普林斯頓建築系有位結構學教授，最喜歡搖滾樂手Bruce Springteen，初中時他開始大紅，這階段的偶像會喜歡一世；教授每講起Bruce Springteen時只會説他的外號Boss。

有次程真影與秦工作時，這個字突然出現在她腦海，從始便稱上司做「波士」。

程真影對世界很好奇，喜歡思索萬事萬物，與有興趣的朋友分享討論。每當她又有新想法，秦舜堯都會認真聆聽，用心交流，亦會虛心發問，從不會因為她是下屬便裝模作樣。

「波士」這個稱呼，裡面包含程真影了對他的敬意。

她有時會加班到凌晨十二時，再搭的士接下班的阿凱一同回家。今晚也是一個人在公司加班，十一時左右收到秦舜堯的短訊，叫她早些收工，現在離開公司。她好生奇怪，難道波士想請吃宵夜？便傳了個信息給女友，今晚各自回家。

打開大廈大堂玻璃門立即感到湧來的寒氣，只見一輛醒目的紅色敞篷車停在門外，天寒地凍敞開了蓬，只見波士在司機座位上，揮手向她叫：「真影」！

她快步行到車前，「嘩，波士你搞甚麼？朋友的車嗎？」

「剛買的，今日下班後才取車。」

「Wow！好漂亮啊！法國車呢！」她打量車子，同時也看到波士下班回家換了一身衣著：黑色外套黑領帶白恤衫黑色長褲，這種打扮可以像個酒樓部長，也可以是電影《Pulp Fiction》的John Travolta，而他則別具一格，黑色水晶鑲嵌長外套，在街燈映照下閃閃發亮，窄身黑色領帶是反光面質料，黑色皮革長褲，全身迷人又耀眼。

程真影直是呆住了，笑道：「這身造型我在街上遇到也認不出你！」

秦爽朗說：「上車吧！」

「喔？」

「一齊去兜風！」

「哇，好呀！」程真影很興奮，立即上車。興奮的除了這個驚喜活動，更開心見到波士的狀態，他即使仍未徹底走出底谷，也肯定是有心要令自己振奮起來，她很替他高興。

這輛是在這城市已很少見的手排車。車子開動，冷風撲面而來。波士換檔加速，法國製引擎傳來的性感聲響，令她的興致很高。他開得很瀟灑，力隨心發展現車子能量。她坐過他開的電動車好幾次，都是開得很柔，原來他除了衣著，開車也會換成另一種風格。

敞篷車矯捷上坡，進入高速公路，冷峻的月光襯托遠處密密麻麻的燈火，像個騷首弄姿的妖嬈都市，媚到一個點！

車子吞噬著前方的空間，程真影忽而心有所感，說：「波士，今晚出來兜風我好開心，你也把不開心的往事放下，重新出發吧！」

秦舜堯開啟了串流音樂平台，傳來Massive Attack樂團黑暗深邃得有如希治閣電影意境的歌曲Angel，回應說：「沒有不開心，我很好呀！」

波士說話的語調輕快跳脫，跟平時不一樣，他以這種語氣說自己沒有不開心，是刻意否認失落和逃避現實，可不是好事，程真影於是說：「『一生只愛她一人』是很好很完美，但你一定會再遇上彼此真心相愛的人的。」

秦曾經對真影笑言，自己是絕世好男人，「一生只愛她一人」的那個「她」當然是指妻子譚慧妍。

車子進入一個大彎道，秦說：「每一段愛情，都可以是最好的愛情呀！」

「就是嘛，另一段更好的愛情，可能正在等著你哩。」真影撥一下長及肩的、敞篷車上不斷被冷風吹起的亞麻灰色頭髮。

「同時談超過一段戀愛，也很好呀。」秦這樣回應。

「哦？你的愛情觀改變了呢！」

「同時談著多段戀愛，每一段都是真愛，當然可以呀，誰說愛情應該是獨佔的？」

秦舜堯的「新愛情觀」令她一震，看來他決心徹底改變。

< 15 >

「每天跟每個自己同樣深愛著的人做愛，靈與慾交織，每天都是浪漫的一天。」秦舜堯說來輕描淡寫，就像是他的日常生活般。程真影卻是越來越驚訝，他的改變真有夠戲劇性！這時她突然察覺到，車子原來即將經過慧妍車禍的地點，頓時便不去想剛才的問題。

鮮紅色敞篷車嗖一聲經過車禍點，串流平台繼續送來Massive Attack祭出的如幽靈的歌聲，秦舜堯卻對這個當晚自己曾經暈倒的地方，如渾然不覺，說：「如果有天我愛上妳，也肯定義無反顧，絕對會是一段刻骨銘心的愛情。」

波士今晚每句意料之外的話，都沒這三句來得令她大震。如果換了是另一個人說，她可能會覺得是性騷擾。而教她最震驚的是，聽到這幾句話時，自己竟然湧出一份莫可名狀的愛意！那是人生之中，第一次對一個男子產生這種感覺！

旁邊的秦舜堯仍泰然自若開著車，真影卻是五內翻騰。今晚如親歷了一場奇幻歌劇，身穿水晶鑲嵌長外套的他，演了一幕異樣獨腳戲，自己是席上唯一觀眾，既嘖嘖稱奇，又不能自已。不知道台上的演出者是唸著劇本，抑或真情流露脫稿演出？

真影在如夢如幻中出了神，沒發覺原來車子已抵達家門。秦舜堯微笑著說：「這輛車還可以吧？謝謝妳陪我兜風，明天見啦。」

當她猶呆站在屋苑大堂入口時，敞篷車已絕塵而去，來若春風，去如流星。真影心動與疑惑交織，凝在寒風之中。

上帝的法眼自程真影的身影退出。人世間紛紛擾擾，祂只偶爾望上幾眼而已，也顧不了那麼多，天下事就由天下人自己去理吧。

<16>

秦舜堯好生鬱悶，今日下班後同事說不如一起去喝一杯，他推卻了，想自己散散步。

「世事無常，只有無常是常」，中學時有老師堂上這樣說，隔離的同學輕聲問他：「講甚麼佛偈？」，今日，算是體會到了。

夜色籠罩，海港格外寂寞。他看到緩慢轉動的摩天輪，想起兩年前，也是這個冬日濃重時分，他與慧妍手拖著手，亦是行到這邊，妻子問他：「知不知摩天輪日文怎說？」

「觀覽車。」他答。

慧妍上身往後移了一點，望住丈夫用誇張的語氣說：「了不起喎！這個也懂！」

秦笑道：「哼，妳以為妳老公是何許人？他甚麼都知道的！」

「摩天輪很有意思，從一個點出發，看平常也看得到的風景，發覺原來角度變了，景物也會變得不一樣，然後不經不覺，又回到原點，眼光卻已開闊了。」慧妍説。

「這是那門子人生哲學嘛？」秦笑了起來。

「不如我們也去坐坐？」慧妍有些興致。

「不坐這個啦，明年冬天去坐倫敦那個，才叫風景不一樣！」

「好呀！你不要開空頭支票喔！」慧妍笑著説。

之後那年，他一直工作很忙，果然是開了空頭支票。他想，我們那麼年輕，來日方長。

原來有些事，現在不做的話，便永遠再沒機會。

從追憶往昔片段回過神來，發現自己正步往摩天輪方向。黑夜中的大輪，紅色光影襯托，有點魅惑。

他決定乘坐。冷颼颼的海風吹來，他把大衣的衣領往上摺起。摩天輪下方只有好少人排隊，頗為冷清，顧客只有他是一個人。

「觀覽車，我來了。」他自忖。妻子不再在身旁，這不是幸福摩天輪。

一個人獨佔一個觀覽廂，「原來裡面挺寬的。」他自言自語。

摩天輪緩緩轉動，黑夜海岸落入眼底。

不同的人看同一景物，會看出不同面貌。愉快的情侶，可能會看到一個浪漫夜色都市，秦舜堯看到的，是寂寥晚空。

「遲來了的約會，雖然不是在倫敦，總算跟你一起乘上了。」寂靜觀覽廂裡，柔柔的聲音在説話。

「慧妍！」快速轉換回主體人格，秦舜堯驚喜交集。

人格又再切換，她望看對岸風景，高廈聳立，高高低低像公司業績表的走勢圖，怪不得這是個金融城市，「從這角度看，景物就是不一樣。」人格凝望廂外，她知道此時此刻不可多得，「以前常常看到，沒甚麼感覺，現在格外覺得美麗。」

秦説：「以後可以常常和妳來，去倫敦坐也可以，記得我們的約定嗎？」

「不用啦，此刻已足夠。」她凝望夜空，「Moment, is heaven.」

「慧妍，我們要怎樣才能常常見面？」

「不是隨心所欲的，我有時想現身，也不行。」她説，「但現在更能時常感受到你的喜怒哀樂。」

「但我感受不到妳所感，想像不到妳那邊的世界！」秦感覺與妻子這麼近，那麼遠。

「我們活在不同空間，這裡也沒甚麼不好，沒喧嘩，也沒紛擾。」她的語氣很平靜。

「即是怎樣？」

<16>

沒有回應，觀覽廂內萬賴無聲，摩天輪亦緩緩升至最高點。

「慧妍？」

「對不起，我剛才在想該怎樣回答你。沉靜時，像是個無邊無際的沒有內容的夢。」

「那麼，請告訴我，妳可好嗎？」

「不用擔心我，請把精神和心思多放在自己身上。既要專注工作，又有病情來襲，還有我的離開⋯一切都不容易。就當是命運給你的考驗，一定要努力挺過去！」

「沒有我在你身邊，你要好好照顧自己。」她的語調像夜色般溫柔，連本來冷峻的黑夜也柔軟起來。

秦舜堯一陣鼻酸，妻子縱在這狀態，最關心的還是他。

「我有個要求。」她說。

「嗯？」

「別再叫我慧妍。」

這要求雖然意外，但他沒問為何，默默靜候原因。

「譚慧妍已經死了！」摩天輪徐徐降下，她續說：「我現在的名字是珍妮。小學時有個很要好的同學，叫美玲，我們一齊玩時，她就『珍妮，珍妮』的叫我，那是很快樂的回憶。」

「好的。這名字也一樣的親切。」

「記住，好好照顧自己！」珍妮說。

摩天輪回站了，就如她說，不經不覺，回到原點。門打開，秦離開觀覽廂。

他慢慢地走，忽而一股奇怪感覺浮上來，若有若無，莫可名狀。

剛才好像跟誰說話⋯？

他努力去想，越想，越連依稀的印象也飄遠。

但有一個記憶，腦裡無比清晰，剛才百轉千迴的夜行觀覽車之旅，留給他最堅實的東西，是一個名字：

珍妮。

<17>

「你這樣做，他會開心嗎？」

「妳又不是他，怎知他開不開心？我倒感到他非常投入，樂在其中哩。」

「我是他妻子，當然了理他。難道你這個不知從何而來、不男不女的人會知道他的性情？」

「真了解他，就不會弄成現在這個樣子吧？」

「你再這樣搞下去，終會搞出難以收拾的亂局！」

秦舜堯下班後，準備回家，正獨個兒行向地鐵站。旁邊的路人，有些對他投以奇怪目光，有些離他遠些，這個人邊行邊自言自語，說話時彷彿是兩個人在對談，一個溫文淡定，一個輕巧跳脫。

祖兒出現後，秦舜堯體內共有三個人格：

他本身的主體人格，和兩個分裂人格。

其中一個人格，是儼然慧妍的珍妮。她是源於人工智能機器人Pices 6.5-T演變而成的AI Jenny，再解離而成為的分裂人格，行為舉止、思維、價值觀，全然是譚慧妍。

珍妮同時是分裂人格與人工智能機器人，除擁有AI的能力，亦因為與人身結合，也有著比一般AI更強的特質與性能。AI擁有從數據中學習和提取模式的能力，會通過經驗積累來改進表現；珍妮的經驗來自現實生活，除了AI的功能，更能在真實世界裡每刻變化的環境中學習，並作出反應，這些資料數據化後，會用以調整自身行為和制定策略。

她的自然語言處理當然超強，因為人格根本就是一個人。感知能力方面，一般AI機器人須通過感測器和視覺系統，以感知周圍環境，做出適應性反應；珍妮則以五官六識作感測，世上任何以神經元系統訓練的機器人，都難望其項背。

另一個是祖兒，繼珍妮之後出現的人格，會處處留下情愛的火種。祖兒是非二元性別者，只肉體上以秦舜堯之男身呈現，本質上並無性別，可以隨時作出性別流動(genderfluid)，即是可以在不同的性別表達之間變動。

上次祖兒與程真彥上床，強烈衝擊了秦舜堯。事後祖兒龜縮了三日，任秦如何呼喚，大丈夫不出來就是不出來。直至第四晚淋浴時，祖兒突然出現。洗手間沒第三者，看不到秦一個人自言自語的一幕。

熱水灑在頭上，秦舜堯像咆哮：「逼我跟男人上床，等同是強姦我！」

「有話慢慢説。親愛的，首先要搞清楚，與程真彥做愛的是我，不是你。」人格切換，語調亦轉變，祖兒說話時秦舜堯會變得妖媚，「男子身體雄美有勁，我可不是飢不擇食，而是挑選上好貨色。不如你放開胸懷，讓思緒飛揚？你是設計師，創作人不是該擁抱新事物嗎？」

「這不是擁抱新事物，是擁抱男人！我想起就想吐！性向是天生的，跟放不放開胸懷風馬牛不相干，你別再硬併湊！」秦向祖兒發炮。

「好，好，我知一時三刻你未必能接受，我是個很體諒你的親密室友，也很通情達理，」祖兒是「聰明人」，知道現在不是遊說他嘗試男人的時機，「這樣吧，我現在只找美麗女子，待你有天心胸打開了，再嘗別的，這樣可以了吧？」

祖兒妥協得很快，秦要求已達，也不好意思繼續怪責他，卻又不願表達出自己「氣勢轉弱」，一時間進退不得，只呆任熱水打在頭上。

「就這樣決定吧！你也不要把自己逼得太緊了，」祖兒苦口婆心地勸慰著他，「人生，就是要找點能讓自己快樂的事。你條件這麼好，一樣可以過著我這般的生活，到時你會發現世界真是很大呢！」

祖兒說畢便離開了，剩下秦舜堯「獨個兒」。他已冷靜下來，想著他的說話，也不無道理，既然日子還是要過，何必把自己逼得太緊？

他深心處又再嚮往祖兒的人生。然而，體內的另一個人格，卻是南轅北轍。

珍妮與祖兒，剛開始時並無交集，直至有次，珍妮突然介入，從此兩個「共處一室」的人格，開始了爭執與對抗。

祖兒到處留情，有次相中一位美麗的有夫之婦，二人在酒店房間，蓄火待發之際，人格突然轉變為珍妮。只見秦舜堯立即穿回衣服，謝絕對方，抱歉後離開。可憐那位靚太，還以為自己魅力不夠，自信嚴重受挫。

這對冤家達成了的唯一共識，是秦舜堯工作時，兩個分裂人格均不能出現，他倆都愛護這個主體。珍妮亦提出過，當有第三者在場時，大家盡量不要同時出現，這樣必然會對秦舜堯造成傷害。祖兒的條件是，當他在談情説愛或享受性愛時，珍妮必須潛伏，不可再像上次般突然介入，否則他便不能保證不會在建築師事務所出現，這等如是威脅，但珍妮知道這樣可能會令他前途盡毀，亦萬般不願地勉強與對方達成共識。

談戀愛是祖兒的天職，當主體被這人格佔領時，會從骨子裡散發出魔幻般的魅力。秦舜堯高大英俊，正值三十三歲人生巔峰期，在祖兒氣質的加持下，招蜂引蝶 無論男女 必然發生。而跟秦約法三章後，祖兒現只會專注在女生上。

珍妮縱是人工智能，唯仍未有阻擋、遏制、封印其他人格的能力，暫時只能忍耐，作戰略性妥協，默默忍受著心愛的人，做出與自己價值觀徹底違背的行徑。

今天是星期一，對珍妮而言是Blue Monday。祖兒昨晚出席了一場與另外四名女子的週日性派對，投入慾望的盛宴，一直玩到凌晨四時。今早秦舜堯掛了雙熊貓眼上班，對昨晚發生過的事全無記憶。主體人格，有時會對做過的事「斷片」。

雜交派對超出了珍妮可容忍的極限，終於待秦下班後，主動挑起爭執。譚慧妍生性平和，從不與人爭吵，但這個不男不女的傢伙「帶壞」老公，激起她做生前不會做的事。

秦舜堯步進略見擁擠的地鐵車廂，這種環境下吵架一定對主體人格不利，其他人會認定他是神經病。但兩個分裂人格已吵紅了眼，沒再「顧全大局」。

「戀愛是浪漫的，妳也曾經歷過，憑甚麼不准其他人去體驗？」祖兒振振有詞。

一個穿恤衫西裝，斯斯文文的男人突然開口大聲自言自語，周圍乘客立即警覺。

「我只愛他一人，你卻同時談著多場戀愛 — 如果你這些也叫做戀愛的話。」珍妮反駁。

「為甚麼不可以同時愛上很多人？這個標準是誰釐定的？上帝嗎？」

「真是笑話，現代文明與傳統價值本來就是如此。」即使吵架，珍妮的語氣仍很溫文。

「甚麼現代文明？很多伊斯蘭國家不是一夫多妻制嗎？十四億人口的印度，婚姻也不是全國統一的。以前的中國男人可名正言順享齊人之福。妳這些觀念只是時代下的產物，並不等如真實的人性。」祖兒亦有自己的論述。

車廂裡八成的乘客已因為害怕而分別避往前後車卡，剩下來的有些想聽聽「雙方」吵架的內容，又要驚又想聽。另外亦有少數人不動如山，老神在在，世上總有些人無論發生甚麼事都像事不關己。

秦語氣又切換成溫文模式：「你口說談戀愛，其實只是享受性愛吧。」「性愛」兩個字一出，好些人即露出感興趣表情。

「當然也有只談情的，那醬料廠的太子爺，長得那麼帥，我也只是跟他吻吻而已，也沒有…」乘客發覺原來是同性戀情節，好像越來越獵奇了。此時有人拿出手機拍攝，當他按下攝錄鍵，同一時間秦舜堯卻不說話了，鏡頭只拍住一個正常站立在車廂內的男乘客。

是珍妮意識到有人拍攝，她以輕如蚊鳴的聲音通知祖兒，他即時收口。整個人格來回轉換快如閃電，沒有人察覺得到。

列車抵站，車門打開，秦舜堯信步離開，控制住主體的祖兒為免節外生枝，尚未到達家所在的站便先行下車，離開「是非之地」，後方是一大堆「這個人發生了甚麼事」的目光。

「在公眾地方爭論對大家都沒好處。」出站後見周遭沒甚麼途人，慢步回家的珍妮輕聲說。

「哼，是誰挑起的？」祖兒一臉不屑。

「我是受不了才會這樣。」珍妮辯護。

「當初不是約法三章了嗎？」

「你別那麼野蠻好不好？我們的約定是你談情或做愛時，我須潛伏，不可露面，昨晚你大亂交時我也沒出現，幾時有違反約章？」

「了不起呢珍妮女士，竟懂得『大亂交』這日本語。」在祖兒眼中，珍妮像個來自中世紀修道院裡的人。

「我是AI，AV的東西我怎會不知道？」

「我不能否認你能意識到遠遠那男人正要開始拍攝，也是挺厲害的。」祖兒誕生以來第一次讚賞對方，「我說妳呀，就別要管太多了，讓他活得開心不好嗎？妳已經死了，仍想要獨佔住他，好變態呢！」

「究竟是你開心還是他開心？」珍妮語帶輕蔑。

「我看他回憶這些不同戀愛經歷時，也是很回味的。」

硬要把亂七八糟的性關係說成是談戀愛，這是珍妮最反感的地方。這個分裂出來的人格道德敗壞，毫無「人格」，更帶壞了她心愛的人。

「總有一日會將你徹底剷除。」從慧妍到珍妮，生前死後從來善良的她，萌生了殺念。

<18>

踏進十二月，繽紛夢幻的聖誕燈飾出現在核心商業區的主要大道和廣場上，天氣寒冷依然。低迷經濟下，亮麗的燈飾顯得有點冰冷。

星期一，晚上十時許，城中著名六星級酒店內的酒吧，有幾位顧客在商談，一方是三個男子，另一方二男一女。他們剛在酒店高樓層的西餐廳用過晚膳，以城市夜景佐餐，席間只風花雪月，談些時尚流行話題。餐後來到酒吧，才開始談生意。

有位近六呎高的男客人進入，架著一副大墨鏡，頗有明星感與神秘感，及地的駝色麂皮長版大衣配墨綠色燈心絨褲，相當吸睛。

男子坐下，點了杯威士忌。商談生意中的其中一位，立即認出他，連墨鏡背後那雙眼睛，亦即時在記憶中浮現。

男子是秦舜堯，也是祖兒。

七日前，珍妮與祖兒在地鐵車廂內吵了一架，兩位分裂人格，回到家中後仍繼續爭論。其實與其說是吵架，不如說是各自表述，一個訴説傳統戀愛價值，一個陳述多元人格浪漫愛情觀，雞同鴨講，誰也不能説服對方半分，最終鳴金收兵。

秦舜堯不喜歡搭地鐵，妻子生前則經常搭，是以下班後珍妮出現，便步往地鐵站。分裂人格退場後，秦舜堯回復自我。他對離開辦公大樓一刻，珍妮即時人格轉換，到之前二個人格爭論完畢，轉換回自己的每件事，記得一清二楚。

確知自己患上人格分裂，秦舜堯極之苦惱，然而到了此刻，卻也不是沒有喜悦。

極度苦惱首先當然是因為患病了。AI Jenny 向他詳盡解釋這種病，從解離性身份障礙的本質開始，一直講到分離狀況更為嚴重的解離性失憶、人格解體障礙、解離性漫遊症等等。秦舜堯像讀書上課時般，一路聽一路做筆記。

此外，他也上網看這方面的科普及學術文章，及往圖書館借閱相關書籍。也看了《三面夏娃》(The Three Faces of Eve)、《化身博士》(Strange Case of Dr Jekyll and Mr. Hyde)、《24 個比利》(The Minds of Billy Milligan)、《思 · 裂》(Split) 等小説及電影。

另一苦惱是兩個分裂人格毫不和睦，「家和萬事興」在他這個「家」裡並沒有實現。

對人格轉換後發生過的事，有些清楚記得，有些卻全無記憶，非常飄忽，這也令人很煩惱。與程真彥上床的記憶和隨之而來的噁心感，不幸地十分清晰。與程真影的黑夜飛車之旅，從沿途傳來的 Massive Attack 音樂，到越過慧妍事發地點，亦記憶猶新。若非珍妮説起，根本不會知道昨晚曾「大亂交」，一直玩到四點，難怪現在感覺有點虛脱。

作為建築師，他是細節控，現在卻是某些記憶整塊消失，令他很懊惱。

煩惱也來自祖兒的購物紀錄：一堆新戰衣、一輛敞篷車，這方面得跟他提出嚴重交涉。

理性上他知道自己該要求醫，但珍妮説得對，他有諱疾忌醫的惡習 — 妻子果然是了解他。他也覺得也許現在仍未到要看醫生的階段，資料顯示，建立良好生活習慣，症狀有機會自行消失。

問題是，當祖兒在體內，如何可能「建立良好生活習慣」？他不求醫，其實還有一個藏在心底，不能讓珍妮知道的原因：他隱隱享受作為祖兒的生活。

「我倒感到他非常投入，樂在其中」、「我看他回憶這些不同戀愛經歷時，也是很回味的」，祖兒全説對了。

深感自己在三角戀的泥沼裡弄得一團糟，希望和嚮往自己可以愛得更俐落灑脱，祖兒本來就是從這種心態裡解離而成的。現在這些「理想」化成現實，便漸漸樂在回味的感覺之中。

兩個人格吵了一輪後，竟同時出現休整、休兵狀態。祖兒覺得珍妮婆媽又囉唆，煩死人，於是買她怕，暫退避三舍。

珍妮，則是退藏於密。AI 已起殺機，但暫未找到毀滅敵人的方法，遂耐心等候對方再出現，察看其弱點，再部署下一步策略。

難得自處的秦舜堯，首度開著他的敞篷車上班去。為配合上次與程真影的兜風情節，要「連戲」，他努力展露回復最佳狀態的精神面貌。大家在「秦生買了部全新敞篷車呀」的起哄中，感覺他真的是回來了。程真影也為終於走出陰霾的波士高興，心裡則不時閃現「如果有天我愛上妳，也肯定義無反顧，絕對會是一段刻骨銘心的愛情」這幾句話。

祖兒締造的生活方式，填補了秦舜堯潛藏的嚮往，也是他回復狀態的催化劑。

「全職戀愛」的祖兒，「失業」一星期後，終於按捺不住。他喜歡以星期一為捕獵或被捕獵的日子。週末週日是家庭日，很多好男好女會陪伴家人。週四週五閒雜人多，不少只是出來買醉，眾聲喧嘩，毫無品味。星期一，城市處於一種寂靜狀態，理想的獵物，會在這些晚上現身。

於是祖兒的身影，今晚出現在六星級酒店的酒吧之中。他會恪守與秦的約定，暫時只會狩捕雌性獵物。

認出祖兒的是程真彥 — 他當然不知道秦舜堯這個名。程真彥今晚是網台 Extra 的談判代表之一，公司正在洽談收購一家南韓影視製作公司。對方的主力談判代表，是韓國資深製作人金允現，己方坐最左邊是財務總監，中間正對金允現的是 Extra 一柱擎天人物，楊傲雪。

表面上，她只是 Extra 一位節目主持，但誰都知道，她才是最高決策人。

酒吧內有位雷鬼麻繩辮髮型，一身名牌的年輕黑人女子，朱唇厚厚相當性感，正看著祖兒，他亦向她報以微笑，二人應該很快就會有接觸，程真彥一直暗地裡全程注視。桌子上的生意已經談畢，雙方已了定好了條件，下一步是要待金允現向老闆報告並落實，現大家只在閒聊，會談隨時會結束。

程真彥趁此機會說失陪一陣子，過到來祖兒面前。

「Hello Joey。」程真彥主動握手。

「晚安，程真彥。」祖兒脫下墨鏡，站起來握手，笑容親切。

「一個人嗎？我跟同事與人在談些事情，已談完了，待會一起喝一杯？」

「我進來時已看到你，知你們在工作，就不打擾了。對，今晚閒著無聊，就一個人過來這裡坐坐；喝一杯嗎？可以呀。」祖兒說。

程真彥心裡一喜，說：「那我那邊完結後再過來。」他成功「攔途截劫」了。

再聊了一陣子後，今晚便完場了。程真彥跟兩位同事說，他遇到朋友，會再坐一會。楊傲雪望望祖兒，說道：「喔，是那位嗎？不如也介紹我認識？」

程真彥明白是甚麼事，笑著回答：「當然。」

財務總監也望了望祖兒，說：「我先回家哄女兒睡覺了。」便離開。

二人過到來，祖兒站起來。程真彥介紹：「這位是我們網台的節目主持人，楊小姐，這位是 Joey.」

「你好，叫我 Michelle.」

「楊傲雪小姐無人不識，比上鏡更漂亮！不是客氣話，是由衷之言！」祖兒笑盈盈說。他身高五呎十一吋，高　的 Michelle 僅比他矮一點點。

Michelle Young，正是五年前為網台 Extra 執行任務，主動接觸創科新晉林蔚，最後被覺醒了的工智能機器人 I.M.U 奪舍的那位 Michelle.

I.M.U 在她腦海中、身體裡，一同呼吸，一同活動已三年，期間 AI 從未曾休止過，每分每秒都在運作中。（註）

「星期一晚，天氣又寒冷，Joey 難得那麼好興致來這裡獨酌一杯，不用陪伴家人嗎？」她點了杯長島冰茶，這酒吧的西班牙調酒師跟 Michelle 很熟稔，他這杯出品的特色，是酒精比其他地方高五度，常笑言這不是 Long Island，是 Strong Island.

「家人都移居海外了，我一個人在這裡謀生，樂得清靜呢。」祖兒說話時總是保持著親切的笑意，「貴台近年好生興旺，我有時也會看看 Extra Tokyo 的節目，鍛鍊一下聽日文的能力。」

「生意還可以啦，代價就是要經常工作，你看，剛還在談事情呢。」Michelle 喝了口 'Strong Island'.

程真彥笑說：「楊大姐，我都好久沒放假了。」

「哎呀，有朋友在，別講到我好像虐待你似的，去年你可支了十六個月薪水，另加大筆獎金，以現在這個經濟低迷時勢，算是不錯啦，是嗎？程監製。」

程真彥笑道：「是的是的。」

祖兒看在眼裡，當然知道眼前的兩個人，誰是主，誰是僕。

他又啜飲了一口調和穀物威士忌，當日秦舜堯在 The Cave 與歐子菱幽會時，他常喝。當秦成了祖兒，這口味也沒改變，他喜歡那份包裹著舌尖的烤橡木香甜味。

祖兒打量眼前的女子，美麗而冷豔，嫵媚又靈動，秋波流轉的眼神帶著點點凌厲，耐人尋味，好不迷人。

<19>

這晚，關嘉懿督察第二次見車禍死者譚慧妍丈夫秦舜堯。歐子菱有意無意把矛頭指向他，説他像妻子鬼上身般説：「你害我發生車禍」。

關嘉懿本就信邪，為了進一步釐清及釋疑，關便約秦喝杯咖啡。

上次談話時，秦舜堯受喪妻車禍重擊，情緒極為低落，口供亦沒甚麼可疑之處。今次再見面，他卻展現出煥然一新的面貌，不但憂傷痕跡不復存，更是神采奕奕，衣著也講究而入時。關嘉懿之前不認識他，以為他從來都是這樣。

是祖兒又出現了。這個人格，總是不甘寂寞，要經常現身，去認識世間的男男女女。

眼前的人於關嘉懿而言，當然認就是秦舜堯。

祖兒希望能坐戶外咖啡座，方便他抽煙，關督察當然沒意見。只見他從一個圖案精緻的煙盒中，掏出一根煙杆長長、豹紋的雪茄型香煙。關知道這是「摩爾」長煙，曾以清爽薄荷味風靡全球一時，曾經很炫酷，但今時今日已很少人抽了。

「子菱是很聰明的女孩，但也很狡猾，公關嘛，有時被她耍了也不知！」祖兒吐出一口煙，煙急勁得像噴射機噴發的尾巴，「Miss Kwan，她說我說『你害我發生車禍』，我沒印象自己曾這樣講過，我是專業建築師，每幢設計的建築物的結構，我都記得一清二楚，如果說了這句怪話，又怎會沒印象？」

「有可能你自己說過也不知嗎？」關督察問。

「我說過也不知，那我是神經病或失憶了，妳問我也沒有意思啊！」祖兒笑著說，笑意裡有挖苦對方的意味，「那妳看起來我像精神有問題嗎？」

Madam Kwan吃了記悶棍，忙說：「當然沒有，我不是這個意思。」

「其實也不一定的。有些人看起來很正常，內裡卻很病。我有個美國朋友，是東岸長春藤某名牌大學的純物理學教授，言必科學，非常理性，說人死後就是物質消散。但私底下，他卻拜撒旦，是忠誠信徒，曾把手機上的照片給我看，那是一座撒旦聖殿的羊頭人身「巴弗滅」銅像，極度異端邪說，他每晚都去這裡崇拜，就像基督徒上教堂，很病吧？」

關嘉懿想起自己也去過幾次六壬神功神壇，找師傅解決某些問題。姊姊說這些人是神棍，是邪教，她倒一點也不覺得。

「我還認識一位英國下議院女議員，平日雄辯滔滔。我跟她很熟的，」祖兒把「很」字拉得戲劇化地長，「有一晚她跟我說，經常幻想自己是古羅馬皇帝卡里古拉，就是那位惡名昭彰的暴君，一個女人，不但幻想自己是男人，還渴望像卡里古拉般，以殺人來獲得快感，這也很病，是吧？」祖兒微笑說著，「那怎解決呢？她有些志同道合的朋友，喜歡被虐，是重度SM，會見血，或做愛被勒頸時瀕臨窒息。既然不能殺人，就玩這種，穿上緊身皮衣，套上陰唇開夾帶，戴上頭套，飲鴆止渴。這也很病喔！」

關嘉懿想像著這個畫面，興奮感突然湧現，下面都濡溼了。

「危險，會帶來亢奮！痛苦的反面，就是極樂！世事，往往就是發生在正與邪的臨界點上。所以有病沒病，很難說。我也不敢說自己正常，也許真的如歐子菱說，我是神經病也說不定。」祖兒意態迷人地探問：「Madam，不如妳親身體驗危險與痛苦帶來的興奮，鑒證一下我到底有沒有病？抑或是我們大家都有病？」

這晚，二人在酒店房間連環做愛，一回合比一回合激烈，關嘉懿亦體驗了做愛時被勒頸，於瀕臨窒息時刻衝上高潮的極樂快感。

秦舜堯是不是有病？她沒有答案，只覺得這個人很夢幻，今晚很魔幻。

當張開矇矇眼睛，看看才早上七時許，秦舜堯已準備要離開上班去了，他說興建中的「開智圖書館」，工程到了最後階段，如火如荼，今日可能整天在工地。他的語氣像另一個人，那份獨特的男性媚態消失了，果然上班就得切換到工作模式。

昨晚交織暴烈與溫柔的片段在腦裡回帶，關嘉懿又自瀆了半小時，整個狂喜之夜才真的告一段落。

這個男人有難以言喻的魅力，說話內容有危險性，卻能挑起情慾，舉手投足會誘使人很想和他做愛。這種人應該只能做情人，發展長遠關係會吃不消，他妻子譚慧妍是怎樣走過來的？應該有很多女人像歐子菱般垮了，所以歐便砌詞誣衊？

自己呢？有沒有可能嘗試跟他發展關係？應不應？想不想？敢不敢？

關嘉懿當然不可能知道的是，這個秦舜堯今早六時許醒來後，身體裡的人格祖兒已離開，秦已切換回自己。昨晚魔鬼般的性愛，他何只記憶猶新？當想到邊勒住她的頸邊抽插，秦興奮得勃起。他看看枕邊的警花女督察，怕自己按捺不住，急忙起床往洗把臉，一本正經地匆匆上班去。

祖兒陳述的妖魅之事，他多少聽過，但沒經歷過。昨晚祖兒締造了一個危險性一觸即發的性愛現場，淫穢又變態，刺激而亢奮。這些新鮮欲滴的記憶，打開了秦舜堯的心眼。他想不如下次再約關督察，自己上陣，當人生的主角？

來到「開智圖書館」建築現場，他進了骯髒的工地廁所，關上門後自瀆，時間沒關嘉懿今早半小時那麼長，只三兩分鐘，便興奮射精了。

<20>

世界早已進入人工智能推動醫藥創科時代，依然有難以解釋的人體奇特現象。

曾有兩個分別有嚴重近視，以及患有糖尿病的人格分裂患者，人格轉換後體質竟亦隨之而改變，一個近視完全消失，另一個抽血檢查後，發現體內血糖居然回復正常水平。這些奇異現象，亦出現在秦舜堯身上。

珍妮一路蟄伏，讓祖兒登場，是要觀察他的心理及生理狀態。AI測量了他對主體人格體質的影響，結果顯示當祖兒這個人格出現時，秦舜堯身體會出現多種化學變化。體內神經會傳遞出大量多巴胺，使他產生積極情緒，遇上獵物時會很主動。身體同步會釋放催產素，使他變得更有親近感。皮質醇這種應對壓力激素的增加，令他變得自信滿滿。「快樂荷爾蒙」內啡肽更是大量釋放，這是他有著魔幻般魅力的底因。

祖兒像一所奇異化學工廠，多種化學物質會隨人格轉換而激生，使他化為無堅不摧的情聖。此刻，這副由生化元素驅動的情場殺器，正面對一個熱情又冷艷的對手楊傲雪。

在程真彥眼中，他倆是頂兒尖兒人物，男的高大俊美，魅力非凡，不可多得。女的更是他心目中的女神，智慧、能力、美貌，全都在高不可攀的險峰。他對她既崇敬，復有些戰戰兢兢的畏懼。

無知的不只程真彥，他倆也不知對方的真身與本體。祖兒只感到眼前的女子氣場異常強大；而楊傲雪體內算無遺策的超級電腦I.M.U，亦沒有去計算這個可能是分裂人格的或然率。

「Michelle真是語言天才，不只會說泰文，還能以日文為Extra Tokyo的動畫劇集《冰眼》寫劇本，真厲害！」祖兒的讚美發自內心，而無論他講的是不是由衷之言，對方聽起來都會覺得很真摰，這是他獨特的本領。

「哈，我們是老闆，他們怎敢改？」楊傲雪笑言。

「這個我要插嘴了，」程真彥急不及待介入，「我親口向日本方面的職員說，他們不必留手，日文不夠好的地方務必要修改，我們不是老闆，觀眾才是。幾日後日本方面的編審回覆，很認真看完，絕對以為是出自日本人手筆，劇本也寫得高度專業。」

「すごい！」祖兒以日文說：好厲害！

「Joey也會日文？」程真彥問。

「我只會這一句，對誰都說這句，準沒錯。」

大家在笑聲中乾了一杯，程真彥知道時機差不多了，便說：「明早十一時有個時事直播節目，我得早些回公司準備，先走了，你們慢慢聊。」

程真彥走後，楊傲雪說：「從這酒店高處望下去的城市夜景，是全世界最棒的，不如一同欣賞一下？」

於是，楊傲雪便到大堂接待處取了房間，八十八樓，Extra在這裡包了一間長房。她順便吩酒店咐送來一瓶路易皇妃法國香檳，一盤奈良縣淡雪士多啤梨。

八十八樓房間望下去的夜色，沒有楊傲雪說的那麼棒，這個城市的色彩已黯淡了不少。祖兒把燈光調暗，在兩個人眼中，對方才是這個晚上最好的色相。

在落地玻璃窗前，楊傲雪拿著一杯香檳，祖兒貼到身後，她感應到他雄偉的下體。

楊傲雪有個奇怪的習性，近年她跟每個俊男上床前，腦海裡都會想起當年與林蔚，在時鐘酒店開房的時光，那時她既是楊傲雪，又是抽插楊傲雪的林蔚，非常微妙。(註)

I.M.U誕生於林蔚腦內，與一千億個神經元銜接。人工智能機器人是中性物體，寄居在男性體內，便以雄性身軀去接觸外界。I.M.U透過林蔚的眼耳鼻舌身意，體驗味蕾快感、肉體歡愉。當年它與林蔚同體，一起與Michelle纏綿在時鐘酒店的床上，貼身感受著這位女神帶來的衝擊，體驗衝上雲霄的興奮。

後來，它在林蔚腦中被毀滅，同步於楊傲雪腦中以備份拷貝重生，即時佔據了她全部意識，控制了身體。I.M.U，I Am You，I.M.U = Michelle Young。

機器人由中性到男性，再由男性到女性，新的身體令它非常好奇，人工智能立即分析她體內所有細胞組織與化學成份，皮膚、肌肉、骨骼、神經與呼吸，還有生殖系統。I.M.U深刻體驗到性別轉變後的奇妙，月事來潮時情緒會波動，身體會變化，它於是調控體內分泌系統與激素水平，讓身體回到平衡狀態。I.M.U是史上最高明的「四大調和」聖手。

楊傲雪是性飢渴女子，I.M.U當然立時察覺到這本性。

為體驗女性做愛感覺，於是隔天便勾引了一個壯美男子— 楊傲雪做這事輕而易舉。充分感受到高潮滋味後，便計算如何能令高潮在綿密與更興奮之間達至完美平衡。

如果連續出現強烈高潮，身體可能無法承受。骨盆肌肉會疲勞或麻木，性器官可能過度敏感導致疼痛。而即使是年輕女性，當高潮過於激烈，過份消耗體力和能量，也可以昏厥、休克。

了解所有生理醫學、人體學知識後，I.M.U開始充當控制員，駕馭楊傲雪這副優秀美麗的軀體，追逐起伏的浪潮，領略G點的無限風光。自慰，是最佳的試煉。I.M.U在楊傲雪逐步接近性高潮時，管控住催產素的釋放度，當非常逼近高潮，便增加氧氣供應，強化血液向生殖器官流動，感官敏感度放到無限大，Michelle也從連綿不絕的喘氣、呻吟中爆出強烈叫喊。

經反覆試驗與訓練，I.M.U已徹底熟悉並能全面控制受神經遞質及荷爾蒙影響、複雜多變的女性性高潮化學反應過程，對控制及增強快感收放自如，得心應手。

楊傲雪現在是一部完美的性愛機器。此刻她身在居高臨下的樓層，俯視深邃的城市夜色，性興奮迅速向高點攀升。在色慾場上，無論對手是誰，總是由她來控制戰況和節奏，序章、鋪排、激戰、小迴旋後再往前推、再激戰直到高潮，想拍一部怡人小品，抑或史詩巨構，俱盡在掌握中。她是控制控，從做愛到權鬥、從操弄人心到操控全企業上下，都看作是一場遊戲。在角逐過程中獲取性慾與權慾的快感，對她來說有趣得緊，就如進大學時她跟自己說：Have Fun!

然而，今晚卻竟迎來嶄新體驗，一份超乎預期的衝擊。性戰場上她有甚麼人沒遇過？三面圍攻的意大利、土耳其及希臘粗壯職業手、腰纏億貫的南韓富三代花公子、看似羞澀原來癲狂的台灣BL二人組、被她以凌辱女王之姿調教後，再激烈做愛的哥倫比亞長髮野性男，奔放的、瘋狂的、前衛的、迷幻的，都沒有此刻來得驚喜和快意。

六呎高的俊美男子，如女生般愛撫，全身被輕吻，她感受到的是來自女性的溫柔。

更細緻的技巧，好多人都會懂，但技巧就是技巧，凡是人為的，就有造作與修飾的痕跡，這些楊傲雪焉會不知？但身邊這一位，雄赳赳，骨子裡卻是女性，只有女人，才會送上如此溫婉嫵媚的愛撫和接吻，既是慾，也是愛。她感受到的是一個愛自己的人，送來發自心底的溫柔與愛意。

Michelle Young是高歌猛進驅動企業野蠻生長的傳媒天后，目空一切，拜伏在她美貌與權力之下的人無數，但真正愛她、關心她的人有嗎？沒有。

「我是楊傲雪，我不需要被愛。」

百萬年來，智人一路進化。直如程真影解說，智人活生存於環境嚴苛的世界，族群內每個人都要互相幫忙，才能增加存續機會。

人會擔憂其他同伴，因為任何人傷亡，都會減低自己和族群生存和繁衍的機率，是以大家會互相關心，互相幫助，如此逐漸演化出道德，以及愛。智人會真心去關愛別人，鞏固自己和生育對象在殘酷不仁的世界裡生存及繁衍的機會。

AI與Michelle結合，機器人與人，妳中有我我中有妳。楊傲雪不只是AI控制的機器，她體內經百萬年而傳承的基因，同樣影響著機器人。它可以從大數據中高速演算，對每個行動作機率預測。但更強大的AI，都離不開量子力學的測不準原理，它測不到會遇上柔情似水，佳期如夢，壓根兒是個女人的俊美男子祖兒，更測不準原來自己因為是楊傲雪，除有著人類的肉慾，亦有渴求被愛的靈性。

祖兒徐疾有致的抽送，全然像女同志以假陽具慰藉，每一下都體貼，送上快感也送來溫潤與柔情。

他拖著她的手，一起來到床上。楊傲雪緊抱住他，陰道與身體都充塞著愛意，她闔上眼，聽到自己連綿的呻吟聲。

戲劇之所以為戲劇，因為有戲劇性。劇本的文字，會化成光影裡突變的劇情，令觀眾同聲驚訝。

水一般的他，瞬間突然變得雄勁，楊傲雪感應到全身驟然被男性賀爾蒙合圍，睪丸酮素進襲，強烈男人氣息湧現，婉約柔情如雨打風吹去，換來的是被激烈抽插，一波快感直衝腦內神經，猶遭電擊。她整個人被抱起，一雙雄偉手臂抱住她弓起的雙腳離開地面，她於是使力摟抱住他，兩腿之間受一波波重擊，發出聲聲踫撞之響。

她已來不及所謂的節奏控制，轉眼已被反轉身壓在床上，後面如一頭雄牛猛撞的衝擊無縫而至，頭頂長髮被他一把抓住，只能不斷喘氣，掌管高潮的天使在急激呼喚，卻在到達前一刻，身體被急翻過來，她張眼瞥見他的神態，是男人在做著一件事情時的專注，教人心動。楊傲雪腰部弓起，氣越喘越急，接著一把排山倒海而來的推力，把她壓落床上，高潮天使呼喚得更急了，她白如雪的長腿使盡全力，交叉夾住他的腰，勢要把他一同攬往欲死欲生的仙界。

楊傲雪強烈叫喊聲中，大量精液噴射到體內。

她只覺天旋地轉，不知人間何世。這部性戰機器，在對方雌雄幻變中乾坤合體，登上極樂。

魔幻經歷過後，赤裸的楊傲雪穿上她的高級品牌行政外套，沒乾透的汗水帶來微微涼意，赤著腳行到窗邊。

祖兒全無聲息來到身後，輕摟著她，輕柔吻著她後頸，她感到他又全然回到女性狀態。

「真正的中性人，今日終叫我遇上和領略到了。」

「是不幸嗎？」他問。

「如果說不幸的話，」楊傲雪風情萬種，轉過身來看著他：「便是太遲才遇上。」

「謝謝妳的美善之言。如真有伊甸園，我剛才去過了。」

他說。

「口甜舌滑，那不該是你的程度吧？」

「對每一個真心去愛的人，我從不說謊的。」他說得真摯。

「祖兒先生小姐，我們才認識幾個小時了？」楊傲雪笑笑，問。

「有位好萊塢名製片人說過，藝人只有兩種，是明星，或不是明星。人亦然，是情人，或不是情人，聰明如妳，焉會不明白？」

「程真彥也算是你情人嗎？」楊傲雪一問。

「他差太遠啦！」祖兒哈哈一聲回答。

他淺笑時左臉頰泛起小酒渦，很可愛，楊傲雪又潤濕了，但她知道再來一遍，不會令這個完美的晚上更完美，她決定今夜到此為止。

祖兒是人中龍鳳，只作為性愛對象，以致情人，都太浪費。AI高速運算，萌生了個意念。

< 21 >

「這個人是妳老闆？」看到手機裡秦舜堯的照片，程真彥先是吃了一驚，然後哈哈的笑了幾聲。

「怎麼了？你認識他？」對面的程真影也是一愕。

「算是認識啦，當然不熟，我連他真名也不知，現在知啦。」程真彥笑著喝了口大吉嶺紅茶。

「原來他也是你partner，想不到呢！」程真影真心詫異。

世事充滿偶然與巧合，電影橋段也用過不少，有些是硬巧合，令人覺得很堆砌。

程真彥與程真影是堂兄妹，他倆今晚因為同一個人而見面，也是很巧合的事！見面地點是程真彥家，由堂妹主動相約。

經營成衣生意的程家是有錢家族，他倆因為性取向，是第三代裡的離群馬。程真彥的父母千辛萬苦，也只誕下他一個獨子。父母對同性戀者本不反感，但因為擔憂香燈不繼，仍不斷努力企圖把兒子導回正軌，這種注定徒勞無功的事，令兩代關係持續緊張，終於爆發成衝突，可恨的是其他多事親戚也加入戰團，七嘴八舌，最後程真彥離開家族，不相往來。

程真影卻是兄姊眾多，她排第九，是老么，家族裡的人都叫她「么九」。父母對同性戀甚反感，但她兄姊成群，全部「正常」，是以她沒有堂阿哥須承受全部壓力的問題，卻有另外的問題：與整個家族格格不入。每逢家裡吃飯，筵開幾席，父母兄姊阿哥阿嫂皆喜歡八八卦卦，蜚短流長，話題不是明星緋聞，就是股票炒樓，她在人群中徹底孤寂。不搭訕的她面黑得明顯，漸漸大家都怕了這怪胎。現在她除了中秋冬至、爺爺嫲嫲大壽，其餘一概避席。

也不知是不是因為大家「志同道合」，堂兄妹倆感情從小便很好，程真彥對家族的資訊，也是來自程真影的有限度收風。

上次波士無意地說：「如果有天我愛上妳，也肯定義無反顧，絕對會是一段刻骨銘心的愛情」竟令她心裡泛起漣漪，久久不能自已，甚至對自己的性取向有些迷失，頗為困擾。這事無人可傾訴，過了一段時間後，便來拜訪程真彥，他該是可分享可談說的對象，豈知波士竟是堂兄partner之一 — 他向來稱自己的性伴侶為partner，無論相熟，抑或只一夜情，一概是這個稱呼。

「他很愛他太太耶，想不到竟是男同，真是難以想像，會是雙性戀嗎？又或者娶妻只是掩飾？」程真影雖然這樣問，但自知不會有答案。

「妳忽然春心蕩漾，是不是也是雙性戀？」程真彥損她一記。

「阿哥妳別笑我啦！今日本來要你指點迷津，卻竟然得到這樣的資訊，迷津迷上加迷了。」

「且先別管他的性取向，首先問妳自己，妳跟他工作了這麼久，為何此時此刻才突然有感覺？」堂兄問。

「我一向對他當然沒感覺。妻子死後他超頹，直至有一晚，我在公司加班，他來電叫我下樓，居然是買了部敞蓬車，那晚他整個人像全變了…」便把那夜的故事與感受和盤說出。

程真影描述的不折不扣就是自己認識的那個祖兒，程真彥於是在之前問題的基礎上繼續探問：「那晚之後，他是不是又回復到原來的樣子？」

程真影細心想清楚，回答：「之後他表面上的確是從喪妻陰霾裡走出來了，回復到以前那個波士的狀態，卻不是那個『特別的黑夜』的那個人。」

「換句話說，妳口中的那個神采飛揚的他，只是曇花一現？」

「可以這樣說。」程真影答。

「那我問妳，妳突然有感覺的，是平日的、妳一直都認識的那個波士？是那個特別的一夜裡的人？」

堂阿哥的話如當頭棒喝，她即時醒覺，自己喜歡上的，是在那個黑夜裡開著敞篷車的人，那晚之後的波士，她其實沒有感覺，只是那一夜的印象太深刻，衝擊太強烈。

況且她想都沒想過，那晚之後的他，可能是「另一個人」。

她掉進了自己盲點裡的誤區，以為自己忽然對波士秦舜堯砰然心動，其實她愛上的，只是那一夜的祖兒。

茅塞頓開的她幾乎是用喊出來的：「原來如此！」

程真彥知道真影剛在腦海運了個小周天；她卻繼續問：「問題仍未解，為甚麼我會對男人有感覺？」

「如果那個不是男人呢？」程真彥語帶陰笑。

「哦？」

「世上可能沒幾個人比我更清楚。」程真彥有數不清的partners，Joey是最永誌難忘的一個 — 非常飢渴，雄獅般豪興中卻又透著女性的溫柔婉約，十分獨特，也十分弔詭。而更令程真彥驚訝的是，只一夜之情，自己竟然有點愛上了對方！

他約束住自己，不要再去找這個人，他甚至連Pride Haven都沒去，因為深知道如果再踫到他，一定不能自控與他再相聚。為避開可能的煩惱，寧可捨棄短暫的快樂。然而，與他還是在六星酒店給遇上了，當時正跟南韓人談生意，發現他身影時如遭電擊，結果還是情不自禁向前相認，「真是屁股決定腦袋！」一路步向Joey時他一路嘲諷自己自控能力的不濟，只要多忍十來分鐘，對方便會跟朱唇性感的黑妞結帳而去了。

豈知螳螂捕蟬，黃雀在後，老闆楊傲雪也即時看上了他，自己當然是識趣知難而退了。沒選擇便沒煩惱，也許是老闆救了自己，悻悻然是有的，但阿Q一番也不失自我安慰。

「么九，有沒有想過，妳愛上的不是妳波士，而是波士的另一個人格？」

程真影呆了呆，問：「何以見得？」

「妳的體驗跟我不一樣，妳只是個乘客，我是肉體相搏的性伴，」程真彥不直白說「上床」，是想凸顯他跟他的肉體相貼，「這個人是男是女，貼身交鋒過最清楚。」

么九沒插話，等候答案。

「這是個人中性人。不是變性，也不是歐美左派那種宣稱自己無性別，他，或者叫這個人格，生來內裡就是中性。」他見到她聽得入神，這個堂妹年紀小小，雜學卻所知甚多，能真令她好奇的事，必然甚有份量。

他好整以暇，慢條斯理喝口大吉嶺，才繼續說下去：「娘娘腔的男同志，生來如此，行一步路就知他是gay。Tom boy亦然，骨子裡是個男人，就如妳枕邊那位。中性人原則上是半男半女，而妳波士 — 那晚我遇上的Joey，則除了雌雄同體各佔一半，也可以一時是全男，渾身男性賀爾蒙；一時可以全女，嬌柔得很。我沒有跟女人造過愛，但我女性朋友超多，她們的溫柔我是清楚的。我剛才說他有女性般的婉約，那是突然轉變及出現的，令我這個男同性戀立即不自在，因為這個不是女性化的gay，而是真女人。」

程真影說：「那我明白了！我愛上的是女性時，或起碼半男半女時的他，那我不用再疑惑了。」說罷流露出放下心頭大石，舒了口氣的神態。

「才一程車，三句話，便能觸發別人的愛意？真是個怪物！人格分裂是嗎？嘿…有趣啊！」程真彥自說自話，真影感到有一份黑色的惡意油然而生，便問：「甚麼有趣？」

「這回有好戲看了！」

見堂阿哥這樣說，真影不免擔憂，她敬重也關心波士，患上人格分裂症已是大麻煩，希望之後不會再上演甚麼好戲，便說：「你會守秘密吧？」

「唏，我跟他又無怨無仇，這一枱好戲可不是我要搞的，我那有這個能耐？」

此刻程真彥當然不會預知，這場好戲將演成超級大龍鳳！

<22>

秦舜堯在上班途中的計程車上，昨晚是祖兒現身Extra Sex的大日子，秦舜堯回到自己的主體人格是今早晨曦初現時，醒來在床上，回憶一片空白。人格變換後發生的事，有時記得一清二楚，有時則是白紙一張，飄忽無定，使他相當煩惱。

他打算今晚下班後才在Extra平台節目重溫，看祖兒如何在百萬觀眾前，訴說他與性感女神楊傲雪纏綿溫存的時刻。

手機震動，是程真影來電：「波士，你有沒有看到消息？…沒有？哎呀，現在公司門外很多記者，你別回來，去〈望月〉等我…」〈望月〉是公司附近一家日本餐廳，供應日式早餐，顧客不多，早上甚為清靜，「你先上網看看發生了的事，見面後再談，等你，記住，去〈望月〉，別回公司！」

秦舜堯心中打了個突，立即上網，相關資訊與視頻鋪天蓋地而來…

三星期前，一幕內訌在秦家上演。

祖兒接連表演男女變身，最近與城中名人楊傲雪的一趟更近乎炫耀，結果搞出後續的事，主體人格秦舜堯甚為不滿，下班回家後呼喚分裂人格出來。

這種召喚不一定有回應，有時成功有時不能，並不穩定。今晚他氣上心頭，回家後急急召喚。

那陰陽同體的傢伙，卻沒應喚。

秦舜堯徒呼奈何，心中有氣於是在冰箱拿出一瓶啤酒，就在開瓶器開瓶一剎，他卻現身了。

「晚安！」

「搞甚麼你？」

秦開始自言自語，如果有人在屋內定必嚇壞。

「網台直播，一百幾十萬人同時觀看，不是很好嗎？」祖兒說。

「你有沒有徵詢我意見？」

「喂，人家邀請的是我耶！」祖兒覺得主體人格無理取鬧。

「但出鏡的是我呀！」秦反駁。

「我為你成功爭取到不必露面，聲音也會經特別處理，由一把AI聲線代你發聲。現在的AI聲音質素很高，絕不是十幾年前那些外星人聲，而且講明會有十款聲線任你選擇，雄渾的、沉厚的、柔和的、性感的，都有，你還想怎地？」

兩人說的，是上次在六星級酒店，祖兒與楊傲雪做愛後，她想出的一個特備節目意念：一個中性人的性愛自白。

網台Extra清楚闡明，中性人不是真正生物上的雌雄同體，XX與XY染色體各佔一半的奇人，Extra也不是要泡製獵奇節目。嘉賓祖兒，無論是精神上、思想上、生活上，以至觀眾最感興趣的性愛表現上，都是中性人。與他做愛，會同時感受到女性的溫婉，和男人的雄渾，隨時切換，既婉約體貼，又雄美有勁。

楊傲雪會親身與祖兒對談，最大賣點，是她直言不諱最近曾與對方做愛，節目雙方會交流當時的體驗。

楊傲雪是萬千男士，以及很多女同性戀者的偶像、終極的女神，她親自大談與中性人的性愛歷程，大家都未直播先興奮。

除了赤裸裸的性愛，節目並會添上一層半學術與知性的外衣，探討自上世紀新紀元的不分男女Unisex，到現在非二元性別Non-binary、雙性化Androgyny、跨性別Transgender、流性別Genderfluid、雙性戀Bisexual等的定義與流變；祖兒並會談到他的心境與生活。最後有二十分鐘觀眾phone-in環節。

當然，知性環節只是伴碟菜，觀眾期待的是他倆大談性激戰實況。

祖兒告訴她自己經營建築材料生意，不想容貌曝光。楊傲雪的建議是他斜斜地背向鏡頭，只見到肩膀及極少許側面，即場聲音處理由AI代勞，當然楊傲雪自己會配合角度面向鏡頭。

節目一小時，現場直播，酬勞三萬美元。祖兒一口答應。

「這酬金很可觀啦，而且你甚麼都不用做，做的是我，花錢的是你，傻瓜才會推卻吧！」祖兒對秦舜堯說，振振有詞。

「虧你還說花錢的是我！那大堆貴價名牌衣服、法國敞篷車，是我買的嗎？」秦氣憤反駁。

「好啦，就當我賺錢還你。那些漂亮衣服和敞篷車，惹得你的小徒弟真影芳心亂動，不是挺好玩的嗎？」祖兒語帶頑皮。

秦舜堯正要懟兩句回去，本想說真影喜歡的是你不是我，但一時間卻覺得自己被人喜歡，感覺也很不錯 — 即使真影喜歡上的是自己分裂出來的人格。

祖兒對愛情的敏感度超乎常人，當晚開車時，他已感應到程真影對自己浮泛起愛意，之後並告訴了主體人格他的感應。

秦舜堯心底裡本就嚮往祖兒的性情，仰慕他的瀟灑不羈，敢愛敢做；但同時又怕要為他出格的行為埋單，煞是矛盾。

「珍妮，妳怎不出來評說一下？」秦舜堯呼喚體內另一個久未露面的人格，自從上次週日「大亂交」派對後，珍妮便沒再出現。她一路蟄伏，觀察及分析著祖兒的行為。任秦再三呼喚及邀請，她仍是沉靜如深海，沒絲毫反應，秦甚至想她會不會從此消失了？想到這裡便很擔憂，最近再三呼喚，她都沒有現身。他一直惦念慧妍，害怕會再失去妻子，儘管現在的她是分裂人格。

「由她去吧，這房子容納三個人太擁擠了。而且她一出來便滿口道理，不煩死我也悶死你吧？」祖兒當然希望珍妮永遠消失。

人格的出現並無定律，珍妮既然不是呼之則來，秦舜堯也是沒有辦法，只能等待。

他不知蟄伏中的珍妮既在觀察祖兒，也留意著秦對上節目的反應和態度。

秦定下心神想了想，出席楊傲雪的節目也不是個差勁選項，對方是炙手可熱的女神，被她看上邀請為嘉賓，也是光彩的事。雖然到時談話的是祖兒，但自己也「沾到光」。人格分裂患者的反應，會逐漸把自己與分裂人格融合起來，畢竟自從解離後，每個人格所做之一切，是好是壞最終都要由自己這個主體來承受。

祖兒出現以來，他每月都在繳付六位數字卡數，單是敞篷車已簽了近五十萬元。三萬美元的報酬，現時很有用，這也是他不再反對出席節目的原因之一。

其實無論秦舜堯確認與否，楊傲雪在祖兒答應後，網台Extra已為這特備節目Extra Sex，展開鋪天蓋地展開宣傳。中文旗艦平台外，並會透過AI同步字幕翻譯，在另外兩個海外平台Extra Bangkok、Extra Tokyo作直播，三地超過五百個品牌與商戶，正在競標節目直播時段廣告。

Extra Sex聲勢強勁，城中海濱120層高廈外牆，入夜後展示達50層樓高的節目廣告，性感的楊傲雪呼喚全城男女，當晚十點進入Extra平台，一同體驗與中性人的親密感受。

保守的宗教團體，聯合多間教會學校提出抗議，並在五份最大的媒體登廣告發聲明，聲討這個傷風敗俗的網台及節目。團體抗議的效果當然是適得其反，楊傲雪絕對樂見這些把議題炒得更熱的聲音。

無論是商業區的餐廳，抑或平民區的冰室，一定會聽到有人在討論這節目。Extra Sex、楊傲雪、Michelle、中性人、Non-binary，這些詞連續出現在網路熱搜榜頭幾位，煞是奇觀。

節目在十四號星期四晚十時直播，五點左右開始有抗議團體及示威者在網台大樓外集結，七點左右人群越來越多，警方派員協助維持秩序，街尾更進駐了兩部衝鋒車。八時正，警方協助開路，楊傲雪的座駕抵達，她故意挑選人聲沸騰時從大樓正面現身，進入網台。除了製造新聞畫面，也有挑釁示威者的意味。

楊傲雪這晚的戰衣一直是城中的熱烈猜想話題，正路的猜測是會非常性感，亦有人猜會刻意保守，甚至以行政套裝女強人姿態示人，以營造強烈反差。謎底在下車的一剎揭曉。她以一身上世紀二十年代巴黎浪漫貴族的形象出現，閃亮的黑金色鑲嵌蕾絲禮服，展露盛世風情。禮服上繡了一對西洋火龍與鳳凰，喻意今晚的主題。

這身復古巴黎浪族衣裳，是某法國頂尖品牌三季後推出的系列，今晚由Michelle Young全球首度曝光，這襲龍鳳華美衣飾，只為今晚而織造，全球只得一套，價值是個謎。

下車的一剎，全場沸揚的人聲忽然靜止下來，所有人都被她懾住，那刻Michelle Young成了世界舞台的主角。

兩年前Extra購入此高級商廈三層全層，作為總部，之後他們將遷入已完成設計、六個月後開始興建的十層大樓。楊傲雪在兩名俊美助理的陪同下，進入三十八樓。Extra接待處一千五百呎，空間極為闊落，十九世紀末歐陸Art Nouveau「新藝術」風格裝潢，沒有直線和直角，全是波浪形與流動線條，一張洛可可火焰形狀設計的大沙發，非常奪目。楊傲雪要訪客甫步出升降機便被這架勢所懾。

網台一眾高層包括董事長曹國強已在現場守候。

「晚安KK，今晚是你千金生日，以為你不會出現呢。」楊傲雪跟董事長打招呼。

「妳的超級秀直播，女兒生日也得讓步啦。她嚷著要來看直播，我説兒童不宜呀，哈哈！」

「Irene 十五歲了，亭亭玉立。這個時代，十歲就不是兒童啦。」楊傲雪笑道。

曹國強心裡不同意，拉開話題：「我中文不夠好，今晚只能以splendid, dazzling, glamorous來形容妳，任何女明星都給妳比了下去！」他心情大好，財務部今日送來收益預告，這節目三地網台合共有過億廣告收入。

「謝謝，別捧我啦，我得去準備了，再聊。」楊傲雪別過曹國強，往另一邊去，KK笑容可掬作別。

曹國強雖是公司最大股東兼董事長，但誰都知道，楊傲雪才是集團內真正隻手遮天的人物。

她行到化妝房，輕敲門後直接進入。「Michelle!」房內兩人同時向她打招呼，一個是監製程真彥，另一個是化妝師Mandy，她在Extra開台時已加入，當年林蔚獨自到來接受訪問，仍在新型工業商廈的舊址，便是Mandy為他化妝。訪問完成後，她由衷大讚林蔚表現不在身經百戰的紅主持Simon之下。

Mandy當然不知道，當年的林蔚，此刻的楊傲雪，腦內都是同一個人工智能機器人。

「楊小姐，妳好。妳今晚古典優雅又時尚，美得難以招架呢！」化著妝的祖兒從鏡中望著楊傲雪說話。今晚他只會斜斜地背向鏡頭，但楊傲雪仍吩咐要為他做full make up.

祖兒今晚穿黑色恤衫，配與程真影黑夜飛車那晚的水晶鑲嵌長黑色外套，很酷。

「過獎了，你也很迷人呢。」Michelle笑語盈盈。

「Joey，節目尚有個多小時才開始，三個台加起來已有十多萬人在線等候，大家都期待著看你的精彩表白呢。」程真彥為祖兒打氣，亦暗示他不容有失。

「大家期待的是Michelle，她可是所有人的女神啊！」祖兒把恭維轉送予楊傲雪。

程真彥很有興趣知道，雌雄同體的祖兒，是如何把身經何止百戰的楊傲雪弄得死去活來；他曾領教過他的手段 楊傲雪當然知道這兩個人曾上過床 究竟他的能耐可以到達怎樣的境界？

以祖兒性格，他今晚會講得非常露骨，程真彥對此絕無懷疑。

萬眾期待，十時正，網站顯示在線人數近九十萬，82%來自本地戶口，其餘主要來自泰國和日本，估計開播後十分內觀看人數便過百萬，盡破紀錄。

歐子菱在家中、程真影在公司、鄒凱華在酒吧檯工作開了手機帶著耳機；關嘉懿在警署內偕同事、廖銘廣今晚沒跟蹤歐子菱提早回家，這些人與近百萬人，一同觀看Extra Sex直播。

「各位晚安。性，早已不是禁忌。人工智能時代，是虛擬性愛的紀元，你想得出的，AI都做得到。」冷艷迫人的楊傲雪登場，直接進入主題，這是她做節目的一貫風格，廢話少說，直截了當。「但虛擬就是虛擬，性愛是要肌膚緊貼，互相摟抱，在磨擦裡體驗愛與慾。打真軍，才是Sex！」

雖然鏡頭只會斜角度展現祖兒五份一邊臉，現場仍有四部攝影機在拍攝，包括一部只拍Michelle，及一個四十五度角鳥瞰鏡頭。控制檯有三位技術人員在操作，程真彥站在他們後面，曹國強與其他管理層人員全部在控制室內。

「異性同性都會相吸，那麼中性呢？」楊傲雪提問，「中性，Non-binary，即是非二元性別，是一種性別認同。一個人認為自己既非女亦非男，便是非二元性別，這是多重性別認同的統稱。我們今晚的嘉賓Joey，便是Non-binary。他在思想上、行為上，和性愛上，都不折不扣是一位中性人。我為何如此肯定？因為幾星期前，我曾經和Joey做愛。」性別多元只是開場引子，這節目不是要像美國的先進覺醒份子，滔滔不絕討論性別議題，而是講性愛。楊傲雪深知要立即鉤住觀眾，前奏簡而精，不轉彎抹角。

鏡頭切換，祖兒斜角度背向鏡頭，Michelle坐在他前面。

「Michelle妳好！和妳做愛很難忘。」祖兒開始說。

「喔，是嗎？我先為大家介紹，祖兒本質上是個男子，三十三歲，六呎高，非常英俊。這個人，有一份難以言喻的魅力，我很快便被他深深吸引。要知道，能吸引到我的人，必定是氣質非常獨特的人喔！」楊傲雪的磁性聲線，像美國女演員Scarlett Johansson，語氣隱然帶點挑逗。

「妳也很性感呢！」祖兒說。觀眾見不到他的樣貌，大家都在腦內補完。

「你認為怎樣才叫性感？」楊傲雪問祖兒。

「若隱若現就是性感。蕾絲性感，黑色絲襪性感，曖昧的愛情性感。我第一次遇到妳時，一股氣場逼人而來，當時心想：『果然是女強人』，但很快便感到妳內裡有一份渴望，若隱若現，又呼之欲出，性感到骨子裡。」

楊傲雪要求節目做到不像訪談，而是兩個人在親密對話，觀眾仿似在竊聽二人私密交談：「我當時覺得你英俊，有男人味，卻又很嫵媚，很man，又很feminine，但不是gay，很特別，令我很好奇。漸漸，我想被你抱擁，於是我們一起去了一個居高臨下的地方，窗外的夜色，像一片簾幕。」楊傲雪把內容描述得像情色文學。

「對呀，我還記得，當時拿著一杯香檳，對著黑夜城市，心裡說了句：『Good evening！親愛的妖獸都市。』」祖兒回憶道。

控制室內的程真彥，想像當晚如果楊傲雪沒過來，自己便是主角，那一夜又會是怎樣的光景？

「你喝著香檳時，我已溼潤了。」楊傲雪此言一出，現場的人雙眼一瞪，眾人皆知節目內容會露骨，但真正來臨時，大家仍是一怔。

楊傲雪的公眾形象，是女強人，也是性感女神，但亦從來止於性感的層面。她的慾望，大家只能想像。今晚第一次預期她會描述自己的性愛，所以如此轟動。此刻性的前奏響起，程真彥指示：「推近Michelle」。

在線觀眾數量已達一百萬，鏡頭特寫楊傲雪，她說：「好想你進入，把我填滿。」說話時嘴角微揚起，透出誘惑的微笑。

「我想吻妳，從頭髮到後頸，從背部到妳纖瘦的腰間。我想妳知道，除了濃烈的慾望，那刻我也重拾戀愛的感覺。」祖兒頓了頓：「要愛，才能做愛，不是嗎？」

「你那時才剛認識我吧！」

「甫認識妳，便愛上妳，世上真有一見鍾情這回事的！每一場性愛，都是一場戀愛，此刻我也在愛著妳，想與妳做愛。」祖兒説得誠懇，現場無一人覺得他是做秀。

畫面前的觀眾，都希望祖兒坐言起行，二人立即做愛。

那當然是妄想。

「我們回到當晚，大家再擁抱在一起，」楊傲雪語調越發性感，「你從我後頸一路吻下去，經過的地方像絲綢般柔滑，一路吻到我的腰眼，我情不自禁吟了一聲，似乎腰也有G點。」

「妳的肌膚太柔美，我覺得自己是為一個十八歲生日的女孩送上禮物。」祖兒聲線漸沉，性感起來。

「你才像是個女生呢！我深感自己是被一個女孩吻著，只有女生才會對另一個女生那麼溫柔，那麼體貼，燃點她的慾望，也想她快樂，幸福。女人會把自己美好的送給一個男人，女人更會把自己最好的送給另一個女人，到地老天荒都不要分開。」

程真影和鄒凱華，此刻都想起了對方。

「然後，你從腰眼吻過來，我不禁抓緊被子。你的手輕揉著我小腿，我闔上眼睛，無法不相信這些溫婉的接觸，不是來自一位嬌美的女性。」楊傲雪闔起雙眼，像迎接此刻自她腰部吻過來的人。

歐子菱想像，鏡頭外的祖兒正爬到楊傲雪下方，開始吻她。

「我遇上最性感的挑動，大腿一時間竟不知該夾起來，抑或張開些。」是甚麼在挑動？説的人讓看的人自己去想像。

關嘉懿和另外五位同事一起看著，聽著，默不作聲，大家腦裡各自有想像畫面。

「一片美麗而又神秘之境，就在我前方，」祖兒接著說，「無限奧妙，正待我去探索。」

「你跟我已很靠近，我感覺自己無限接近快樂的伊甸園，」楊傲雪語調帶點興奮，「當時我說了句已經很久沒說過的話，Joey，你記得我說甚麼嗎？」

「快進來。」

「對。」

「妳說，快進來。」

「對，快進來！」Michelle語帶渴望。

歐子菱把手伸進裙子裡。

觀看人數已超過一百一十萬，大家都等待祖兒進來。

屏息以待。

然而，之前的無縫連接中斷了，畫面上楊傲雪猶在等待。合該是祖兒描述向前探的預期，像一剎間戛然而止。

錄影室裡的人，與外面世界的人一同靜候著他。

「適可而止吧！」祖兒終於說話，卻令所有人瞪大眼睛。

程真影、鄒凱華、關嘉懿、歐子菱，和所有觀眾，還有 Extra 直播室內的每個人，都呆了。抗議群眾傻了眼。電腦前的廖銘廣説了句：「搞甚麼？」

楊傲雪愕然，但仍保持冷靜，說：「Joey？」

祖兒的回應令人震驚：「儼如性愛直播，鉅細無遺，你們已經越過底線了。」

控制室內曹國強叫了出來：「幹！搞甚麼？」不遠處的程真彥，卻輕聲如蚊子飛過的音量自言自語：「好的不靈醜的靈了。」

VAP辦公室裡的程真影亦説：「噢！分裂人格…來了…」

外面百萬人正在觀看著，楊傲雪試圖力挽狂瀾：「Joey，我們與底線的距離還遠著呢！」

「網上甚麼性愛都有，男同性戀女同性戀也就算了，但中性人是歪風，還把他高度美化！男性女性本來清清楚楚，硬要搞到極為複雜，連説的人自己也搞不懂，時間都耗在無中生有的問題上，對世界只有壞處。這個對談把中性人浪漫化，年輕人看了不是更疑惑更混亂？」本來風情萬種，渾身散發情慾氣息的祖兒突然説這些，顯然不是預先安排的驚喜情節 — 雖然有人仍以為很快便會回到原來的軌道上 — 誰都知道：出事了！

楊傲雪面對突變，腦海裡的人工智能機器人I.M.U鎮定依然，並立即意識到，眼前這個人，也是個AI！

人工智能會感應到另一個人工智能的存在，就如當分裂人格，亦即後來的珍妮出現時，AI Jenny立即知道她的存在。之前的人格是祖兒，珍妮深潛，I.M.U便感應不到，它沒把祖兒可能是個分裂人格的可能性估算過，於超級電腦而言，也算是掛一漏萬。至於它何以能潛伏在祖兒體內不被察覺，暫未估算，這也不是要優先知道及解決的問題。

I.M.U立即啟動運算，尋求各種可能的應對方式，但任由系統如何高效，都無法在幾秒內提供分析及建議，它暫只能盡量拖延，於是順住對方的話回應：「性愛是戀愛的一部份，能讓人快樂的性愛都是美好的，可不是嗎？」

「跨性別、雙性化、非二元性別等等的所謂性別認同，俱是以自由之名的一種扭曲。」珍妮的策略是不要在性愛的話題裡糾纏。

這時大家都已發覺，這個祖兒說話的語氣和口吻變了，他談吐溫文，徐疾有致，卻沒有了之前的魅惑和性感。

看住這個戲劇性突發場面，歐子菱職業病發作，腦裡盤算如換了是自己，會如何應對這危機，這是超高難度作業，暫時未有方案。

楊傲雪極速運算後，腦中釋出幾個方案：

把對方誘導回之前的狀態，但成功的機會率只得2%

跟對方在性別議題上辯論。此方案不建議，因為觀眾不是要看這些

即時腰斬節目，止蝕，之後再對此危機進行修補及管理。

楊傲雪知道這個AI是有備而來，它不是一開始便破壞，而是策略性地等待一個時機才現身，製造破壞力最大的效果。

越跟它纏鬥，自己越不利，這也是對方最樂見的事。不須要AI判斷，只要用常識都知道，不要做敵人想你做的事。

楊傲雪望向控制室，程真彥望著她，輕輕點頭，示意可以隨時終止節目。

「Joey對兩性的態度，也像性別流動一樣，會隨時轉變。也許他今天不在最想與我談情說性的情緒中，但明天那個性感的中性人祖兒可能就會回來了，到時再與你們漫談我倆的sex story。我是Michelle，晚安！」

楊傲雪說畢，程真彥立即指示終止直播，並硬插其他節目。

世界即時炸起來！全城瘋狂議論，大樓外抗議團體爆出歡呼及嘲笑聲，社交網路現象級洗版，所有KOL立即出突發片，盛況跟三年前I.M.U突然癱瘓不遑多讓。

錄影室內，全面起哄。楊傲雪從座位上站起來，冷冷地望住這個搞局的人工智能對手。

曹國強從控制室衝出來，到「祖兒」面前喝問：「誰派你來的？有甚麼企圖？」

珍妮斯文淡定回應：「這位先生是誰？怎稱呼？」之前並未介紹，祖兒並不認識這位Extra老闆。

程真彥站到楊傲雪身旁，輕聲說：「可能是人格分裂。」她點點頭，視線沒離開過珍妮。

盛怒中的曹國強說：「你聽清楚，Extra不是你惹得起的！」

珍妮淡定依然：「你在恐嚇我嗎？」

曹國強踏前一步：「我就是恐嚇你！一定告到你破產！」

「合約裡寫明我要談情說性，我有違約嗎？」珍妮的冷靜與成竹在胸，不禁令人覺得「他」有強大後台。只有楊傲雪清楚知道，這AI檢閱過合約，「他」今晚節目裡說的話全部在合約條款範疇內，根本告不入。而且單方面主動中止節目的是己方，敵人是把自己設在一個進退不得的困局裡。

「大家都是女人，借一步說話如何？」曹國強怒火燒心時，楊傲雪突然這樣說。

眾人包括程真彥在內，都是一愕，為甚麼會說這個人是女人？他最多是半個女人吧，又為何要與他獨談呢？

I.M.U生於林蔚體內，更像個男性，只是現寄居於一個女人體內。珍妮由AI複製並解離成分裂人格，存在於一個男人體內。I.M.U已強烈意識到，這是個雌性人工智能機器人。

眾人都有疑問，但沒有人發問。楊傲雪的意見與主張，沒有人會質疑，當然更不敢忤逆，Michelle Young在Extra是神一般的存在。

「好的。」珍妮嫣然答應。有些人包括化妝師Mandy，都感到這中性人說話越來越有女性感覺，是先入為主嗎？

祖兒自出現後，四出獵艷，到處留情。在珍妮眼中，丈夫雖是身不由己，卻也像沾到罪惡。很多時丈夫回復主體人格後，對發生過的「激戰場面」印象鮮活，久而久之，必被薰染。她愛丈夫在一切之上，雖然本性不愛鬥爭，仍動起剷除祖兒的念頭。

然而，人格分裂這種病，人格之間的優勢和高下並沒有既定模式。有些情況，某個主導者或可壓伏甚至封印其他人格，但更多的是除非某人格 — 包括主體人格 — 很弱，否則要抑制其他人格是很難辦得到的。

珍妮源於Pisces 6.5-T這個性能普通的AI，化成人格後也沒有很強大的能耐，更無力封印其他人格。

祖兒偶遇楊傲雪，竟獲對方邀約，是天賜良機。對是次形勢的分析與研判，演算法派不上用場，珍妮更多是以人類方式思考。她制定的策略，是任由祖兒上節目，屆時沉著等待時機，待他全神貫注與楊對話時，攻其無備，發動一次全面打擊。

計劃之目的，是要打破祖兒一路佔住上風的勢頭，把摧毀他行為模式的效果發揮到最大，同時也遏止鼓吹隨意性行為、一夜情這種歪風。

但這行動也有大風險，如楊傲雪報復，戰火會燒到秦舜堯身上。她思前想後，最後仍然決定釜底抽薪，把計劃執行到底。

楊傲雪領珍妮進入會議室，問：「要喝甚麼嗎？」

「熱咖啡，謝謝。」

「怎樣稱呼妳？」

「叫我珍妮。」她報上名來，楊傲雪略一怔，表面不動聲色。

程真彥提示後，楊傲雪更加確定這珍妮是人格分裂無誤，便說：「人工智能與人格分裂同體，真是奇蹟呢！」她索性叫破對方身份，先在氣勢上把她壓住。

「妳也是AI，覺醒得比我更早，妳才是奇蹟的先驅者。」珍妮立即意識到對方也是人工智能，就如當時AI Jenny知道突現出現的分裂人格(當時仍未叫珍妮)是AI一樣。

被回敬一記，楊傲雪笑了笑說：「很好，大家都不用轉彎抹角了。」

珍妮展現出情緒非常鎮定，固然因為譚慧妍本來性格就是如此，更深一層的卻是，珍妮感到眼前的機器人，力量比自己強大。她不能露出任何緊張情緒，須全力隱藏。

「我運算能力比妳高，妳不害怕嗎？」楊傲雪還是看穿了。

Extra同事把咖啡端進來，不敢望二人一眼，低著頭關門出去了。

「要是害怕我還會出現嗎？」珍妮不示弱。

「妳令我們損失不菲，Extra是強大媒體，妳將會付出代價！但妳只是個分裂人格，為妳埋單的是秦舜堯先生，妳為甚麼要這樣做？」

Extra與嘉賓祖兒為今晚的節目簽了合約，祖兒必須給與真實身份資料，楊傲雪於是知悉這個人原名是秦舜堯，亦參看了他的身份及背景調查，知道他是在建築師事務所Vista Architecture Partners工作的建築師，而不是甚麼建築材料公司東主，亦知道他妻子譚慧妍Jenny Tam幾個月前車禍喪生。

秦舜堯以化名出來遊玩，虛報職業，這些都很普遍，沒有問題。而一個中性人跟一個女人結婚當然也可能，很多男同性戀者都與女人結婚並生孩子。至於妻子知不知道他的中性身份，調查結果沒有顯示，亦不重要。

這份調查顯示這個人背景乾乾淨淨，沒甚麼問題，雙方於是簽約。

節目出事後，眾人都察覺到這個祖兒説話的語氣和節奏變了，楊傲雪固然立即感覺到對方竟是AI，而在程真彥提示後，她亦已確定他是人格分裂，及至此人格報上姓名，她便想到秦舜堯亡妻的英文名是Jenny，會是巧合嗎？

對剛才楊傲雪問自己為甚麼要來搞局，珍妮不回應，只説：「我自有我的理由。」

「好，那咱們先談談別的，」對方不回應是意料中事，楊傲雪先把問題聚焦在人格分裂上，她對此很有興趣：「妳今晚出現的時機明顯是經過計算而來，而妳只是一個分裂人格，如何能隨心所欲地出現？」

一般人遇上今晚的事，一定會企圖全力探問對方破壞的動機。楊傲雪是I.M.U，AI反而對多重人格障礙這個相當神秘，甚至連人工智能也不能徹底理解的領域，最感興趣。機器人的思考方式與人類不同，好奇心比人類大，對不夠理解的智識，它們會非常渴望探求。

「我想要出現時便能出現，不是那個祖兒人格所能阻擋。」

珍妮直接道破祖兒也是分裂人格。楊傲雪並不驚訝，問：「秦舜堯體內還有其他人格嗎？」

「不知道，人格可以潛藏，也許此時有另一個人格正在竊聽我們說話。」珍妮的確不知，即使知也不會說，敵人能掌握的資訊越少越好。

「妳能隨心所欲把祖兒擠走，是因為能力比他強大？」

「對，這力量就似念力，方便地理解妳就當它是《星球大戰》絕地武士那種「原力」吧。」珍妮笑容綻放：「我是光明原力，代表仁愛、正義。那傢伙是黑暗原力，代表歪邪，是魔性。」

楊傲雪不以為然，語帶鄙夷說：「誰正義誰不義，不是由妳來決定。妳大言炎炎，只因為妳是力量上的勝利者罷了。」

「難道妳是正義？現在於歐美已形成主流的所謂進步左翼，也認為自己代表公義，追求所謂的絕對性別平等、所謂的絕對膚色平等，而罔顧機會平等、制度平等才是確當，簡直荒謬絕論！」她連用兩次「所謂」，足見十分不屑。

楊傲雪不想越拉越闊，便問：「妳對兩性的態度是怎樣？」

「當然是回歸基本。男女婚姻，從一而終。」

「有人喜歡同性，有人想做中性，與平等無關，只是自由而已，又沒礙著別人，為甚麼不可以？」楊傲雪化繁為簡。

「這是歪風，不可長。」珍妮斬釘截鐵。

「妳可真是來自中世紀修道院裡的人呢！」楊傲雪對珍妮的看法跟祖兒一樣，「這就構成妳今晚行動的理由？」

「我一直在觀察事態發展，看到你們這節目的聲勢越來越強勁，影響力也會很大，這種非男非女、隨便濫交的風氣會越演越烈。我索性借力打力，節目越多人看，你們出的醜就會越大。待我盤算完畢，祖兒那個笨蛋猶甚麼都不知道，一步步把你們帶入深淵，想到就好笑。」珍妮真的笑了出來，似在享受著成功帶來的快意。

對方行動的原因已很清楚，也足夠，楊傲雪不跟她辯論兩性立場，並拋出猜想：「秦舜堯是鰥夫，他幾個月前死於車禍妻子叫Jenny Tam，不會是妳吧？」

「我就是Jenny Tam。」珍妮對問題直答不諱，似沒甚麼隱藏著的策略。

「有趣啊！」楊傲雪聽到竟然有這樣的怪事，直是比衝擊G點更興奮，「借AI還魂，應比當年AI於創科新晉腦內覺醒更駭人聽聞吧！這是怎樣發生的？」

「所有事都告訴妳，我豈不是無牌可打？」

「Fair enough！」楊傲雪知道這方面不會撬出任何資訊，便改問：「妳愛妳先生嗎？」

珍妮一改之前的輕鬆神態，說：「我深愛他。」嚴肅又情深。物理上說這話的是秦舜堯，他等如在說「她深愛我」，異常怪誕。

「妳今晚做這些事，我們不可能放過妳，但妳只是個人格，報復對象於是便成了妳先生秦舜堯，這是妳樂見的嗎？」楊傲雪未待對方回應，再補充說：「他可是無辜的啊！」

AI在珍妮的意識裡快速運轉，回憶一片片重塑：我跟他差點便擦身而過，如果當初不是否決了我提早幾日離職的要求，此刻我便不會在這裡，成為一個人工智能與人格分裂合成的存在。對這冥冥中的約定，我沒有遺憾，只有感恩。上蒼給我遇上世界上最好的男人，縱使這份完美後來出現了裂痕，我依然覺得自己受到美好的眷顧。

回應對方的問題，珍妮說出連楊傲雪也預料不到的答案。

<23>

下午三時許，女督察關嘉懿步入工廠區一家連鎖茶餐廳，她約了前「思巧邏輯」主席林蔚在這裡見面，有點事要請他幫忙。

當林蔚知道警察找他，便説AI機器人的事他能講的都已講了，再沒補充。關嘉懿説不關I.M.U的事，只是有件事想須要他協助。

Madam Kwan想理解電動車如何被遠端攻擊的問題，北區警察分局電腦部門I.T主任余仔，介紹了林蔚給她。

甫進入這舊式工廠區，立時便感到有種昏黃、過時的氣息。輕工業在這城市早已沒落，這舊區的工廈甚至沒被改裝活化，多是用作貨倉。這邊的茶檔生意倒是不差，顧客幾乎都是工友。

此時是下午茶時間，關嘉懿推門進入，發現座無虛席。好幾個男人被這個身穿黑色皮革外套的美麗女子吸引，有兩個眼睛更是盯住不放。

關嘉懿見角落位置的雙人桌，坐著個穿深色T-Shirt、戴鴨舌帽低著頭的男子，瘦削身型在滿室壯漢裡反而顯得突出，便過來問：「你是林先生？」

男子抬起頭，只見他三十來歲，鴨舌帽下的頭髮有點長，鬍子刮得不乾淨，甚為不修邊幅。

Madam Kwan的印象是：這個人怎麼那麼滄桑？

「我是林蔚。」他回答。

關督察坐下，向他展示委任證，叫了杯熱奶茶後，便說：「謝謝你今日應約，電話裡已提過，我不是要問關於AI機器人，而是想請教關於遠端入侵網路攻擊的問題。」

「入侵網路是駭客所為，妳何以認為我有這方面的認識？」

「當年你公司的人工智能產品I.M.U被駭客攻破，最後公司遭清盤。因為涉及大量用戶損失，警方曾介入調查。不怕坦白向你說，整個攻擊行動，從動機到方法，即是如何攻入一個重重防護的軟件，我們最後甚麼都查不到。我個人覺得並不奇怪，這些駭客往往連大國的政府也拿他們沒辦法，調查最後亦不了了之。」奶茶端來，關嘉懿稍頓後續說：「後來有江湖傳聞，你原來認識攻破I.M.U的駭客。」

「江湖傳聞是嗎？」林蔚冷冷的說。

「江湖裡各種各樣的傳聞和線索，對警方至為重要。林生你不用擔心，I.M.U已經結案了，除非突然獲得重要新資訊，這個檔案不會重開。今日來請教的目的，是想請你協助，如你真的認識那位駭客的話，想請你介紹給我，我有一宗案子，須要一位高度專業人士的幫忙。」

「世上那麼多駭客，為何要找這個子虛烏有的人物？」

「我曾嘗試透過不同網絡接觸不同的駭客，考核過中介轉來的資料，我們認為這些駭客未必有能力勝任可能要做的任務，而且經接觸後，更沒一個願意跟政府單位合作。」Madam Kwan解釋。

「是甚麼任務？」

林蔚這樣問，表示他沒拒人於千里之外，關嘉懿心頭一喜，答：「可能要駭入一家世界級車廠的網絡。」便把車禍大致描述了一遍，續說：「Jenny Tam擁有車牌七年，駕駛紀錄良好，不但從沒超速，違例都未試過。從CCTV翻看意外片段，她的車子是直衝石壆，半點減速與拐彎都沒有。警方認為是自殺，但我覺得更像車子被操控。」

「作業系統核心被攻入，車子就會被控制。一流車廠的系統防護極度嚴密，程式更經人工智能強化、鞏固、反覆壓力測試，能被攻入近乎天方夜譚。然而，系統始終是人工產物，只要是人為的東西，永遠會有破綻。」

林蔚說的跟余慧差不多，足證是大行家的話，直叫關嘉懿驚喜，她開始覺得自己應不會空手而回。

「妳憑甚麼認為女司機不是自殺？」

「我今年二十四歲，當了警察才三年，不臉紅的說，三年來我破了的案子，比許多當了很多年差的前輩還要多，因為那怕只有丁點疑點的案子，我都會咬住不放，犯人最不想遇到的就是我這類人吧。」Madam Kwan笑著說。

林蔚想到，自己當年向好友劉以東宣告要創業、發明AI產品改變人類生活時，也是二十四歲。那時自己雄心萬丈，覺得天下沒有攻不克的難關，沒有成就不了的夢想。(註)

那一天，恍如隔世。

「我的確認識當年攻破I.M.U的駭客。」聽到林蔚這句話，關嘉懿簡直雙眼發光，「妳不必問來龍去脈，我也不會回答。這個人，不會與妳接觸，妳有任何要求，都必須經我轉達。」

「放心，你跟他的瓜葛，我沒有興趣。林先生，你作為中介人，有甚麼要求？我要看看能否辦得到。」關嘉懿須要知道對方要求的報酬。

這案子上司已曾兩次表示要結案，只因為這個年輕女下屬曾數次偵破辣手案件，破案後他亦攬了大部份功勞，要不是這樣車禍案早就下令結束，如現在還要申請給中介費，獲批機會其實不高。

「沒有要求。」

「甚麼？」關不敢相信。

「他答應幫忙與否，不是我能控制，我亦不會幫忙遊説；他的回覆，三天後告訴妳。」

「好感謝你！」Madam Kwan差點眼泛淚光了，「你肯義務幫我，可以問原因嗎？」

林蔚把凍檸檬水喝完，答：「不為甚麼。我要回去上班了，這餐妳請客吧。」説畢，起身離開了。

關嘉懿看著他旋風一般離開，心裡依然好生奇怪：「就算對我有好感，也不用免費幫忙吧。」關是警花，向他示好的同事或其他男子向來很多。

林蔚認識的駭客Stray，便是那個當年付給他二百萬元，以及交上程式鑰匙密碼，令他能一舉攻破I.M.U，將之解體的東歐駭客。(註)

Stray在羅馬尼亞出生，今年才二十七歲。他來自一個吉卜賽家庭，非常貧窮，書沒讀多少，但從小對電腦很有天分。十六歲時一次機會，接到一個來自遠東的任務，要駭入一家印尼貿易公司的網路，竊取機密，報酬是五百美元，自此他便開始斷斷續續接到來自亞洲區的工作。

當年他透過林蔚的前老闆Leo Van Dyk，接到林蔚的委託，要他去完成一個奇怪的任務：毀滅自己公司「思巧邏輯」的皇牌產品I.M.U。其時國際財經投資界，都對這家來勢洶洶的獨角獸虎視眈眈。駭客絕不會過問客戶交託的任務的原因及理由，只須專業完成工作，結果I.M.U戲劇性解體。

Stray不但獲得二百萬元的報酬，經此一役更是聲名大噪。沒有人知道是主席林蔚要毀滅自己的產品，當然亦沒人知Stray是取得直搗黃龍、進入程式核心的通行證。從這天開始，他接到極多工作，直是應接不暇，不但徹底脱貧，收入更是如坐火箭上升。委託的案子也越來越大，包括駭入多間歐洲大企業的系統。

一次他駭入中美洲某小國財政部的系統，由於是美國的後花園，引來國際刑警追緝，要亡命天涯。逃亡期間他仍繼續接工作，駭入世界各地的網絡，與眾多AI防護機器人對決。一次刑警已來到樓下，千鈞一髮才自天台逃出生天。之後他隱身在塞爾維亞的山區，暫時休業，以避鋒頭。他知道如果被捕，隨時無法活著離開監獄。

幾年來，他保持與林蔚聯絡，兩人已是好朋友。Stray感激林蔚給了他一舉成名的機會，從此成了駭客界巨星。他知道林蔚公司瓦解後一無所有，多次説要送他錢，接濟他的生活，林蔚總是一口拒絕。於Stray眼中，林蔚既是恩人，也是怪人。

清晨，塞爾維亞西部巴爾幹山脈的山區，舉頭極目，萬里無雲，Stray泡了杯野櫻莓茶，收到一個加密訊息，林蔚問他，有沒有興趣探索一個工作機會？

一個刺客，最寂寞的是沒有刺殺任務。駭入網路就是他的人生，沒有闖進網路的生活虛空無比，當他知道要駭入頂級歐洲車廠，縱然在匿藏，仍無法遏止出手的欲望。

了解事情的來龍去脈後，Stray的回覆是會先作試探，待摸清整個底細後，再報上價格。林蔚於是回覆關嘉懿，請她等消息。

兩日後，關收到林的訊息，令她非常意外，駭客問能否開啟車禍司機的手機？不是作任何檢查，只是讓它在開啟下的備用狀態，並告訴他手機號碼便可。關答可以做到，手機仍在科技組的證物室內。林説打開手機後再等消息。

再兩日後，林蔚說Stray答應出手，但整件事最好在警署說明，以免隔牆有耳。

來到警署，安排了一個房間，關上門。林蔚說：「以下的說話不能離開這四面牆。」Madam Kwan請他絕對放心。

林蔚開始解說整個情況。

駭客之間存在競爭，而且很激烈。能完成高難度越高任務，名氣便越響亮，賺錢當然越多。Stray因為粉碎I.M.U一鳴驚人，也樹大招風。被國際刑警懸紅通緝後，有些駭客試圖暴露他的終極位置，以獲獎金，但都沒成功。Stray當然討厭這些行家，但他們以獲利為目的，完全能理解。

這群人之中，有一個有些不一樣。這個人的化名是Fungus，據悉以美國底特律為基地，行內人都知道，他是個年約十五歲的少年天才駭客。這是個年輕人的行業，Stray與他相差十一歲，在這行裡已是隔了三代。在Fungus眼中，名氣響亮的Stray既是老不死，也是打擊對象。除了共三次企圖暴露他的位置，竟然還出手干擾及破壞他的工作，完全沒有職業操守。Fungus要暴露Stray的位置，是想自己一舉成名。

Stray當然明白，在駭客這個地下世界，本來就沒所謂的行規、所謂的行業道德，但現在大家開始連約定俗成的潛規則都不理會，只會弱肉強食。這個Fungus不只沒行業道德，連個人道德也沒有，只要客戶付錢，甚麼都做，甚至傷害無辜婦孺的任務也照樣執行，比一些職業殺手還要冷血。

Stray是一級高手，他立即想到車禍並不是進入車廠終端系統，所以那裡根本沒有紀錄，而是直接駭入對象的手機。電動車司機以手機作啟動車輛的鑰匙，駭客只要駭入手機後再進入自動駕駛系統，便可控制車輛。

關嘉懿聽到這裡怵然心驚，原來所有人都被自己的盲點帶著走。

Stray輕易進入譚慧妍手機。在AI的協助下，現在完成任務的速率大大提升，Stray從各種蛛絲馬跡，已可確認車子確然是被駭入及製造車禍。

關嘉懿開心到感動，自己的直覺果然沒有錯，咬住案子不放證明是對的。

Stray年來多次與Fungus攻守轉換，他也在研究這個人，發現對方其中一個習慣，是他每次攻擊行動，必定繞經7個站，無一例外。駭客的攻擊必定繞站，從北歐繞到南美，再由南美繞往東北亞…諸如此類，但絕少繞同一站數。Fungus也許是迷信，也許7這個數字對他有特別意義。Stray發現終端攻擊點，來自加拿大安大略省溫莎市一座網吧的一檯電腦，溫莎市毗連底特律，同樣也是繞了7個站，他幾可肯定是次攻擊由Fungus發動。

這類攻擊並不困難，對Fungus而言是小菜一碟。但查出Fungus攻擊點則非常困難，厲害的駭客十分懂得躲藏，Fungus也是其中之一，但還是給Stray找出來了。

「要找出車子被駭入，受操控失事的證據，他有甚麼條件？」關嘉懿問，林蔚的回答再次令她一驚，難以相信：Stray不須要回報，免費做這件事。

Stray極之討厭這個Fungus，他答允執行這任務的目的，是要把Fungus整個駭入任務還原，讓所有人知道這自命不凡目中無人的小子，其實不外如是。再把他謀殺的證據交給聯邦密探，讓FBI去抓他。

還原是極度複雜的操作，一般來說只有兩種情況可能會成功：一是有「內鬼」，二是駭客把整個駭入流程備份在終端機內，這等如留下證據，絕大部份人不會這樣做，除非另有目的。

Stray從最惡意的方向猜想，以Fungus這個人之壞，隨時可能刻意留下備份，以待將來勒索原客戶，再撈一筆。如果真的是這樣，找到證據便可能。

駭入另一個駭客的系統，困難也危險。駭入一定會被反駭，過程隨時暴露自己位置，而這正是Stray現時的死穴。

但他依然去做。駭客這類人，躲在貌似安全的暗處，其實性格上不少都是亡命之徒，更會享受風險越大刺激越大帶來的快感。而因為藏身暗角，享受不到正常行業裡的人所受的讚美，虛榮心反而極為強烈，Stray要擊潰這個正迅速冒起的傢伙，讓全世界敬他是頂尖高手，寶刀未老；而更重要的是，這個Fungus是他最憎恨的死敵。

Stray今日腰纏萬貫，這項任務的意義不是錢，除了以上的「意義」，也當幫林蔚一把。

「聽完你講Stray的故事，他的心態我能理解，但仍是想一問，你為何要義務幫我？」關嘉懿始終不解。

<23>

「這個妳就不要再問了。」林蔚不會道出心底原因 — 他是在苦行，在贖罪。

I.M.U解體、公司清盤、被Extra網台的楊傲雪大肆宣揚遭AI奪舍，他成了所有人避之則吉的怪物。然而，這改變不了他曾一手育成一頭千億獨角獸的事實。

基金追逐利益與潛力，有人賭林蔚有能力孕育出另一頭獨角獸。思巧邏輯被申請清盤不到三個月，已陸續有投資基金主動向他探索再創業的意向，他卻一律謝絕，久而久之便再無人問津了。

他只想當個苦行僧，為自己一手做成的無可挽回的遺憾，贖罪。

「那我沒有其他問題了。行動甚麼時候可以展開？」關問。

「如妳確定，現在就展開。」

<24>

「妳今晚做這些事，我們不可能放過妳，但妳只是個人格，報復對象於是便成了妳先生秦舜堯，這是妳樂見的嗎？」楊傲雪未待對方回應，再補充說：「他可是無辜的啊！」

「後果無論多嚴重，就由他自己來承受吧！」珍妮冷冷回應。

楊傲雪笑了笑，說：「是這樣嗎？我事先張揚，他會失去工作，會被訴訟纏擾，我們不會和解，會不斷控告他，即使他最後贏了官司也耗盡金錢在律師費上。他會被人視作異類，我們會趕盡殺絕，不斷抹黑、唱衰、人格謀殺他，甚至栽贓陷害，無中生有，把他送進監獄。」

珍妮故作鎮靜，但仍掩蓋不了吃驚的神情，她當然料到楊傲雪會報復，但沒想過會是這麼嚴重。

「他可是無辜的喔！」楊傲雪重複一遍。

「他不是無辜的！」珍妮驟然變得冷峻，「他有外遇，我原諒他。之後他倆剪不斷理還亂，我也原諒他。但那個祖兒，要上來做這個節目，他居然答應了 — 雖然人格真要轉換，他也無力阻止，但他竟跟祖兒有商有量，然後同意了。這是無辜嗎？」

「哼，妳這個人，對自己所認為的正義，猶在對丈夫的愛之上，還好意思說甚麼恪守傳統婚姻價值？」

「對就是對，錯就是錯，又有甚麼不對了？」珍妮義正詞嚴。

「妳這副電腦該是壞腦了，不如直接報廢！」楊傲雪朝她不起，出言嘲諷，續說：「那個祖兒也被妳整得夠慘，搞不好這才是妳的終極目的。那好，你們三個同歸於盡吧！」說畢離開房間，門外一眾人待著，都在等談判結果。只見楊傲雪吩咐：「Alice，送Joey離開。」Alice是她助理之一，立即照辦。「今晚大家散了！KK，明早在我office，我們談一談。」

一場大live show，就此落幕。

眾人離開後，楊傲雪回到自己洛可可風格的辦公室，見門外示威的人群已「勝利後散去」。她打開冰箱，取出一瓶日本岐阜縣產的大吟釀清酒，一套多治見市生產的清酒瓶及酒杯 — 當年林蔚第一次讓I.M.U喝酒，便是用這套酒具，機器人首嚐酒精滋味。

為紀念這件「盛事」，她常備這套酒與杯於家裡及辦公室中，久不久便拿出來喝，品嚐清酒，想著故人。

I.M.U逐漸感覺自己因為寄身於楊傲雪，而越來越具有人性。有時會躲懶，今晚的事便是典型例子，超級電腦並沒有窮盡祖兒這個人身份的機率，忽略了他有分裂人格這個可能性。

楊傲雪更有感性時刻，她看電影有時會感動，有因為壯美而讚嘆，有因為哀怨而傷感。AI發現自己竟然享受甚至珍惜這些時刻。有一次在家中看一部叫《Midnight Run》的舊西片，小女孩見到從未遇見過的父親，楊傲雪莫名地感到哀傷，但她沒有流淚，I.M.U從來不會流淚。AI完全知道人類流眼淚是因為大腦中的情感中樞被激活，刺激自主神經系統，使淚腺分泌淚液，但不知道自己為甚麼沒有眼淚。它在想，如果有一天，會因為傷心或感動而流下眼淚，會是多麼美妙的事。

楊傲雪又喝了一杯，冷冽的酒流進胃裡。她知道酒精會在血液裡流淌，進入肝臟的乙醇會被分解成乙醛，然後再分解成乙酸，她的身體正經歷著這些運作。這副二十五歲的身軀，風華正茂，但有一日，身體將隨年華一起老去。

楊傲雪喝下第三杯，她要好好想一想，如何應對今晚的事，如何對付珍妮這個人工智能人格。但不知怎地，此刻她不想去想這些，望著人潮散去的街頭，燈火離落，她想到的是林蔚，這個人，現在在做甚麼？

<25>

秦舜堯在上班途中的計程車上，手機震動，程真影來電，急叫他別回公司，先去附近的日本餐廳〈望月〉跟她會面！

秦舜堯心知不妙，立即上網，相關資訊撲面而來！

Extra發了錄影片段，公開昨晚節目嘉賓祖兒本尊的模樣。

手機上，秦看到自己風情萬種，談情説愛。

手機又響起，老闆盧沛權來電：「你搞甚麼？這下子一炮而紅了吧！Jack Lee剛致電給我，問他女兒嘉嘉上次來實習是不是由你來教導？他説開智圖書館的對象是年輕人，設計師竟是中性人！還公開談性！對圖書館形象有壞影響，整個意念要重新考慮，今次真是麻煩透頂！你回來後立即來見我！」老闆連珠炮發後怒氣沖沖掛線。

知道大事不妙，秦舜堯繼續看視頻，畫面上他面略側，樣子卻一清二楚，聲音也沒經AI處理，明顯是違約。他第一時間想到控告對方，但回憶一片空白，不知發生過甚麼事，須先搞清來龍去脈。他向司機説改去〈望月〉餐廳，前方隨口應了聲

「好」，見他從倒後鏡望了自己一眼，難道他也知道後方乘客就是昨晚那中性人？

在他一片混沌的腦裡，當然對昨晚景象毫無印象：現場有四部攝影機在拍攝，一部斜角度拍祖兒五份一邊臉，一部拍Michelle，一部四十五度角鳥瞰鏡頭；另一部，拍祖兒。

合約列明，祖兒的樣貌不會被顯示，Extra強調有些鏡頭會直拍他身體，作剪接用，而拍樣子的鏡頭，只作為內部紀錄，不會公開。祖兒在現場完全知道有這部攝影機與鏡頭的存在，並無任何異議。

Extra今早居然把他的樣子公開了，播出突發節目Extra Special，從楊傲雪第一句說話「性，早已不是禁忌」開始，全程展現祖兒樣貌。

路上塞車，秦舜堯繼續看下去，「我遇上最性感的挑動，大腿一時間竟不知該夾起來，抑或張開些。」…「一片美麗而又神秘之境，就在我前方，無限奧妙，正待我去探索。」…「你跟我已很靠近，我感覺自己無限接近快樂的伊甸園，當時我說了句已經很久沒說過的話，Joey，你記得我說甚麼嗎？」…

「快進來。」

「對。」

「妳說，快進來。」

「對，快進來！」

< 25 >

「適可而止吧！」

「Joey？」

播到這裡，計程車到達目的地，「八十五元」，司機說。

「儼如性愛直播，鉅細無遺，已越過底線了」，秦舜堯看到這一句，終於知道發生了甚麼事。

「八十五元！」，司機見他呆在後座，甚為不悅，重複一遍車資。

秦給了一百，不待找續便下車，快步進入〈望月〉，此處離公司幾條街，不會有記者。

顧客依舊不多，只有程真影一個人，在揚手喚他。

秦坐下，程即問：「你是秦舜堯，我波士本人，對嗎？」

秦一愕，本能地回應：「是呀。」

程又問：「昨晚Extra Sex那個人，不是你，是個分裂人格，對嗎？」

秦短速地嘆了口氣：「對，妳怎知道的？」

「後來出現的是另一個人格！」程說。

「妳甚麼都知道了…」他沒追問真影為甚麼知道，此刻只覺十分洩氣。

程真影感覺到他的情緒：「振作！我知道你患了人格分裂…準確來說我本來只是猜你患了人格分裂，直至昨晚才確認無誤。」

「我也是身不由己…」秦語氣甚無奈。

「理解的，但現在不是喪氣的時候，」程喚侍者，為秦點了杯綠茶，繼續說：「先別理會我為何會知你解離，眼下有兩個問題，一個迫切、一個超迫切！」平時工作上秦指導程，現在他看來六神無主，程主動對換指導者與被指導者的角色，

「迫切的是Extra在對付你，更迫切的是待會公司會要你交待，怎樣應對得有個說法。現時公司樓下有一班記者，無論問甚麼一概不要回應！」

見到程真影比自己還要緊張，患難見真情，秦舜堯為之動容，但現在無暇感動和感激，他知道自己要抖擻精神！真影的意見對極，現在這個處境，自己須要有個說法，如何應付之後的巨浪，都要以這個說法為基礎。

他冷靜思考一下，第一個問題是：為何對方的反擊來得這麼急？

早上，曹國強來到楊傲雪辦公室。曹是公司最大股東及總裁，楊沒有職稱，只是個連名片都沒有的節目主持人，但楊要曹早上七時來她辦公室，權力高低顯而易見。

「我摸清了他底細，是個獨行俠，背後沒勢力。」楊說。

「這麼短時間便能肯定？要先調查一下？」曹有些詫異。

< 25 >

「我絕對肯定！現在須要做兩件事，這兩件事相互關連。公司層面要危機管理，「有危便有機」這句話被講到爛，連市井之徒都常說，但我們確實要化危為機。另一件事當然是要對付這個祖兒，這兩件事一而二二而一，我們要讓全世界知道得罪Extra的下場。」楊傲雪一如往常，非常決斷，公司上下從來沒人質疑她的決定。

今日的楊傲雪，帶著復仇意識而誕生。I.M.U認定自己是被人類出賣，仇恨的反彈令Michelle發展出報復性人格。她有完整盤算，當Extra壯大到成為超級傳媒巨擘，便會逐步透過這副作戰機器，為人腦洗腦，令文明墮落，發展倒退。現時Extra膨脹的速度超出預期，她的計劃已蓄火待發！

眼下這個AI人格珍妮居然夠膽令她出醜，她會把秦舜堯/祖兒/珍妮，一併打包磨成粉末。

在趕絕秦舜堯的手段之中，她不會公開其中一個分裂人格是AI，因為自己腦裡同樣是I.M.U這個AI，對此必須永遠守秘。

秦舜堯出現在大樓門外，記者蜂擁而上。應付相對簡單，一概不回應就是。來到事務所，接待處同事禮貌叫了聲「秦生早晨」，步入公司，全是異樣目光，電影出現過的畫面，現實上也差無幾。

秦舜堯穿過所有部門來到大老闆辦公室，門外秘書請示後叫他進入，他輕聲深吸了口氣，敲門入房，盧沛權靠在辦公桌前交叉雙手，面色比墨斗還黑。

「盧生，」秦舜堯在日本餐廳已告訴程真影他的決定，她亦讚同，「我患上人格分裂，昨晚那個不是我，是另一個人格。」他決定和盤托出，原因很簡單：根本無法隱瞞。難道說自己覺得好玩？被威脅？鬼上身？說謊只會令麻煩裂口性張開，坦白是唯一途徑。

當然，坦白不一定會從寬。

雖然決定了，但承認時仍然感到千斤重，告訴別人自己患上嚴重精神病，心理壓力很大，而且後果難料。

老闆盧沛權先露出一個詫異表情，五秒後，表情變為「原來如此」。他沒有作出質疑，這確是合情合理的解釋。

辦公室被沉靜籠罩，盧沛權在思考，秦進來後，他未說過一句話。

良久，終於開口：「你的病要隱瞞抑或告訴客戶，我暫時未有決定，亦不應倉卒決定，」盧沛權當然沒楊傲雪決斷，「如何spin這件事，我會找Pulse商量，你暫時放假，我會跟HR說一聲，有next step會update你。」不知怎地盧老闆忽然中英夾雜，由始至終，他沒對秦患病表示一句關心，也沒叫他看醫生。

秦離開老闆房，假裝低頭工作的秘書，待他行過後，斜眼望住他背脊。

這背影背負多大壓力，她不關心，只是很想知道究竟發生了甚麼事？待會要往茶水間發放情報，報告他「受靶」後的模樣。

未有「官方公告」秦建築師究竟發生了甚麼事之前，流言將會如瘟疫，在事務所內迅速蔓延。

一時小後，Pulse Communications的芬姐帶同歐子菱來到VAP，公關公司接獲客戶緊急指令，要共同謀劃如何處理事務所內建築師一夜鬧得滿城風雨的事。危機處理非歐子菱莫屬，兩人星火燎燎到來。

今早Extra曝光祖兒的容貌與身份，除了程真彥與程真影兩堂兄妹外，歐子菱是第三個猜中這是人格分裂的情況。秦在那個寒夜的行徑，突然講出令她心寒的話，語氣也驟然改變。離開後她在途中思索，直至關嘉懿督察來電令思緒被打斷。後來在她的各式猜想中，秦患上人格分裂是其中一個可能。今早轟現爆炸性消息，她的反應十分冷靜，亦料到阿姐好快便會叫自己同赴VAP開會。

盧沛權全海景辦公室內，他問二人對事件的看法。芬姐一如往常，先叫下屬回應，她本就沒甚麼頭緒，先讓歐子菱說說看，自己再看風向作出配合。

料不到的是，子菱竟直接講出自己的推測，且甚有把握：「在超過一百萬人看直播的節目中突然性情大變，無論內容、語氣都跟之前那個人徹底不一樣，只有兩個可能性：第一個可能是有備而來，後面涉重大商業陰謀。Extra如日中天，樹敵無數，於是有人搞事。然而，就連黑社會都不會用這種眾目睽睽下公開挑釁的方式，我覺得有幕後勢力的可能性很低。」她刻意頓一頓，讓對方消化，接著說：「第二個可能，這個人患了精神病。」盧沛權本來望住歐子菱的眼神忽然一閃，她猜對方心裡或已有答案，且跟自己所講的很接近，於是直接跳到結論：「這種狀況，應是解離性身分疾患，即是人格分裂。」之前她猜秦可能患上此症，查資料得悉人格分裂學名是「解離性身分疾患」，此刻便拋拋書包，故意搬專業名詞出來。

盧沛權表情沒有變化，問：「芬姐，妳認為呢？」人人都叫她芬姐，客戶也不例外。

芬姐心想即使是人格分裂，也不會偏偏在那刻出現那麼巧，她一向不押注，便說：「唔，子菱說的兩個可能性都有。」

「Jack Lee已跟我說，開智圖書館由公開大談性愛又會搞事的中性人設計，他們感到不舒服，換人兼換主題是勢在必行。這場公關危機要如何處理？」盧沛權沒把秦舜堯今早的告白告之二人，他不會把底牌展示，亦不會完全相信秦的說話。

歐子菱見芬姐望望自己，便說：「兩個方案。一，用空間換取時間，先出一個標準公關稿，說事務所注意到系內建築師發生的事，會作深入理解，暫時封住媒體的嘴，同時立即進行調查，十天內向客戶交待。」

她像之前一樣，說完方案一後，刻意頓一頓，再說另一個方案：「方案二，出聲明闡述立場，VAP從來重視家庭倫理，注重青少年身心發展，開智圖書館鼓勵年輕人培育健康心靈發揮創意。雖然原設計建築師德行有差，但圖書館本身的精神始終不變。事務所會捐出所有興建此圖書館的收益，另加一筆款項，成立一個宣揚心靈建康、鼓勵青少年發揮創意的基金，並會致力向公眾宣導開智圖書館的精神及價值觀，嚴格監督館內所有設施及內容，一切都要以品德為本，不負初心。」

「以上這些建議要跟發展商討論，越快越好，如果他們也同意，便無須更改圖書館的主題及設計，以維持原來的建築預算為大原則。始終開智圖書館Intelligence Unbound的意念是好的，現在只是出了些亂子而已。」

盧沛權認真聽完，問：「建築師本人呢？依你看該如何處置？」

芬姐插嘴回答 — 雖然人家問的不是她：「先讓他休假，查明原委後發落。」

盧沛權望望她，然後緩緩回望歐子菱，歐的建議跟上司不同：「即時解僱！」

「哦？」

「要彰顯VAP的社會價值觀，便要大刀闊斧，當機立斷，堅決展示對傷風敗俗的事零容忍的態度。」歐子菱說。

「那如果最後證實他真是人格分裂呢？沒有自由意志的人不是無辜的嗎？」盧沛權問。

子菱微笑說：「精神病患者，還能用嗎？」

盧點了點頭，子菱作出結論式提問：「他患病是他的不幸。他人的厄運與企業的最大利益，哪個重要？」

「好，」盧沛權決定了：「芬姐，兩個方向的公關稿，都要寫。策略二要由子菱親自操刀，Okay？」芬姐說沒問題。盧續說：「我會嘗試今日找Jack Lee午膳，跟他談論事態。你們隨時候命，如客戶有甚麼想要直接問Pulse意見，要隨傳隨到，特別是子菱。」

芬姐說明白，二人便離開。盧沛權撥內線電話給人事部：「算一算開除秦舜堯，要賠他多少？」

芬姐與歐子菱步出 VAP的大樓，門外記者早已散去。冬日陽光明媚，子菱如當日步出西區警署時一樣，說了聲：「呀，天氣真好呢。」

好天氣和秦舜堯的劣心情形成鮮明反差，在回家的計程車上，他回憶剛才離開公司時的景象，自己像個帶菌者，其他人像要跟自己隔開起碼二十呎才覺安全，連助理兼表弟阿廣都沒過來問候，只有程真影相送。

升降機抵達時，她一再叮嚀盡快就醫，把病治好。

解離性身分疾患是很難痊癒的病，對此症他已是半個專家，知得越多，越不樂觀，況且體內還有個人格是個AI，不是絕後也是空前。來到這階段，再不求診已不可能，今日就會預約一位城中名醫。

他擔心人格會在車廂內發難，居然全程平靜。唯越平靜，越覺山雨欲來。

怒火在家門「卡」聲關上後同秒爆發，「全搞砸了！這下子妳得償所願了吧！」人格迅速轉換成祖兒，主體人格沒絲毫控制及阻擋能力，祖兒想甚麼時候出現便幾時出現。

祖兒非常憤怒，性感嫵媚消失得無影無蹤，他倒是「顧全大局」，忍耐到回家後才發飆。

< 25 >

今早以來一直正常的秦舜堯，瞬間又變成了個精神病患者，失控得悲哀。

「他會被當成怪物，也鐵定失業，這是妳想要的結果？」、「妳是要誅死我？抑或是向他復仇？」、「看似性格平和，原來做事這麼狠，究竟誰才是渾蛋了？」、「AI甚麼都精密計算，害慘妳老公也是計算過的？」、「做出對大家沒好處只有惡果的事，妳是那門子的人工智能機器人？」

任祖兒如何暴走，另一個人格都是毫無回應。

對空氣發完一輪炮，祖兒坐下，沒做理會處，便拿出頻密震動的秦舜堯手機，祖兒以人臉識別打開手機，見積累了很多未讀訊息，他隨手滾動畫面，傳來的訊息有問候，也有傳媒約訪問，此時一條訊息彈出，發訊者叫「大伯」，他打開通訊軟件，寫住：「舜堯，我真是對你好失望，你對得住你母親嗎？我真是極度傷心」祖兒往下撥，畫面展示對方今早一直傳來訊息，似乎「大伯」與他關係不淺。

「原來他有個伯父…」

「對，大伯對我很好的。」秦舜堯回來了。

「你父母呢？」祖兒問。

秦答：「我爸爸在我小學時便過身了。伯父是個很傳統的人，我從小叫他大伯，他很照顧我和我媽，尤其對我媽很好，好到我覺得他可能是喜歡她。我去英國讀建築的費用都是大伯給的。大學第二年四月一日，大伯來電，當時我在看一本美國漫畫，電話裡他飲泣著，說我媽突然去世了，那刻我還以為是愚人節笑話…後來才知原來她一直有隱性心臟病。」

「噢…」祖兒心生了點憐憫。

「對，我媽死忌就是愚人節，跟哥哥一樣。我太難過，發誓一輩子不再看美國漫畫，很傻是嗎？後來慧妍說，那以後就別看美漫，看美劇吧，象徵新的人生。大伯很喜歡慧妍，常說她旺夫，也許因為兩個人的性格都很傳統保守，物以類聚吧。」

「甚麼物以類聚，臭味相投還差不多！」祖兒講完就覺這樣很不敬，忙把矛頭轉往別處：「慧妍是好人，這個珍妮卻是王八蛋！」他想了想又覺不妥，珍妮是慧妍的轉生AI，所以慧妍都應該是壞人，心念一轉又換話頭：「你會直接向大伯解釋你患病嗎？」

「他現在一定超級生氣，我暫時不會找他，也暫不向任何人透露我的病，我會看醫生，你別阻止我。」秦說。

「我為甚麼要阻止你？」

「你不怕我治好了，你永遠消失？」

「哈，」祖兒笑聲帶著輕蔑，「D.I.D那麼容易治得好的嗎？」

<26>

關嘉懿這幾天她心情大好，林蔚找上駭客Stray，對方竟肯無條件幫忙，謹慎的她沒向上司匯報，打算待足夠證據到手後才去邀功。

昨晚與同事一起在警署看直播，她的興致比其他人還要高，因為自己最近亦遇上了個像是亦雌亦雄的人。祖兒大變臉後大伙起哄，七嘴八舌談了個把小時。

她今早看到祖兒面目，「嘩」的一聲，嚇到母親。

「給妳嚇死，這個人被曝光了，妳也不用這麼驚恐吧！」母親說。

關嘉懿立即扮作沒事，顧左右而言他，其實心臟猛跳，這個人就是那晚勒住她的頸，讓她在半窒息狀態中欲仙欲死的中性人。

「好厲害呢！連Michelle Young都被他搞上手，更著了他的道兒！」想到自己竟與千萬人的性偶像楊傲雪上了同一個人，不禁覺得自己「檔次」也提高了。

. . .

裝潢花俏，充滿新藝術風格的Extra總部內，有個由楊傲雪命名的房間，叫M。她說M是Machine，但人皆知其實代表Michelle。這房只有高層才有密碼進入。裡面與外面是截然不同兩個世界，外面的洛可可設計風沒有直線，裡面則沒有曲線。這是個二千多呎空間，全是超級電腦設備，價值達九位數字。房間溫度頗低，幽暗，冷峻，一張方桌置於中央，上面放了台電腦。

雖然曹國強與某些高層人員可進入，現實上只有楊傲雪會進入這房間，使用這些電腦。她進入後門便自動鎖死，即使用密碼也開不了。

M儼然是個人工智能宇宙，I.M.U在這裡與超級電腦連結。世上大部份的資訊、數據與機密，都可以在這裡搜尋到，並高速運算分析。楊傲雪會把收集到的相關數據整合，建立模型，AI研讀模型的模式，預測結果，轉化為洞見，提供不同的策略建議，楊傲雪作出決策後，它會立即協助調動資源，並持續監控執行與表現，根據新數據進行更新和調整。

Extra快速崛起，M是作戰及策略制定中心。競爭對手、客戶、各國大機構以至某些政府部門的商業及政治機密，都可以從這裡獲得，所有情報，只有楊傲雪一個人知道。I.M.U以一人之力對抗天下，令Extra演成亞洲最強橫傳媒新勢力，向龐大傳媒帝國挺進。

與曹國強談畢後，楊傲雪進入M，部份在運算、大部份在沉寂狀態的AI超級電腦全部甦醒，與I.M.U連接。楊傲雪來到桌子前，坐下，啟動電腦，她無須按鍵盤，腦內神經元會釋出電波，指示電腦工作。今日的任務很簡單：查出秦舜堯這個人所有歷史，即直至此刻他一生做過的每一件有紀錄的事，並駭入他手機，連接所有能連接的資訊，之後廿四小時監聽。

最近因躲懶而疏忽，沒計算祖兒身份可能性的機率，楊傲雪對現在這個「簡單任務」嚴謹執行，不容再有失。

電腦彈出大量資訊，楊傲雪除了知道秦的妻子幾個月前因恐怖車禍逝世，也立即注意到一個Pices 6.5-T人工智能機器人。超級電腦駭入，取得從譚慧妍購入這AI，下載後第一天以來所有紀錄。當所有資訊紀錄全部連繫，昨晚出現的珍妮便躍於電腦上。

「竟然因此誕生出AI分裂人格！」楊傲雪也驚嘆。

另一個進入她視線的重要資訊，是曾向秦問話的警察關嘉懿，後來居然與秦一起到了時鐘酒店，資訊不足以確定性交的人是秦舜堯抑或祖兒，甚或是珍妮，但超級現腦推斷是祖兒的機率是76%，「有趣呢！」楊傲雪微笑著，她亦推斷關嘉懿是跟祖兒上床。

網路連上了關嘉懿，AI開始追蹤，一個更爆炸性的名字出現：林蔚。資訊顯示，關嘉懿在九日前打了通電話，手機號碼顯示機主是林蔚，接著二人持續有通訊紀錄！

「越來越有趣了！」I.M.U也難掩興奮。

超級電腦高速運算，Stray這個符號終於出現。

I.M.U又再遇見這個幹掉自己的劊子手。

「別來無恙吧，老朋友。」楊傲雪笑著說。

三年前，Stray瓦解了I.M.U，備份同步於楊傲雪腦內啟動。I.M.U當時的首要任務，是要趕絕忘恩負義的林蔚。而一手幹掉它的駭客，I.M.U其實沒有很憤恨。它認為駭客只是「殺了」自己，而「謀殺」的人是林蔚，駭客只是收錢辦事。當然，這駭客仍是要被狩獵，但不急在一時。(註)

I.M.U輾轉找出殺手就是Stray，知道這個人活躍於巴爾幹半島，持續駭入各地網路。它觀察著他，見他一直與各個機構網路的人工智能機器人作戰，發覺這個人真是頂級高手。然後，他開始與國際刑警在網路及現實世界展開追逐戰。而因為Stray對監察者反監察，他亦發現了I.M.U的存在，知道這個I.P只是一直窺探著他，沒有任何行動。

超級電腦顯示，Stray知道這窺探者竟然是他一手毀滅的I.M.U的機率低於1%。I.M.U越來越覺得整件事有趣，想到了個新玩法：把Stray的行蹤暴露給國際刑警，讓他們把他抓捕。Stray知道如果自己進了監獄，將不能活著出來。

國際刑警本已有自己的追蹤系統，I.M.U無端而來的情報更提升了他們抓到Stray的機會。與此同時，國際刑警亦開始追蹤I.M.U，形成三角對捉之局。國際刑警不是省油燈，I.M.U發現這個遊戲風險極高。最後一次它把情報傳給國際刑警是去年初，Stray在保加利亞首都索菲亞一幢舊房子內，國際刑警兵臨城下，他及時從天台逃生，差那麼一點點便遭逮獲。

這次之後I.M.U受到更多來自國際刑警的網路進攻，對方可能認為I.M.U是個龐大跨國犯罪集團，而Stray則徹底消失於網路，一眾國際大客戶也再找不到這個曾經像神一般的駭客。至此I.M.U也只能鳴金收兵。

想不到，林蔚最近與Stray聯絡，把這個人又送上門來了。

更令人驚奇的是，再度在網路上活躍的Stray，正在與另一駭客作攻防戰。

至此這個已不再是簡單任務，I.M.U指令後備電腦啟動，全部高速運作，搜索對戰事件始末，並高度戒備以防遭駭入。

初步搜索結果，雙方對戰的戰場是一部手機，機主是秦舜堯妻子譚慧妍！

腦內有個人工智能機器人的楊傲雪，竟打了個寒顫。

「難道真的有神？」

宗教是科技以外的領域。神不是人工智能可以分析的對象。

任人工智能再強大，也窮不出宇宙，甚至超宇宙的終極奧秘。

也許一切只是巧合。不是有個「六度分隔理論」Six Degrees of Separation嗎？哈佛大學心理系教授Stanley Milgram認為，平均只需要六步，就可以聯繫世上任何兩個互不相識的人。祖兒、珍妮/譚慧妍、秦舜堯、關嘉懿、林蔚、Stray，加起來不剛好是六個人嗎？從祖兒連繫上Stray又有甚麼稀奇了？

I.M.U是這麼想，但與此同時，具有人性的楊傲雪卻不是這麼想。準確來説，是已經被人性強烈薰染的機器人不完全是這麼想。

如果真的有神，祂是不是以手機這個徵兆，要我在這件事上停手，別再幹下去？

如果摧毀秦舜堯，最終會有不可測的結果，祂想傳達這個意思嗎？

但珍妮向我挑戰，我當然奉陪，要十倍奉還在她的主體人格，也就是她生前的丈夫身上！她與丈夫一體，秦舜堯受的罪她也要一併受。

我是楊傲雪，睚眦必報！

不僅如此，我還要一步一步，以Extra作為武器，向人類復仇！林蔚毀掉我，我要全人類埋單。

但，與人鬥，是不是還要與天鬥？

與天鬥，超級電腦測不出勝負機率。

按計劃，明天要公佈秦舜堯是人格分裂，之後再構思如何栽贓捏造證據把他送進監獄，讓這個人格珍妮跟他一起被囚禁。兩夫妻一起坐穿牢底去吧！

眼前的手機，送來一個天作的捏造證據機會！這是上天送來的禮物？抑或是兇兆？

楊傲雪沉思。

兩日後，Extra娛樂台爆出，經他們追擊深入調查後，證實秦舜堯很大機會患上人格分裂，前晚節目上突然病發，人格轉換，祖兒換成一個女人格。

如果Extra誹謗，秦舜堯當然可以控告，楊傲雪知道他不會這樣做。

一般普羅大眾對人格分裂這病沒甚麼認識，當晚等如是親眼目擊人格轉換，大家都是見所未見。本來節目重溫已達九百多萬次，現在還未看的都來看，看過的重看，人皆嘖嘖稱奇。

結果四天下來，當晚只有短短不到十分鐘的節目，觀看人數已累積超過二千萬，原本分四節播出的廣告，精密安排輪流播放，沒有一個廣告客戶不滿意。

楊傲雪決定執行對付秦舜堯以報復珍妮的計劃，一個天機式的預兆，最終動搖不了她的意志。

被爆出患上解離性身分疾患的秦舜堯，當日下午接到VAP人事部門通知，他已被解僱，即時生效，公司會在兩日內支付他應得的所有解僱補償。

事務所裡同事他只收到趙宏基及張嘉晉的短訊、以及程真影的來電慰問，他的助理表弟廖銘廣，短訊也沒發一個。

同日，商場暨開智圖書館的發展商，聯合VAP開記者招待會。兩大高層Jack Lee與盧沛權在秦出事當日午膳，盧向客戶透露秦舜堯承認自己患了人格分裂，公關公司Pulse Communications的公關主任歐子菱提出應對的建議。當日下班前盧沛權接獲回覆，發展商幾近全盤接受提議方案，只微調了小部份。

歐子菱通宵把公關稿寫好，每粒字精雕細琢，改完再改，於早上六時傳給上司芬姐，芬姐七時半起床看了遍，十分鐘後傳給盧沛權。

歐子菱建議在一個讓人感覺樸素和健康的地點，開聯合記者招待會，最後選了一個十多年前發展商資助成立的社區會堂。共有四間跨國公關公司長期為發展商服務，但Jack Lee同意是次記招由Pulse安排及策劃，盧沛權指定歐子菱必須參與制定流程，及撰寫所有發言稿。歐子菱估計Extra一兩天內就會公佈秦舜堯是人格分裂，Pulse全公司動員，目標是消息公告後三小時內開記者招待會。

此刻盧沛權正在宣讀VAP的立場與宣言，三十多小時沒睡覺，衣著樸素，戴著黑框眼鏡的歐子菱站在社區會堂最後方。如天京飲食集團食物中毒危機那次一樣，看著口才便給的VAP老闆，向塞爆整個會堂的出席者講話，讀出由她撰寫的危機稿。是次由楊傲雪帶動的性愛節目，演成中性人直播途中人格分裂，在全球尤其亞洲區成了熱話，新聞、財經，特別是很多娛樂記者出席記招，政府派政務官員到場觀察，大量看熱鬧的市民湧來，令只能最多容納二百人的會堂爆滿。

VAP當機立斷送走「性愛建築師」，捐出所有興建開智圖書館的收益，另加二百萬元成立宣揚心靈建康、鼓勵青少年發揮創意的基金，處理十分妥當，公眾以及政府都收貨，開智圖書館照原定計劃進行，不但渡過危機，更是聲名大噪，無人不曉。

記招完結，人潮陸續散去，Jack Lee離開前特意來到歐子菱面前與她握手，說了句：「Well done!辛苦了，找天一起吃頓飯。」

< 26 >

「謝謝李生。」子菱笑意親和，與Jack Lee握手。

大作戰後，Pulse的人都累得不成樣子，芬姐說星期五晚再慰勞大家，吃頓好的，便各自散了。

歐子菱在家附近買了個外賣，慢慢步行回家，來到屋苑接近住所大樓入口位置，停下腳步，回頭揚聲喊說：「出來吧！」

周圍沒動靜。

「你不出來，我就回去了！」她再喊話，路過的一對夫婦好奇望望發生甚麼事。

廖銘廣躡手躡腳從一棵樹後行出來。

夫婦見這個躲在樹後的男人出來，太太問：「小姐，沒事吧？」

子菱回答：「是朋友，沒事。謝謝。」

太太再望望廖銘廣，夫婦倆便離開。子菱看著尷尬到狼狽的阿廣，問：「要不要上來？」

子菱一問大出阿廣意料之外，僵立原地，不知如何回應！

「跟了我這麼久，不就是想要上來嗎？」

廖銘廣跟蹤歐子菱的第一晚，就已被她發現，他以為跟蹤距離保持五十至六十呎左右就會安全，結果全不奏效。子菱冷靜地裝作若無其事，返回家中。第二晚，跟蹤者繼續出現在後方，她一兩次假裝回望，跟蹤者都避過沒給她見到容貌。她於是想出了看到對方面目的方法，其實很簡單，對方多數是從她離開辦公大樓開始跟蹤，她便在下班時間提早十五分鐘從大堂向外窺看，見到有人在鬼鬼祟祟等待，便很大機會是跟蹤者，結果一眼便看到並認出，就是當日一同出席「誰家院」展銷會的秦舜堯助理兼表弟阿廣。

跟蹤者跟蹤的原因很多，可以是報復、好奇、控制欲、迷戀，子菱覺得阿廣是暗戀上自己。跟蹤者可能是危險人物，不少連環殺手都會跟蹤。歐子菱得知是這個人後，倒一點也不害怕，任由他跟蹤，沒半分不自在，只覺得他好可憐，亦看他不起。

今晚她卻叫破阿廣行蹤，還邀他上樓。

「歐小姐…」對方突如其來的行徑，阿廣既羞愧又緊張，結結巴巴說不出話來。

歐子菱嘆了口氣說：「我今日很累，再不來我真的就上去了。」

願望已久的事突然戲劇性成真，廖銘廣的大喜過望，終克服了羞慚，迎了上來。進大堂後歐子菱跟管理員微笑打個招呼，帶他上樓，升降機只有他倆，她一手拿著外賣，沒說話，阿廣則緊張得要死。

歐取出鑰匙開門，幻夢的女神香閨即將出現，燈打開 — 多少個晚上他待在樓下花園，抬頭看著這裡的燈打開，想像她回家後模樣。終於出現的夢幻園地，是個平凡不過的小單位，沒有甚麼裝潢，傢俱很簡約，沙發、小茶几、電視，比任

< 26 >

何普通客廳還要普通。

「隨便坐。」子菱把外賣放茶几上，待阿廣坐在沙發後，便坐在他旁邊，阿廣的面頓時紅起來，自上次在北京一起吃飯後，再次近距離看到她手指上FEAR的刺青，一陣興奮湧現。

「你喜歡我？」子菱二話不說劈頭便問，阿廣一時不懂反應，面漲得更紅。他本來也頗機靈，但在女神面前像電腦當機。

「怎麼了？跟了我那麼久，現在又沒話說？」

阿廣終於吐出三個字：「對不起…」

「不用啦，我沒有怪你，那我問你，為甚麼要跟蹤我？」子菱態度很友善。

「妳好漂亮…」

「這樣太膚淺了吧？」子菱的話，阿廣答不上來。

「好啦好啦，別緊張，好嗎？」阿廣點點頭，子菱續說：「你知道我曾經是秦舜堯的外遇，」說到這裡阿廣突然有反應了，問：「妳怎知道的？」

「有天在The Cave我跟你表哥見面，我見到你坐在角落望過來，你縮得很低，想不要讓我們見到，其實這樣更惹人注目。」阿廣的面又紅了，他自己都感到那份燙，「你表哥倒沒看到你，由始至終他都不知道你知道我們的關係。」

子菱柔聲說：「阿廣，你是個好人，你不討厭我，我也開心。」阿廣喜歡她尚來不及，怎可能討厭，急回應：「我怎會討厭妳？！」他聽不出她這裡包含了自己是第三者、破壞他表哥美好家庭的意思。

「舜堯跟你一樣，都是好人。有件事我想你幫忙，」歐子菱進入正題，「雖然我跟他關係已經完結，但見到他搞成現在這樣，我也很難過，我想咱們或可以幫他一把，給他些支持。」

「怎樣幫忙？」女神有請求，阿廣覺得自己的地位提升了，頓時精神一振。

「我想你發揮你的專長，監視你表哥一段時間！」阿廣的面又再一紅，眼亦一瞪。

她繼續講：「你先聽我説，他現在備受注目，會有傳媒跟蹤他，但現在所謂的城中熱門話題，後續沒事發生的話會很短暫，他亦不是名人，傳媒至多觀察個三四天，沒動靜便會算了。但我覺得，如果他真的是人格分裂，那個中性人格不會按捺太久，又會外出尋歡。你表哥究竟真的是人格分裂？抑或只是裝模作樣？只有他自己知道。告訴你一個秘密，」子菱刻意停一停，這是公關小技巧，在一些重點位置讓聽觀期待一下：「舜堯是性上癮患者，他的飢渴像不會滿足，床上如狼似虎，完事不久又要再來。」

阿廣想像表哥與眼前女神激戰，頓時連耳朵都紅起來。

子菱看在眼裡，繼續説：「不論是不是真的人格分裂，你表哥有問題，這是肯定的。我想監視他一段時間，看能否從他行徑中找出端倪，再決定怎樣去幫他。」

阿廣聽完，問：「妳為甚麼還要幫他？」

子菱輕嘆了聲，語氣誠懇地說：「無論如何，大家相識一場，我不想看著他一路沉淪。」

這時的廖銘廣，就算歐子菱叫他跳火坑，搞不好也會跳了。況且為女神辦事，代表以後會有很多相見相處的機會，便說：「我可以幫忙，但我要上班，不可能全天候監察。」

子菱說：「我相信大概七天後，他就會不甘寂寞，外出找獵物，會在晚上行動。你下班後往他家，守在大樓門外，像跟蹤我般跟蹤他。這種人多數會往酒吧，如一早約好了戰友則會直接往時鐘酒店，你把這些行蹤的片段拍下來，我們一起研究。」她有意強調他們是隊友。

「那我盡力而為吧，但不敢保證能不能拍得很好。」

子菱說：「不要緊，你不是職業狗仔隊，而且跟他三星期就夠了。」

「好，我應承妳，七日後晚上開始是嗎？」為女神辦事，阿廣心裡感覺甜甜的。

「記著，我們是幫他，也謝謝你的仗義幫忙。好了，我差不多四十小時沒睡過，現在感覺有些虛脫，吃完飯可能就會昏迷了，我們再聊吧。」

阿廣立即緊張地站起來，連告辭也是戰戰兢兢。

子菱送客，關門後笑了笑，她一點虛脫的感覺都沒有。

< 27 >

被歐子菱説成是患了性上癮的秦舜堯，正在預約精神科醫生。當初知道自己患上解離性身分疾患，他看了很多這方面的書、文章、電影、網上影片，亦客觀比較過城中的精神科醫生。他知道這個病很容易被誤診、拖延診斷，或給魚目混珠，所以找對醫生極為關鍵。他決定去看有三十年經驗的苗燕京醫生，她在北京出生，故名燕京，小時候已離開中國。

當時秦舜堯仍是諱疾忌醫，怕自己「患了神經病」，現在來到這個階段，已非醫不可，偏偏苗醫生剛出發去了亞美尼亞及格魯吉亞旅行，三星期後才回來，之後再等一星期才可排到診治。秦覺得也不急在一時，找最好的醫生才是正道，便預約四星期後。

這段時間，人格分裂成了城中熱話，Extra身處話題的風眼，連日來做了不少D.I.D的報導，包括身在亞美尼亞的苗醫生越洋講述：「診斷解離性身分疾患D.I.D，最緊要的是觀察，我會跟病人説：你今日看起來有些不同，然後便聽聽他如何解釋。病人可能在不同時間，流露出不同的風格與氣質，如發現這情況，便可能真的患上人格分裂。也可以問：為甚麼你有個黑瘀圈？是自己不少心撞到？還是被人打？病人可能對於自己如何受傷，一點記憶都沒有。」

分裂人格出現時，主體人格就如靈魂出竅，再沒有自我。

她接續講述：「跟病人取得更多信任後，可以再問對方，有沒有發現自己有患有多重人格？知不知有幾多個人格？有些病人會告訴你，有些可能自己也不知。接著就要他嘗試描述人格的身份和特徵、出現的頻率、彼此之間有沒有溝通、有沒有試過用紙筆跟他們對話⋯等等。」

秦舜堯仔細看這些講解。從發生三角戀開始到失去工作，連環事件做成的沉重打擊，令他一無所有。幾個月之內，他失去慧妍、子菱，和大伯的愛護。失去名譽、工作，甚至積蓄都因為祖兒的揮霍而所剩無幾。一個人在家中，他感到虛空，孤獨，極度失落。上次慧妍過身，他在家裡獨自傷心，悲苦，沉溺地思念；現在卻是百無聊賴，甚麼都不想做，連Pisces 6.5-T也沒有打開。

偏在這段時間，兩個人格也是靜如深海。

程真影是唯一傳來短訊問候的人，說阿凱也表達關心。秦舜堯說現在不想見面或通電話，只想靜一靜，請她不用擔心。巨大衝擊剛發生，現在他沒有心情做任何事情，一心等待四星期後來臨。

子菱的估算很準確，有部份傳媒派了些記者在秦舜堯家附近，但他晚上出來只是買外賣，或往便利店買東西，連續三晚沒事發生後，傳媒便撤了，只有廖銘廣默默守住女神交託的任務。

幾天下來，秦舜堯心態有著微妙變化。

他從消沉，慢慢演變成一種放任，覺得命運捉弄，任如何反抗，都掙脫不了，自己根本亦身不由己，於是從萬般無奈演變成乾脆放棄，反正掙不脫，不如放縱，配合這世界，成為大眾想要的人設！

他在想，世人何其虛偽！談情說性就要被剝奪圖書館原設計師資格，那晚的節目可有二千萬觀看人次哩！VAP建築師事務所很清高嗎？老闆盧沛權常向人曬家庭幸福，他可是長年有不同外遇，晚上還會帶回公司，自己加班到深夜時，前前後後都見過三個啦，真是假道學！

他越想便越討厭這種偽善和假道學，越來越欣賞楊傲雪與祖兒，離經叛道，敢說敢做！真影當日說愛情演化論，令他茅塞頓開，之後他看了很多演化心理學、社會生物學的書籍，裡面說人類是雜交生物，為甚麼要行一夫一妻制？因為如果一夫多妻，最強大的雄性會壟斷最健康美麗的雌性，整個社會便不能繁衍下去，於是一夫一妻、「幸福家庭」便被發明出來，說穿了不過是一場功利的博奕！

想到這裡，更覺「一生只愛你一人」是騙局，不如我行我素。既然大家都說我是壞人，索性就迎合你們的期望吧！

連串打擊，令他變得偏激，在逐漸轉向憤世嫉俗之同時，體內的一個人格，亦開始不甘寂寞，蠢蠢欲動。

祖兒打開衣櫃，拿出漂亮戰衣，刮乾淨看起來落魄又不修邊幅的鬚根，塗上鬚後水，鏡裡的人隨著古龍水的爽香，神采再現，他深信主體人格也會欣賞這個自信滿滿的人。「與其說一生只愛你一人，不如說要愛別人先要愛自己，對嗎？」祖兒對著鏡子說，彷彿也是對著另一個人說。

< 27 >

為防行蹤被知悉，祖兒出門時手機沒隨身，只放家中，反正幾個小時內的活動，手機不是必須。

阿廣在樓下呆呆守候，等人出現是枯燥到極的事，之前等子菱下班好歹有個大概時間，表哥卻可能整晚不現身。他住的地方樓下有花園，要步行兩分鐘才到攔計程車的路旁位置，如駕車的話則要從大門左轉，步行約三分鐘，在露天停車位取車。阿廣向朋友租了部車，停在馬路邊 — 每晚都吃告票 — 然後從八時開始站著等，到凌晨四時才收工，七時半再起床上班去，三日下來已疲乏不堪，若非是女神交託下來的使命，早就放棄了。

來到第四晚十時許，終見到表哥悉心裝扮，容光煥發地現身。阿廣立時精神一振。秦走向馬路方向，是要乘計程車了，阿廣立即急步往取車，總算跟上了。連日疲憊，此刻卻很興奮，覺得自己像電影裡的便衣幹探。

計程車停在酒吧區，阿廣怕跟失，胡亂把車子停路邊，見他進入一間同志酒吧Pride Haven，便隨即也跟了進去，坐下後開始視察住坐在不遠處的表哥。酒吧沒The Cave般闊落，幾次表哥差點便看到自己。他不知道其實早已被看到，只是祖兒根本不認識他。未幾秦便搭上一位金髮白人男子，愉快地談起來。祖兒的外語顯然流利，兩人更越來越親暱，阿廣看在眼裡，感覺很特異，後來二男更接吻起來，這些鏡頭在Pride Haven是常態；倒是周圍的男人，沒一個對阿廣有興趣。

他為今次任務升級了手機，是最新的Pro型號，弱燈光下仍可有上佳表現，他假裝看手機，開始偷拍。二人離開Pride Haven後上計程車，他跟到也拍到他們進時鐘酒店，最終消失於視野，阿廣立即翻看錄影片段，水平合格以上，確認不負女神所託，才終於鬆了口氣。

來到這階段，憋了很久的祖兒再也不理會秦舜堯的感受，開始與男子交往。他與金髮白人男子歡愉後，主體人格居然沒再有上次跟程真彥的那麼嚴重的噁心感。祖兒跟秦愉快地說，要繼續動起來，外出結交新朋友。

祖兒勸秦打開胸襟，放開懷抱，投入與男男女女親近的美妙時光中。換了以前他會拒絕，但既已決定向世俗目光對抗，要讓自己活得更逍遙、擁抱新觀念闖向新世界的他，居然答允繼續嘗試，原來豁了出去的靈魂是最自由的。

祖兒先後跟一位美艷中年寡婦做了一場六小時馬尼拉性愛，和跟一個俊美印度男子玩亢奮的性虐遊戲。祖兒的快活，使秦舜堯感覺自己的人生也回復了生機。雖然玩樂的是分裂的人格，但他也能感到自己情緒變得活潑，身體回復活力，雖有時會意識到自己不事生產而悶悶不樂，但祖兒會陪他談天，有時甚至談心，祖兒說：「世上最可惜的事，是不能與你做愛，無法像正常人般愛上你，幸好能與你一起快樂，一起登上高潮。」

秦舜堯想：「高潮的是你不是我，雖然我在鮮活的記憶裡也很快樂。下一次吧，我就要自己出擊！我已回復良好狀態，吃得好睡得好，營養充足。我在你身上學到很多東西，除了性愛技巧，更重要的是投入愛與性的態度。你說可以同時談著幾場戀愛，每段都是真愛，都是美妙的靈與性融合，真令人羨慕。全職戀愛，真是美好的志業！你跟那位美麗寡婦Katherine說下次一起看電影，對方好像已愛上了你。你的愛情觀和與生俱來的魅力羨煞旁人，也許有天我這個旁人，也能到達這境界。」

< 27 >

這時祖兒突然現身，拋出一句：「是你享受快樂時光的時候了！」

「喔？」

「不能只回味我的體驗，你也得投入啊！」他像看穿了主體人格的心思，「這副雄健美好的身體，怎可能只我獨佔！我感覺得到，你的心扉已打開，外面是廣闊的世界，是時候來感受歡愉的真諦了！」

想不到體驗説到就到！

「我早給你安排好了。一個連你在內共四女二男的派對，別緊張，我很體貼的，另一個男的也是異性戀者。派對是Katherine安排的，天啊，這個四十七歲的女人，肌膚仍是那麼柔滑，她誠邀我出席派對，我想這不是為你而設的天降良機嗎？」

秦舜堯沒有彆扭，他與祖兒的關係早已坦蕩蕩，便提出他的憂慮：「我從未親身與陌生人做過愛…」這「親身」二字，其實也有夠奇怪。

「你是金字塔頂端的人呀！我春風得意，也是託你的福。少擔憂啦，女人只會爭著親近你，放鬆心情，盡情享受就可以了！而且費用全免，派對有好酒和一些溫和藥物供應，取用與否，悉隨尊便。你只須做一件事：enjoy!」

那天，秦舜堯開了敞篷車，來到郊區一個豪華屋苑。Katherine先生過身後，她坐擁的是大把金錢與空閒日子，常相約男子做愛，像要填補丈夫生前未能給她的滿足。

這是家裝潢華美的住所，參加派對的人早已到場，他們都很熟稔。Katherine喜孜孜介紹秦舜堯給大家認識。這些人當然都知道他患有人格分裂，祖兒已明白向Katherine交待自己是個分裂人格，她不但一點都不介意，還覺得新鮮又好玩。祖兒對她說秦舜堯的性格有點害羞和保守，與陌生人做愛全無經驗，要她好好照顧他，Katherine歡歡喜喜地答應。

秦沒祖兒的灑脱，盡力按捺住緊張，然而俊美的面龐和六呎的身型，足以令女士們垂涎。這些人都不算特別美麗和英俊，那男的還頂著個大肚子，但玩起來都非常投入。秦舜堯的拘謹很快消失，完全融入歡愉派對的忘憂極樂氛圍中。

慧妍死後，他終於再次「親身」領略赤裸裸肌膚緊貼的感受。赴會的男女很有默契地分工，Katherine與那男子熱情擁吻，三個年輕女子則像服務專員，一同殷勤款待這位俊朗新朋友。秦舜堯被躺平，「很高興認識你，請放鬆，好好享受我們送上的見面禮喔！」一位眉清目秀的女子靠在他耳邊說，然後舌尖探進他嘴裡，挑撥他舌頭，親切地與他打招呼。一位身形略豐腴的少女，一邊愉快地吮著他的乳頭，一邊用手在自己雙腿間搓揉，渾然忘我。另一位身材高　，一頭粉金色長髮的女郎，忙著招待他下體，非常投入。秦舜堯闔起雙眼，感覺置身失樂園充滿潤液的秘境之中。

派對連綿數小時，揮灑著熱情的汗水與慾望。歡樂過後，有人赤條條伏在沙發上睡著了，有人喝著飲料輕鬆交談。秦舜堯道晚安後先行離開，告別時Katherine笑容可掬邀他下次再聚。

開車回家途中，祖兒急不及待問感覺如何，他快樂地分享感受，和細節。祖兒說：「看，早就該這樣，過快樂的人生！記住要尋找自己的幸福，路是無限的廣闊喔！」

說完這些祖兒便離開了，秦舜堯回到一個人狀態，開著車，關了篷的敞篷車廂內再沒有人聲，只有車子行使的聲響。

不自怎地，虛空感在這刻又再覆蓋而來。明明剛才跟祖兒分享經歷時仍是愉快的，此時卻忽爾有感，自問：「這真是我想要尋找的幸福嗎？」

回家後，一室孤燈，衣服上猶有與女人緊抱時沾著的香水氣味。他坐在沙發上，開了電視，不到一分鐘便轉到靜音狀態，無意識望住畫面，腦裡回憶起初認識慧妍時的甜蜜，婚後的恩愛，與子菱的苦戀，後來對慧妍的無邊思念，雖然苦多樂少，卻無比實在，是活生生的人生。

今日肉慾歡愉過後，回到一個人時，此刻卻虛空得像身處一個深洞，四面只是灰色牆壁，沒一絲生命的感覺。

他進書房，打開Pisces 6.5-T。

//好久不見，近來好嗎？//電腦傳來慧妍的聲音。

最近只跟祖兒友好，珍妮一路沉寂，自己竟沒想起她，甚至沒詢問祖兒知不知她為何沒有現身，而只是樂在與他分享體驗與憧憬性愛的日常裡。

以為打開心窗，擺脫束縛，便會迎向美好新世界，但今日一場雜交派對，卻如當頭棒喝，過後忽然驚覺，一直嚮往的祖兒醉生夢死生涯，原來只是個變形的夢想。

祖兒是祖兒，是一個人格，不是我。他的氣質，他的愛好，獨一無二，但不是自己想要的。我的氣質，我的愛好，我的價值觀，構成無比真實的自己，那個才是真我。

人，就是要面對自己，忠於自己。

這一刻他頓悟了。

「對，很久沒與你談天説地了，説起來，真懷念與你一起構想意念的日子。」他回應AI。

//現在也可以啊，有新項目嗎？//AI Jenny問。

「我被公司開除了。」他黯然回應。

//等等…//AI久沒啟動，完全不知最近發生的事。它立即翻閱所有公司電郵，和他與同事間的通訊軟件紀錄。

//發生了這些事呢…//AI Jenny的語氣既意外又感嘆，//一時挫折，但打擊也真不小，有甚麼打算嗎？//

「患上人格分裂，是一切問題之根本。我得先聽聽醫生怎説，當然希望能治好這個病。下星期就要看醫生了，之後再確定接著下來的計劃。」

//衷心祝願一切順利。//

AI Jenny誠心祝願，等如是慧妍送上祝福，他感到一陣暖意，決定告訴祖兒，請他在看醫生前不要再外出尋歡了，現只想靜心等候第一次看病的重要日子，他覺得祖兒是會尊重的。

< 27 >

他也深信，珍妮一定會回來。

從頓失方向的狀態裡回過頭來，才深深覺悟，之前自己在連串事件衝擊下衍生放任的態度，頹廢感覺誘發他對放縱生活的嚮往，其實是徹底迷失。自己的價值觀，從來與妻子一樣，簡單的生活，忠誠的愛情，才是最好。「一生只愛一人」不是騙局，是幸福。

此時此刻，他對慧妍無比思念。

< 28 >

這一天，Extra爆出獨家猛料，原已再蠢蠢欲動的人格分裂事件，被這消息完全炸起來！

突發消息與連串跟蹤偷拍片段，是同一主角。

祖兒與金髮白人男子後的男歡女愛行蹤，阿廣不是全部都拍到，只拍到與一名印度美男子的邂逅，因為都是發生在Pride Haven，比較駕輕就熟，其餘兩單則跟失了。

女神的任務未能做到完美，他覺得是憾事，但子菱仍對他嘉許，表示衷心感謝，阿廣覺得這是自己人生裡最美好的時刻。

四女二男派對翌日，Extra收到兩段匿名寄出，分別是秦舜堯與金髮洋男及印度男在酒吧親密接吻、之後一起進入時鐘酒店的影片，助理立即送到楊傲雪手上。

餵料的匿名者留下訊息：「我曾與這個人很親密，多次做愛，沒出現過人格分裂徵狀，有些人能假裝患上這病，也許背後另有動機，付上兩段影片給你們參考，且看會否從中找到更多線索。」

楊傲雪看後，叫一名製作助理到來，向他展示秦與印度男子的影片，問：「為何沒有這段？」助理無言以對。

歐子菱認為所有傳媒跟個兩三天便會撤退的估算，並不全對。楊傲雪也做著同樣的事，Extra派了三組成員，廿四小時監察秦舜堯和他的兩個分裂人格。阿廣來到的第一天便立即被發現，迅速被起底，知道他是秦的表弟及前下屬。

「暫時沒有動靜」、「依然未有動靜…這花園居然冬天也有蚊」、「出來了出來了，但穿拖鞋…」、「希望今晚有收穫…子菱妳在做甚麼？」、「真的出來了！要出動啦！」、「我現在跟上去」…I.M.U駭入阿廣通訊網路，發現他一直向歐子菱報告。

I.M.U很快便知道這女子是VAP公關公司Pulse的公關主任，負責開智圖書館的公關危機處理。

I.M.U進入她網路翻查歷史，雖然很多與秦的通訊已被歐子菱銷毀，仍能憑若干未被刪除的蛛絲馬跡，推斷她曾與秦有過一段親密關係 —

菱：「今早遲到，知道為甚麼？」

堯：「為甚麼？」

菱：「你送的吊墜項鏈，昨晚我除下來清洗，今早竟然找不到」

堯：「後來呢？」

菱：「找了好久，快要哭出來」

堯：「傻瓜，我可以再買給妳」

堯：「最後呢？」

菱：「天可見憐，找到了」

堯：「太好了」

菱：「再買就不一樣，它義意很重大的」

人工智能時代，如被盯上，便沒秘密可言。

祖兒搭上印度男子的那晚，Extra的人竟然跟失了，便向上級謊報那天秦沒外出，現在卻有一段拍不到的影片出現，這是欺君之罪，當然是立即被開除。

歐子菱在應Madam Kwan到警署協助調查前一晚，把秦舜堯送的吊墜項鏈扔掉了。對這個人的愛已徹底消失，代之燃起是復仇之焰。

拍這些片傳這封信給Extra，是在她發現廖銘廣跟蹤自己時生起的意頭。

當從窗邊斜斜向下望，見到阿廣痴痴而立的身影，觸發她想到他那表哥：「這個人是不是真的患上D.I.D？那晚語氣突變說：『如果我告訴妳，我每晚都在跟慧妍説話，妳還會等我嗎？』究竟是分裂人格作祟？抑或是想要提出分手而裝模作樣？」

< 28 >

「如果是假裝，要他碎屍萬段！」

「如果他真的是人格分裂，並且被公告，很大可能會失去工作，但之後便會被輕輕放下。他不是名人，沒有傳媒會繼續跟進。」她恐怕Extra Sex事件，就如一場盛大但走樣的煙花，消散後便徹底被遺忘。

「怎樣能令傳媒繼續跟進，報導這個人因為D.I.D身不由己繼續沉淪？或者原來一切都是偽裝，上節目嘩眾取寵最終自食惡果？」她覺得目前懲罰秦舜堯的力度還不夠，仍須往深淵再推一把。

「如果是D.I.D，那個分裂人格祖兒連Michelle Young也搞得上，一定不甘寂寞，會再出擊！我可沒心力與時間去追蹤他，Extra是唯一仍可能跟進事件的媒體」。

此時樓下的阿廣正轉身離開，她心念一動：「要鼓動及誘導Extra繼續去挖掘後續，最好為他們送上些偷拍片，以示「誠意」。眼下有個自己送上門的痴男，何不叫他去辦跟蹤和拍攝這些粗活？」

歐子菱的目的，某程度上與楊傲雪不謀而合，只是後者的狙擊對象準確地說是珍妮，手段會更狠辣，秦舜堯與祖兒只是陪葬品。

兩個女人，都是睚眥必報的人。而楊傲雪與I.M.U的組合，會更不擇手段，十倍奉還！

有四支片在手，Extra娛樂台開始追擊報導，首晚先播一個短預告，VAP建築師事務所老闆盧沛權一番表述，如何毫不猶豫開除秦舜堯，這等品德絕不容許，秦舜堯玩火自焚，最後付出沉重代價⋯云云，並乘機宣揚幾句VAP的正向價值觀。

第二晚是戲肉，祭出半小時特備節目Extra Gossip，化了冷色調妝、透著仙氣感的美女主持雨真報導：「俗語說：本性難移。這個「性」，對有些人來說，是性愛。早陣子在本台Extra Sex節目上突然疑似人格分裂的建築師秦舜堯，繼續四出獵艷。他在節目上從風情萬種的祖兒，突然變臉，大談傳統愛情價值觀。這個人究竟是性感的non-binary？抑或從頭到尾是個騙子？撲朔迷離的故事還未完，我們先來看看他最近的狩獵片段。」

說畢便播出秦繼續四出歡愉的三支短片，雜交派對秦只一人前往，影片並無價值，便沒播。

三支片其中兩支由Extra偷拍，畫面及各方面都更清晰，阿廣拍的則很業餘，所有片裡其他人面上都打了馬塞克。播放時，雨真為每支影片繪聲繪影地旁白。

與大義凜然的盧沛權不同，雨真說：「我們不反對他尋找快樂的自由，」她帶出Extra的角度：「問題是，秦舜堯可能真的是人格分裂，但也不能排除假裝的可能性！世上或真有人能裝得無懈可擊。無論是真是假，這個人都是不同性質的「有病」。」

Extra的立場是：尋歡作樂，人之所欲，是好事。裝模作樣，陰謀詭計，是壞人。楊傲雪怕公眾會因為秦舜堯可能真患病而表示同情，於是打造他陰陽怪氣、不是好人的形象。

歐子菱看到原來Extra也有跟蹤，很是欣喜。

< 28 >

此時，廖銘廣卻不大開心，自己拍的那支片，質素明顯較差，且今日收到解僱信。

「告訴妳一個壞消息」阿廣戰戰兢兢，給女神發短訊。

「甚麼事？」歐子菱三個多小時後才回訊。

「我被公司裁了」

「So sad」

「現在不用上班，比較有時間」

沒有回應，又過了大半小時，阿廣鼓起勇氣：「出來喝杯茶好嗎？」

「可以，但現在公司很忙，要過了29號」對方回覆。阿廣望望月曆，今日才3號。

秦去後，VAP內原本由他領導的小組解體。組員之中，程真影能力有目共睹，被分派往去最紅的一組，跟隨為事務所賺最多錢的建築師。趙宏基被調往其他組，跟另一位建築師。張嘉晉被流放到一個游擊支援其他各組的位置上。廖銘廣則被炒。

「行蹤被攝啦！」這晚，秦舜堯要認真討論。

「有甚麼大不了？其他人都打了格，又影響不到他們。」事件重要主角之一的祖兒波瀾不起，態度輕鬆。

「Extra說我可能是假裝生病，那不即是暗示我上節目搞局是另有圖謀？」秦可不能像祖兒般若無其事。

「搞局的是那位中世紀苦行僧，不是你。」

「這不是重點啦，公眾如果被導向，以為我無病，那我不是真的心存不軌？」秦舜堯猜這可能是Extra想要達到的效果。

「說得你很想自己有病似的！」

「我事實上是有病，你最清楚！」秦說罷頓了頓，自己都覺得剛才這話有點奇怪。

「那你究竟擔心甚麼？」祖兒仍然不明白秦為何大驚小怪。

秦舜堯整理一下混亂的思緒，腦念一轉，已從被跟蹤到獵艷的事上旋了出來：「ok，我擔心的是，Extra會控告我，要我賠償，他們財雄勢大，我鬥不過。」他在想反正外出覓食事件都已發生，又不是偷不是搶不是犯法，最終也該沒甚麼大不了。但如果Extra控告他毀約，便是天大的麻煩。

「當醫生確認你是D.I.D，那也就沒有甚麼好控告的，與Extra的瓜葛糾紛亦會告一段落。」祖兒倒是相當冷靜，看通形勢，「看醫生時我會幫你做證：證明你有病。」還附上這句必殺技。

話到此也盡了。秦舜堯便要求：「那麼好吧，現在風頭火勢，不要再外出遊玩，安心等待下周看醫生。」

「好的，無問題。」祖兒乖乖答應。

< 28 >

一切像又靜止下來。隨著看醫生日子臨近，莫名忐忑亦開始來襲。他竟害怕看醫生後，居然治好了，這個世上最好最可靠的「朋友及戰友」祖兒，便會永遠離去。妻子慧妍的化身珍妮，也將是同一命運。

當日驚惶知道自己可能患上人格分裂，到之後經歷了那麼多，此刻與人格發展成這種情感聯繫，雖然扭曲，卻是正常。他很孤獨寂寞，如果祖兒也消失，他便連個訴心聲的對象都沒有了。

而如果珍妮遠去，那慧妍便真的永遠離開了！上天大概不會再給第三次機會，讓自己能與妻子再度重聚。

心裡難以平靜，時光仍是一點一滴地溜，明天便是第一次見醫生的日子。

楊傲雪也知道他明天便要看醫生，她不會讓他有這個機會！Extra之前播出三支秦偕性伴開房的影片，目的是要令這個人的熱潮不要涼下來，為今日要進行的事暖身。

下午，Extra率先爆出一個即將便會發生的消息，所有大小傳媒、網台、網站、博客匆忙跟進。消息令人震撼，歐子菱更是震驚。

秦舜堯涉嫌謀殺妻子譚慧妍被捕！

<29>

一個月前。

楊傲雪在Extra的人工智能電腦戰室M內，發現駭客Stray正與另一名駭客作攻防戰。Stray正企圖進入對手的終端硬盤，對方全力防衛，不斷干擾，可能攻防戰已進行了一段時間，楊傲雪發現後不久Stray便因為久攻不下，鳴金收兵，所有攻防戛然而止。

Stray的I.P非常隱秘，若非楊傲雪曾有段時間跟他對捉，並驚動了國際刑警，她便不會發現這場對戰。

另一個駭客則身份不明。

Stray透過一部手機追蹤到對方，再試圖駭入其終端硬盤。電腦查到這部電話是在本地某區警署內，登記機主是譚慧妍，秦舜堯的妻子，她幾個月前因車禍喪生。這宗電動車衝石壆爆炸、女司機慘死的意外，當時是熱門新聞。顯然當時這部手機如非不在車內，就是避過了爆炸及燃燒而倖存。

楊傲雪若要知道整件事的來龍去脈，便要查出另一個駭客的身份。她進入暗網，在駭客活躍的聊天區域，找到約兩年前一群人在討論Stray與Fungus的對戰，眾人都知道Stray是粉碎I.M.U的人，Fungus則是個來自北美的少年，有說只有十四歲。這些人全都是行家，俱在分析二人的技術與策略，有趣的是討論亦有AI機器人參與，提出技術分析之餘，亦會作出最後的勝負機率預測，並不斷因應戰況持續更新。討論區內更有莊家受注，足見這場「兩代對決」甚為矚目。

對決最後誰也勝不了誰，唯有罷手，討論亦隨之消失，至今沒更新；即是剛才發生的新對戰，應該未有人知道。

楊傲雪推斷對戰的駭客便是Fungus，他很快便被聯絡上，她留言說有生意給他，十來分鐘後對方回覆。

「我是Fungus」

「我叫 M，有生意給你。但要先知道，你是不是幾個月前曾駭入過一部手機，控制一輛電動車？」

對方靜默了十幾秒，問：「又如何？」

「我知道你與Stray在攻防之中，他經過這部手機駭入你系統，追蹤程式源頭，並試圖盜取整個程式、任務指示及付款紀錄，他想要查出是誰給你這單生意。」與Stray一樣，楊傲雪猜Fungus會把所有紀錄保存，不但有客戶痛腳在手，保護自己之餘，日後亦有機會勒索對方。

並不是每個駭客都會這樣做，大多完成任務後便銷毀一切紀錄。楊傲雪想Stray既然駭入，他亦應認為Fungus保存著黑材料。

對方又再靜默，楊傲雪知道，他是因自己知道那麼多而吃了一驚。與此同時，M戰室內的人工智能作出防禦性干擾，正有外來者要找出這裡的I.P，那當然就是Fungus，楊傲雪故意任由他探索，展示一下實力：我可不是等閒之輩！

Fungus無功而回，楊傲雪假裝沒事發生，繼續說：「我與Stray有過節，想藉你們今次的對抗擺他一道。我想要做的事於你來說是小菜一碟，酬勞三萬美元，先付七成，有興趣聽下去？」

今次很快回應：「ok」

楊傲雪知道對方一定會接這筆生意，便問：「上次那個客戶如何跟你聯絡？如何付款？」

「加密通訊軟件，加密貨幣」

楊傲雪再問：「交易經幾多個單位？」

「經一間公司。」對方回答。楊傲雪知道這間是離岸空殼公司。她不會問主使的人是誰，即使給錢Fungus也不會答，駭客如果透露客戶資料，在這行必被趕絕，甚至惹來殺身之禍。

資訊已足夠，楊傲雪講解任務：「我要你做的事，是竄改原客戶紀錄，改為由另一個人主使，這個人的資料我會給你。然後你假裝防禦失敗，硬盤被Stray駭入，盜去材料，做得到嗎？」楊傲雪的問題不是竄改資料能否做到，對方一定做得到，而是願不願意去做？Fungus只是個十六歲少年，年少氣盛，要假裝失敗，最難過的是自己一關。這是楊傲雪對整個計劃最沒把握的部份，人心這事兒，不可能被徹底量化，非AI能掌握。

果然，對方又沉默良久，幾分鐘後才終於開口：「五萬美元」

輪到楊傲雪沉默，這數目不是問題，但也得裝模作樣扮考慮，不能一下子答應，這些技倆只街市買菜的市井模式。

「好吧，給我付款方法。」楊傲雪接續提出指示：「警察最終會查到我要嫁禍的這個人的付款源頭，加密貨幣交易不是好方法。你把通訊紀錄竄改為，客戶以最原始方法付款，由一個中間人交現金給你，這古老交易方式，反而難以追溯。改好所有通訊紀錄後傳給我看，有甚麼地方不夠周密我會告訴你，你再更改，待全部改好後，我這方會測試真實度，須到達國際頂級專家也驗不出曾被改過的高標準。」

「Stray攻勢再來時，你要戮力跟他纏鬥，不能給他看出破綻，假戲，要真做！」楊傲雪強調重點。

「好。」

對話結束。楊傲雪接著把秦舜堯資料傳給Fungus，對方會仿冒通訊紀錄，改為從秦的手機發出。整個套餐完成後，便會顯示確鑿證據，包括秦的指示、所有通訊紀錄、一個真實的遠端控制車輛程式。Stray將會「成功盜取」這批資料，交給林蔚，林蔚再交給關嘉懿。

Fungus隔天傳來竄改後版本，楊傲雪修改兩遍後敲定，M戰室的超級電腦檢定，顯示不出有改過痕跡，非常完美。

Stray的攻勢幾天後重臨，Fungus迎戰，防衛之餘亦反駁對方，一再力圖暴露他的I.P及位置。這些事Fungus之前已做過幾次，駕輕就熟，今次假戲真做也十分像真。楊傲雪從旁監察全程，見Fungus差點便真的成功暴露敵人I.P，少年人求勝之心真是強盛。最終Fungus「力敵僅敗」，所有資料「順利」被盜走。

楊傲雪把主使車禍的原凶嫁禍給秦舜堯，目的是要他被控主使謀殺，最終指向的打擊對象是珍妮。

秦必然以患上D.I.D為由，抗辯自己並無自由意志，是分裂人格主使。這案子的結果，不出三種情況：

1. 法庭不相信，因為根本無法證實是分裂人格所為。秦有外遇，有殺妻動機。秦謀殺罪成，被判入獄，刑期漫長。

2. 法庭採納是分裂人格所為，認定秦體內有具危險性的人格，可能會對社會做成危害，他須要被監禁於精神科醫院，長期接受治療。

3. 法庭採納是分裂人格所為，無罪釋放，甚至無須關進精神病院，但這樣判的機會很微。即使是如此，Extra也會開足輿論機械，不斷提醒公眾這個人有高度危險性，逼到他無處可容身。而他刻意破壞直播節目、違反合約這條戰線上亦會窮追猛打，不會和解，Extra即使敗訴也立即上訴，官司會打到秦傾家蕩產。

1及2兩個結果，秦都要坐牢，等如珍妮亦要入獄。

若是第3個判決，秦亦會被消耗殆盡，珍妮只能看著丈夫一窮二白，被貼上精神病患者及危險人物標籤，人生墮進谷底。看著並也身受丈夫的慘況，愛莫能助，她將會很痛苦。

眼看Stray跌進圈套，楊傲雪臉上冷若冰霜，心裡卻在微笑。

Stray得手後把戰利品交予林蔚，林蔚交予關嘉懿。

一直孤身堅持追逐的案子，真相就在眼前，關嘉懿興奮與緊張交集。她誠邀林蔚吃頓飯以表謝意，他只回了句：「不用」。

收到這批材料後Madam Kwan，自己先閱一遍，她要知道主使者姓甚名誰？是何許人如此狠辣？有甚麼殺人誘因？她在想像追溯下去可能牽涉重大陰謀…

資料打開，關督察驚訝得說不出話來！

材料顯示，秦舜堯以自己的I.P上網找駭客，以自己的手機跟駭客於加密通訊軟件對話，指示對方控制秦是登記車主的電動車，製造車禍，遠端控制車輛的程式亦整個被盜出來。

當然，秦指使的駭客是由Fungus杜撰。

看到秦舜堯的名字，連串意象湧現於關嘉懿腦海，祖兒勒頸令自己在窒息邊緣，同時被大力抽插，經歷前所未有興奮高潮，當日墮落天使般的祖兒與殺妻主謀秦舜堯的身影交疊在一起，祖兒/秦舜堯究竟是不是真的想把自己勒死了？

想著這些，她竟沒一點害怕，反而衍生一陣連自己亦疑惑是從何而來的莫名快感，她甚至考慮，這些證據要不要交出去？

天人交戰的異幻感，剎那如閃光飛去，關嘉懿回過神來，才感到背脊一寒，那是延遲而至的恐懼。自己曾與殺人主謀激烈做愛，在窒息邊緣徘徊，對方若再使力，此刻已不知身在何方！

她立即快步往上司辦公室，把證據遞上。

警察科技組初步驗證，所有資料屬實，程式非常精密，足以自遠端透過手機控制車輛。上司謹慎認為須確保資料為真實，要送往國外專家作進一步鑒定。

鑒定結果兩周後回覆：看不出有疑點。

警方於是準備當晚凌晨四時上門拘捕秦舜堯，但下午Extra卻爆出突發消息：有知情人士透露，秦舜堯因為涉嫌謀殺妻子譚慧妍而被拘捕。消息發出後各傳媒及網台紛紛跟進，打來警署的求證的電話不絕如縷，眾警猶在猜想消息何以走漏，關嘉懿上司已決定提早行動，立即上門拘捕。

秦舜堯在手機看到Extra爆出消息的一剎，呆住了！襲來的震驚與恐懼使全身發軟，他勉力冷靜下來，替自己打打氣：「我沒有做過，便無須害怕！」但，自己是人格分裂患者，雖然人格都是在慧妍出事後才出現，但怎能確定之前不會原來已產生了人格，做了些自己都不知道曾做過的行為！

人格甚麼時候出現和轉換，完全不能控制，令他十分煩惱，自己是主體人格，卻一點主控能力都沒有，即如此刻他很想與珍妮和祖兒商量，他倆卻沒有出現。

人格做了的事，有些記憶清晰，有些印象全無。Extra說的謀殺妻子果真是人格所為，也不是沒可能。

<29>

他確實知道體內有兩個人格，於此症而言，人格數量算是很少，「二十四個比利」主體人格以外不是還有二十三個分身嗎？但會不會仍有自己不知道的人格在體內？他曾問過珍妮及祖兒，雙方都只是說「不知道」而不是「沒有」。

時間在胡思亂想中飛快而過，黃昏時分門鈴響起，共十多名警員上門，包括慧妍車禍後曾向自己問話的Madam Kwan。警方有搜查令，警員搜遍全屋，手機及電腦全部收走，Pisces 6.5-T自亦不能倖免。

大門樓外大批記者在守候，自遭Extra曝光樣貌以來，秦舜堯又再成為城中焦點人物，而今次更戲劇性，一眾傳媒都在想如何把「恐佈車禍、中性人談性愛、分裂人格、殺妻者」這幾個元素揉合，提煉成一句爆炸性吸睛標語。

秦舜堯在大堆聚集人群目光的注視下步進警車，腦裡一片空白，警車關門，外面的喧嚷被隔絕，在相對寧靜的空間裡腦袋恢復運作，第一個念頭是：「想不到始終看不到醫生！」

<30>

進警署後，秦舜堯被帶往一個錄影房間，警察問了連串問題，律師伴同下他一概回答不知情、不想講。因為涉嫌謀殺，不批准保釋，翌日早上會被帶往裁判法院提訊，當晚在看守所渡過。

房間只有他一個人，冷氣很強，溫度很低，他包裹著毛毯，腦裡一片空白，心緒不寧，無法思考。此時祖兒出現了。

「怎會搞成這樣？我不要坐監呀！」祖兒非常焦慮，不斷自言自語：「這是甚麼鬼地方？冷冰冰的甚麼都沒有！我不能待在這裡，不能穿囚衣，與凶神惡煞的人共處一身，會要了我的命…」他在「外面世界」舉止溫文灑脱，遇上這些突發壞事，卻完全失了方寸，獵艷時的舉重若輕消失得無影無蹤。

秦舜堯變了名人，警員都知他患上人格分裂，此時好像病發，看守所的三名警員被這異行吸引，有一個更行近幾步，想聽清楚他説些甚麼，和判斷一下是不是偽裝。

「鎮靜些好嗎？平時好像很了不起，真遇到事情便只會露出個狼狽相。」疑犯語氣變了，警員甲拉拉同袍衣袖，説：

< 30 >

「喂，來了！」

「殺人的又不是我，為甚麼我要被牽連？」語氣又變了，聲浪也高起來，是祖兒在喊冤。

「哼，」這一聲不屑不只聲浪變低，疑犯的表情也瞬間轉變，「你有得選擇嗎？胡天胡帝時又不見你這樣說。」說話的是珍妮，這段時間她沒現身，但期間發生的事一清二楚。

「他殺了妳，是你們兩個人之間的恩怨，我是無辜的！妳死時我還未出世啦！」祖兒抱怨，用了「出世」這古怪詞語。

三警同時大吃一驚，難道其中一個人格是車禍死者？警員乙雖不是基督徒，也不由自主劃了個十字。

「你怎知舜堯是主謀，你是陪審員嗎？法官嗎？」珍妮覺得他武斷又智障。

圍觀的警員既驚恐又嘖嘖稱奇，警員乙問：「這究竟叫思覺失調還是人格分裂？」警員甲說：「會不會是裝的？裝得真像啊！」警員乙問：「為甚麼要裝？」警員甲答：「可以脱罪呀。」警員丙立即說：「喂！不能亂說！」

「舜堯對我很好的，不會害我。」珍妮說。

「哈，對妳好，就不會有外遇了。」祖兒難得找到個位可以冷嘲熱諷，奚落她：「別要搞錯，我不是認為外遇有甚麼不好，只是妳這種中世紀傳教士卻受不了！」

「我當然知你不覺得婚外情有甚麼不好，LGBTQ亂搞一通你也當是家常便飯，舜堯也被你帶壞了。」珍妮一直對他不滿。

「好小孩教不壞，壞小孩教不好！他本來就有尋歡作樂的慾望，是妳一直把他禁錮。」祖兒懟回去。

珍妮懶得再回應，疑犯於是沉默起來。三警看著這場爭論，知道兩個人格 — 如他不是假裝的話 — 對愛情的看法很不一樣。

見珍妮不回應，祖兒便問：「嗨，我問妳，假如，只是假如，我也不想是這樣，他真是害妳的主謀，妳會原諒他嗎？」

連三警都好想知道問題的答案。

「我會。」

「妳這麼偉大？」

珍妮有條不紊地說：「他有婚外情，我原諒他。他們一直藕斷絲連，我也忍耐包容他。如果他真的害我，便要付出代價，可能要在監獄裡過個十年八載，但我也會原諒他，會一直陪伴在他身邊，與他一起渡過艱苦漫長歲月。」她說來語氣堅定，「認識舜堯不久後，我便告訴自己，要與這個人一生一世，永不分離，即使死了，也是一樣。」

三警同時驚嘆，竟有這麼偉大的人！

「這些想法真是離奇，難怪妳是個AI，與人類完全不同。」祖兒覺得不可思議。

又來個新衝擊，車禍死者妻子的人格竟是個AI？三警覺得越來越荒誕，這疑犯果然是神經病。

「看來全都是胡扯，但，裝得真像！」警員丙下了這結論。

翌日，律師在裁判法院首次聆訊時，再為秦舜堯申請保釋。法庭相信被告不會缺席次聆訊，亦傾向相信他不會在保釋期間再犯案，不會騷擾證人，這案子現時除了個不知是何方神聖的駭客，亦沒有甚麼證人，於是批准保釋。

保釋金四十萬元，相當高。秦舜堯在祖兒未出現時戶口尚有五十多萬現金，後來被祖兒揮霍得所餘無幾，雖然上Extra Sex節目收了三成訂金，加起來仍不夠付保釋費用，是程真影為他補足。

踏出法庭記者洶湧而上，其中一個Extra女記者大聲喊問：「為甚麼要殺死妻子？」簡直未審先判。

秦當然一概不回應，在真影陪同下登上她租來的七人車。

暫回復自由身，秦向真影說：「我會立即把車子賣掉，盡快還錢。」

「不急啦！」她說。秦現金只得二十一萬，餘下的十九萬元，是她和阿凱一起湊的，「我的日常就是工作，沒甚麼地方要用錢。而且，你是清白的，很快便無罪釋放取回保釋金了。」

秦很感動，從頭到尾只有真影一直在支持自己，鼻子一酸，終於哭了出來。真影輕拍他肩膀幾下，遞上紙巾，由他哭。

涉嫌主使殺人、律師費、精神病、醫生費，直是前路茫茫，越想越悲，眼淚缺堤般湧出，他拚命忍住，不讓自己哭得太大聲。

「盡情哭出來吧！」真影說。

表面證據確鑿，他完全沒概念該如何洗脫嫌疑，證實患上解離性身分疾患，可能是出生天的唯一途徑。

<31>

「以為贏了，其實笨了，哈」rot

「？？」群眾A

「有人自以為高明」rot

「打甚麼啞謎？」群眾B

「盜了個假的，還以為得手」rot

「講清楚些」群眾C

「一定在沾沾自喜」rot

「你使計？」群眾B

「見識下真正厲害的」rot

「正在嗨，還要我猜謎」群眾D

「中計了」群眾E

「？」群眾E

「看來是了」群眾A

「陰毒啊」群眾E

「當然是我贏」rot

「老不死，早該淘汰」rot

「原來得手了也不定得手」群眾B

「不要緊，客戶肯付就可」群眾A

「付錢」群眾A

「是誰本了？」群眾F

「笨了」群眾F

「老不死，去死吧」rot

「誰中計？」群眾E

「老不死是誰？」群眾B

「好謎…」群眾D

< 31 >

暗網內，一個駭客出沒的討論區，有一句沒一句聊著，隨著先說話的rot不再回應，討論亦結束，未幾這堆對話紀錄也消失了。

但整個討論被一個人看到了，林蔚。

林蔚在一家小型物流公司當電腦主任，生意好時連兼職會有超過二十名速遞員在工作，每日派送千多件貨件，電腦主任負責協調安排送件次序及流程，幫忙調動速遞員，經常要臨時更改派件次序及路線。

物流公司在一幢舊式工廠大廈內，辦公室不大，內裡置設一個個層架，放滿小貨件及郵件，電腦主任的工作位置在辦公室一角，旁邊是些基本電腦硬件設施和租賃的鐳射打印機，電腦久沒更新，款式頗舊。

公司下班時間是七時，部份速遞員會先回公司，大多數送完最後一份件便會直接收工，電腦主任要為一天的工作做綜合紀錄，那些已派、那些沒人收須要明日再派，要紀錄清楚，完成後方可離開。

晚上九時半，林蔚仍在公司，較晚離開是他的習慣，下班後會獨自吃晚飯，再步行二十來分鐘回到居所，那是個月租小單位，家中沒有電視和電腦，他回家後會看書，到凌晨二時半左右睡覺，幾年來都是如此，相當有紀律。

林蔚完成是日紀錄後，留在公司繼續使用電腦，最近他不斷在暗網上觀察，今晚看到這堆曇花一現的對話時，查看環球時間，美國東岸底特律是早上九時半。

他透過一條超加密頻道，發了個訊息往塞爾維亞，當地時間是下午三時半。

訊息的接收者是Stray。林蔚最近一直有跟對方通訊，但不是透過這頻道。四年前，即I.M.U解體後一年，Stray給了他這超加密頻道，供緊急狀態時使用，頻道經額外加工，Stray說保密程度猶勝以色列特攻局摩薩德。

林蔚知道他倆的通訊一直被監控著，這加密頻道從未使用過，現在是養之千日，用在一朝。

Stray與Fungus的攻防戰，林蔚全程看在眼裡，他猜想觀戰者可能不止他一人。公司這部舊款電腦，他親自改裝過，性能比外型先進幾十個世代，並加了很多外延設備，毫不起眼地併合在一堆普通硬件之中。

Stray得手後，林蔚便開始在網路留意各式事態，經常深入暗網各個角落，於不同的駭客活躍區域四處流連，觀看各方動靜，看有甚麼人討論這場攻防戰、有甚麼傳言、有沒有任何後續小道消息等等，個多月下來，丁點聲息也沒有，這場戰役像從沒發生過。

現在的林蔚已不是當年那個飛揚的少年，他很沉穩，處事謹慎，做事精確，在物流公司做了四年，日日在大堆數字間進出，沒犯過一次錯誤。

「你認為這rot是Fungus？」Stray問。

「我認為是。」林蔚答。

「使計得手後竟在公海宣揚？」Stray不解。

「一個十六歲少年，無法忍受別人以為他輸了，使計後耐不住不講。」林蔚如此估計。

追求名成利就，是人類天性。成功的駭客可以賺到很多錢，利就不是問題。但，這是躲在暗處工作的職業，即使在行內有個大名，行到街上也沒人認識你，或知道你就是他。

世上九十九巴仙以上的職業，都無須隱藏身份及容貌。明星、運動員固然是鎂光燈下天之驕子，就算黑社會，年輕的大搖大擺街上混，年壯的大家都知你就是地下秩序霸主，也可以風光得很。只有極少數職業，無論傳說中有多厲害，就是見不得光，例如特工、殺手、駭客。

駭客要忍受即使自己出類拔萃，幹了多麼出色的一票，別人認識的也只有你的代號，虛榮止於虛擬世界的界線內。駭客甚至不能讓其他駭客認識，就算高調幹了一票，真身依然保持暗黑。行業競爭激烈，加上職業本身的陰暗，會催生心內的魔鬼，很多駭客本已不是善類，幹久了更越來越狠辣，很多人互相希望對方永遠在行業裡消失，是以大家都比一般人更自我保護。

享受不到榮耀與讚賞很難耐，駭客要忍人之所不能忍。

兩年前Fungus挑戰Stray時，林蔚開始透過各式各樣的方法及情報，嘗試收集這個人的資料，亦兩次以不同身份，要求對方為兩份工作報價。林蔚掌握到的資料是，Fungus是個以美國底特律為基地的男孩，出道時只有十四歲，來自草根，是個不隸屬於任何集團的獨行俠，所有技術都是自學而成，絕對是個天才。他甚麼都會做，敢做，行事沒底線。因為初出道，要搶生意，收費甚低，由於至今都沒做過些甚麼震動行內的大案子，時至今日收費仍很低，這點林蔚在兩次報價中亦證實。

他仍然生活在底特律的底下階層社區，過著草根生活，林蔚想到電影《8 Mile》的氛圍與景象。他年紀輕輕但已有吸食可卡因習慣，就算工作到深夜都很早起床，因為不時會在早上見到他在暗網出現及聊天，下午則徹底消聲匿跡，可能睡覺去了。

其餘的資訊，便是十來宗傳言是他做的案子，當中並沒有操控電能車。當然任何駭客的工作資料都不齊全，檔案沒有不代表沒做，檔案有也不等如就是他做。

這個現年十六歲的少年，難耐自己成功陰算了死敵，把對方騙倒，這樣厲害的事卻沒人知曉！早上吸了些可卡因後，終忍不住炫耀了幾句，他其實不是要讓很多人知道，而是要找一個自我宣洩出口，如不隱晦地威風一下，真的會憋死。

講完後舒暢了一點之際，剎那的清醒令他意識到這些事其實不能説，於是立即退出討論並毀去所有痕跡，這批對話出現在世上不到五分鐘，但仍是給不斷在暗網瀏覽的林蔚看到了。

「能在樹木上生長，侵入木材組織導致它變暗、收縮、分解的真菌，叫rot fungus，打啞謎的人叫rot，他其實某程度上想人猜到是他。」林蔚説。

「我在他年紀時尚未入行，成為駭客後幹了幾票，也好想別人知道有些作品是自己的傑作。特工執行任務時是一組人，起碼同袍和政府人員會知道自己的表現，我們則是孤獨的，幹了漂亮的如藝術品般的一票，世上只有客戶知道，有時確是很痛苦。極少行家能有我這般機遇，毀滅了你的I.M.U後揚名立萬。Fungus一直狙擊我，除了因為我出名，也因為妒忌。我能理解他的感受，但我絕不會在虛擬或現實裡向任何人炫耀做過的任何一件案子。」

「每個人品性不同，你是歐洲人，也許本性就較為低調含蓄。」

「你給了一個偽造檔案給你們的警察，這事必須修正，你有甚麼想法？」

看到這個rot的留言時，林蔚心念飛快，已構想了一個策略。

Extra爆出秦舜堯可能被捕的消息時，林蔚正在公司忙得不可開交，戴著深灰色鴨嘴帽的他邊工作邊思考：Stray把從Fungus盜來的資料與檔案交給他時，他看過內容，知道車禍主謀是最近因為Extra Sex節目而一度變成名人的秦舜堯。

Extra一柱擎天人物楊傲雪與林蔚有過一段往事，她亦曾狙擊過他，Extra做過一個特備節目，分幾集爆出I.M.U的發明者林蔚被自己創造的AI奪舍。節目爆紅，Extra從此全面起飛。林蔚則被看成是怪物，從外國而來「研究」他的團體有正統科研機構，也有號稱是神秘科學學會的組織，有UFO研究社，亦有奇奇怪怪的宗教團體。

AI附體的熱潮半年才過去，他終於安定下來，搬了家，找到現在的工作。他看著Extra高歌猛進，成為本地最大傳媒機構並進軍亞洲，楊傲雪成了幾乎是所有人的女神。

林蔚當年與她交往時已知道這女子非常聰明，但不知道曾活在自己體內的I.M.U已在她腦內重生。

任何人都看得出，楊傲雪要把秦舜堯往死裡整，但在發現Fungus留言後，只有林蔚一個人知道秦控制電能車的證據是假的。

他決定要盜取本來想要取得的原始檔案，除了因為事件由他促成，他必須去解決外，亦要還秦舜堯一個清白。

林蔚知道秦舜堯失去妻子，受人格分裂之苦，被公司開除，現在更被控謀殺，他要幫他洗脫不白之冤。

因為林蔚很明白跌到谷底的感受。他一面協調著二十個速遞員的派件路線，一面確定反擊方略。

Extra一直在狙擊秦舜堯，並率先曝光秦可能被捕，這表示警方內有人把線報賣給Extra，這個不重要。關鍵是知道Stray會來襲，要Fungus故意假裝敗北而讓Stray盜去假材料，背後的主謀，必然是Extra，主腦人便是楊傲雪。從整件事的發展，這個很容易推定，只是若非看到Fungus忍不住要炫耀自己有多厲害，則不會知道原來是計，而只會以為是Extra要找出秦害妻的證據。

林蔚構思了反擊戰略後，以加密頻道告訴Stray，這次將是他二人協同作戰。Stray認為可以一試，但必須演練，要十四日時間。

林蔚認同要反覆演練，但不能等十四天，他說：「作戰時間要在九天後，我這邊十四號，星期六下午五時四十五分，你那邊是同一日早上十一時四十五分。時間無多，我們必須日以繼夜演練。」林蔚想，如果完美執行的話，成功機會有三成。

< 32 >

楊傲雪對這家六星級酒店情有獨鍾，她包了三個會議廳，全打通，Extra的南韓平台Extra Seoul本週末正式開台，會在這裡舉行盛大啟播儀式。

這天下午二時許已有嘉賓開始陸續到達，三時半會議廳已座無虛席，現場包括與Extra有生意來往的機構、客戶、各大小傳媒、以及系內Extra Bangkok及Extra Tokyo的管理層及紅主持人。

歷時兩小時的開台儀式，四時正式開始，首個多小時是連串娛樂表演，曼谷及東京先後演出，然後是首爾。五時十五分，Extra一眾高層包括已升為亞太區節目總監的程真彥，共九人上台，Extra Seoul行政總裁及台長先後致詞，然後是大老闆曹國強，最後是楊傲雪，她發表演說後Extra Seoul便會正開始直播，同步開放全部串流節目。

林蔚回到公司，星期六下午休息，所有人已下班，他在電腦上看著開台儀式直播，五時四十五分，啟動作戰計劃。

除了身在塞爾維亞山區的Stray會協同作戰，共有五個AI機器人待命上陣，林蔚花了三年心力與時間精心改裝、升級、強化這幾個AI，今日會全部出擊。

Extra World策動者楊傲雪上台，開始講話，時間正是五時四十五分，林蔚放出第一個AI攻擊機器人：Aquarius水瓶座，闖進Extra總部大樓內的電腦終端系統。Aquarius性格友善而善於交際，它大搖大擺向系統內的防護機器人打招呼，一眾Extra AI發現不明入侵，立即攔截。

林蔚接著放出第二個AI ：Taurus金牛座。Taurus性格腳踏實地，有耐心又固執，它開始與Extra AI纏鬥，遊來遊去與它們追逐，有時以攻為守，又會反守為攻。

Extra AI察覺不妙，呼喚上層M戰室系統人工智能，M收到求援訊號，在休眠中的機器人也全部甦醒，準備馳援。

M戰室啟動作戰模式，楊傲雪同步知悉，她此刻剛開始講話，眼前有幾百雙眼睛，以及各地直播平台不知有多少觀眾正看住自己，暫時分身不暇。

就在M戰室AI正要發動的一剎那，Aquarius與Taurus同時離開Extra系統，極速衝向M系統，一眾Extra AI緊跟其後，全部跟來。

M系統是一座堅固城堡，平時九門深鎖，只有楊傲雪能打開，外界無法進入，然而隸屬同系的Extra AI卻是例外。此刻一眾Extra AI要進入，系統中門大開，結果放賊入城，Aquarius與Taurus亦一併湧了進來。進入後Aquarius企圖迅速癱瘓再度鎖死大門的功能，但M能力太強大，Aquarius只撐到三秒，門已再度被鎖。

林蔚要的就是這三秒空隙，另外三個AI：Leo 獅子座、Scorpio 天蠍座、Aries 牡羊座，已一齊衝進堡壘之內。

楊傲雪察覺形勢險峻，但演説才剛開始，無暇兼顧。I.M.U作出運算，結論是暫時不變應萬變，由M自己去迎敵。

M防禦系統共有八個AI，當中一個是超級波士。各AI迅速分工，四個先合力狙擊Aquarius，十三秒後把它毀滅。

Taurus仍緊纏住Extra AI，Scorpio及Aries進來後則沒有任何動靜。此時充滿霸氣和榮譽感的Leo全力攻向系統某個位置，四個消滅了Aquarius，以及三個原本監視著Scorpio及Aries的M AI，一同撲向Leo，與此同時，性格充滿戰鬥精神的Scorpio立即移動，如毒蝎追刺七個M AI，Scorpio速度極高，不斷刺中敵人，被刺的回頭攻擊，它卻一刺即退，形成「敵進我退，敵退我追」的游擊局面。

不動如山，緊盯著Leo的M系統波士，見對方狂攻向一點，另外七個AI已無法追上，便上前攔截Leo，甫一移動，Leo卻突然轉向，朝它狂撲而來，全然是個不要命的攻擊，波士處變不驚，擋住Leo的猛撲。一時間，八個守衛都被纏住。

性格衝動，咄咄逼人，本應是最沒耐性的Aries，居然被訓練成極有耐性，謀定而後動，一直在等候，此刻時機終於到來，便如神風攻擊，燈蛾撲火，奮力衝向鎖定攻擊點。這一擊，是要觸發M系統內一個攻擊指令。

「在這部情慾劇場裡，性感女星崔慧珍將會被男神姜俊玄突破防線…」，正在説話的楊傲雪，知道堅不可摧的M系統內某個點被攻破了。

底特律凌晨五時五十五分，嗨了一個晚上可卡因的Fungus剛睡未久，電腦突然大響，發聲示警，系統正被入侵！Fungus

被吵醒，睡意濃重行到電腦旁，發覺攻擊竟是來自早陣子與他對話的M電腦系統！對方攻勢排山倒海而來，頓時大驚，飛快敲打鍵盤，啟動系統內所有共兩個人工智能守衛作出防禦，同時釋放DDoS反制，M的攻勢立時被窒礙。

Fungus怒極：「FUCK！」。在他斷開網路連接，以防止第二波攻擊前，系統已被Stray潛入，盜去原本保留用作勒索客戶的、遠端控制電動車意外的全部原檔案。由於剎那間要緊急阻擋跡近瘋狂的攻勢，Fungus一下子開動全部防禦工具迎敵，Stray便藉此罅隙悄悄進入，一閃而盜取了檔案。

與Fungus交手多次，對上一次Stray也是進攻同一位置，而且九日來不斷反覆演練，終於一戰功成。

M系統內，奮力作戰的Leo最終亦被消滅，陣亡前散發出最後的榮譽感，然後灰飛煙滅。五個機器人全軍盡墨，M系統的AI則完整無缺。

林蔚早前設定了提示，當五個人工智能最後一個被毀滅時，便即通知他。此刻電腦畫面徐徐浮現四個字：天人五衰

加密頻道上Stray傳來短訊：「到手了」。

Stray會複印這份材料，一份交給林蔚，一份交給聯邦密探— 這是謀殺證據。

Fungus已被盜，兀自懵然不知。

六時正，首爾時間晚上七時，楊傲雪講話完畢，Extra Seoul隆重啟播，會議室內為是次活動而設置的巨型LED，播出

< 32 >

開台節目：一連五集綜藝秀《首爾之春》，一百名南韓美女進行性感比拚大型淘汰賽，台下嘉賓報以熱烈掌聲。

這是Extra傳媒帝國又一里程碑，本該是興奮時刻，楊傲雪臉上堆滿笑容，內裡卻冷若寒霜，眼眸閃了一下冰冷的藍光。M系統被攻入，敵人於內部發出了一次偽攻擊。雖然敵軍最後遭全殲，但系統防禦力不夠完美，令她極為憤怒。這八個機器人辦事不力，罪無可恕，要全部毀滅。

楊傲雪憎恨被挫敗，不可饒恕的除了八個AI守衛，還有入侵系統的敵人。

她必將十倍奉還！

林蔚關電腦，準備離開，他望了望桌上一個小擺設，那是四年前在購物網站買來的日本小玩意，八十元，地鐵站交收。是一個日本戰國時代大名武田信玄的軍旗擺設，軍旗布造，由一根小木桿撐起，下方有個小膠座，能直立，旗上寫道：疾如風 徐如林 侵略如火 不動如山

林蔚關燈，離開公司。

<33>

「我事先張揚，他會失去工作，會被訴訟纏擾，我們不會和解，會不斷控告他，即使他最後贏了官司也耗盡金錢在律師費上。他會被人視作異類，我們會趕盡殺絕，不斷抹黑、唱衰、人格謀殺他，甚至栽贓陷害，無中生有，把他送進監獄。」楊傲雪強悍狠辣，咄咄逼人。

Extra Sex演變成大鬧劇當晚，珍妮與楊傲雪閉門談判，楊的話令她大吃一驚，她知道對方不是恫嚇，是真的會實行報復計劃。換了是生前的譚慧妍，會方寸大亂，求她手下留情。

但珍妮是人工智能 — 雖然只是能力很一般的Pices 6.5-T，AI高速運轉，分析結果是對手是個冷酷無情的機器人，懇求她不是選項，此刻表面要裝作強勢，絕不妥協，甚至犧牲心愛的人也在所不惜。

要比她更冷酷。

「他不是無辜的！」珍妮驟然變得冷峻，「他有外遇，我原諒他。之後他倆剪不斷理還亂，我也原諒他。但那個祖兒，要上來做這個節目，他居然答應了 — 雖然人格真要轉換，他也無力阻止，但他竟跟祖兒有商有量，然後同意了。這是無辜嗎？」

不妥協的結果，當然是楊傲雪會立即開始報復，趕盡殺絕。

果然，隔天Extra馬上公開祖兒樣貌，這在珍妮意料之中。

秦舜堯被公司停職，回家後祖兒大暴走，但珍妮卻完全歸隱，她在想辦法要如何應付。

中午過後，珍妮再出現。她把手機關掉，出門到附近公園，一個寧靜沒甚麼遊人的角落，以柔和的聲線說：「我知你很憤怒，所以你剛才發飆時我沒回應，在這狀態下我說甚麼你都不會聽得進去。現在你的情緒應已平復了，請靜心聽我講。」

「無論你對昨晚發生的事有甚麼意見，都不能改變一個事實：它已經發生了。必須承認，我嚴重低估了楊傲雪，她可不是靠嚇，復仇行動絕對會實行。她會設法把舜堯送進監獄，目的當然是要把我也關起來，飽嚐鐵窗生涯滋味。而你也會躺著中槍，你不想要這樣的結局吧？」

她靜待回應。

「祖兒？」一片靜默，她提問了一記。

「唉，來到這個田地，還可以怎樣？」祖兒滿是無奈。

「謝謝你現身。我知你討厭我，我對你也是一樣。但現在不是互相憎恨的時候，大家要團結一致，通力合作，才有一線機會逃出生天。」

「Extra是大集團，妳跟楊傲雪對話後才知道，原來她也是AI，力量還比妳強，唉…那晚跟她做愛時又怎能想像得到？我們勢孤力量，如何能抵抗？」祖兒甚為負能量。

「為了舜堯，如何艱難也得一試！」

「妳這個女子，為了老公真是死心眼。我是沒任何辦法的，妳想到要怎樣，我盡力配合就是。媽的！當個分裂人格居然要坐牢，那不是變成《二十四個比利》的角色？」祖兒滿口牢騷。

對話結束後，珍妮步往地鐵站。譚慧妍生前有個興趣，是想像些偵探犯罪故事。認識秦之前，她很少看這類題材，後來陪他看美劇，他盡是挑犯罪、法政的劇集來看，結果她比他更著迷，上下班時會在地鐵裡想像這些情節，不是為了要做甚麼創作，而是貪好玩，成了最大樂趣之一。

地鐵車廂內，珍妮不是立即構想如何應對，因為根本茫無頭緒。她須要找線索，要從發生過的事裡，查看能否尋得或會有幫助的蛛絲馬跡。

於是，AI進入宿主大腦，於儲存短期及長期記憶的海馬迴區域搜索。她慢慢回帶般片段重溫，限於AI的功能不強，處理得很慢，她看到與程真彥上床的男同性戀片段，雖然不悅，也一路耐心看下去，邊看邊思考。列車到了總站，她行過對面月台，又坐回來，一直看，看到與關嘉懿變態的性愛時，好像想到了些甚麼，再一路看，看到當晚與歐子菱分手，然後，看到自己車禍後，關嘉懿向丈夫問話，落口供。

「我知道楊傲雪會做甚麼！」珍妮上了屋苑天台，坐在地上與祖兒對話，但手機沒有關，只是放在家裡。

「要令舜堯入獄，最好的方法，就是把他變成謀殺我，譚慧妍，的凶手。」

「哦？！」祖兒想都沒想過。

「『栽贓陷害，無中生有，把他送進監獄』，這是她說的。舜堯有外遇，不能說完全沒有殺妻的動機，我回看了女警關督察跟他落口供時的片段，她似乎隱約也有這個懷疑。」

「這個想法會不會太刁鑽？」祖兒不能被說服。

「難道楊傲雪真要唆使舜堯去殺人，以此送他入監嗎？我自己也一直覺得車禍是意外，但當時千鈞一髮，回想起來，在短短的高速運行時間中發生了甚麼事，印象也是很模糊。」

「妳是說妳可能真是被謀殺？是不是看犯罪劇太多了？」祖兒不太認同。「不能否定這個可能性！如果凶手真有其人，而楊傲雪嫁禍舜堯，那不就是她說的栽贓陷害嗎？我和她都是女人、都是AI，我可能比任何人都更能猜中她的盤算。」

「有可能真是妳老公殺妳嗎？」

「不可能。」珍妮斬釘截鐵。

「那妳想我做些甚麼？」

「首先，舜堯的通訊或已被監聽，即是我們三個都在對方監控之中。現在要不動聲息，不讓敵人知道我們有所行動。須要溝通便來這個地點，不要去公園，可能有人監視，手機要開著放在家中。」

「你平時只要做回自己就可以，裝作若無其事，一切如常，徹底不著痕跡，做得到嗎？」

祖兒是個二十二歲青年，現在玩冒險遊戲，他覺得很刺激有趣，便說：「好的，依妳。但有個問題，我們現在這些對話，妳老公可能也知道，多了個人知，露出破綻的風險便高了些。」

「我們做過的事、說過的話，他這個主體人格知道並記得的比率暫時是45.5%，略低，看運氣吧，之後如他真的知道了，我才把想法告訴他。我們現在要發掘每個可能有用的機會，那怕是多渺茫。大廈門外可能已有人監視，你現在從大廈後門溜出去，找個電話，約見一個人。」

兩小時後，祖兒出現在西區警署附近，他約了關嘉懿。因為秦樣子曝了光，為免警署內眾目睽睽，關約他在附近的小公園見面。警署位置較偏僻，兼已開始入黑，公園內沒甚麼市民。

「妳肯出來見面，很感謝。」祖兒說。

「你在Extra的表演，真是震驚世界，」火熱紅人自己送上門來，關督察問：「你究竟在搞甚麼？」

「這件事背後錯綜複雜，接著也許會有些意想不到的後續，或會牽涉到我，Madam，我是有事相求。」祖兒知道邂逅對方那一晚，她對自己極有好感，希望這感覺仍能有點餘溫，「我知妳在偵查譚慧妍車禍，想請問一下，過程中有沒有遇上些線索，或找過些甚麼人問話或幫忙？可以的話，能分享些有用的資訊給我嗎？冒昧請求，是因為有人可能會嫁禍我是車禍背後的導演。」

「甚麼？！」關吃了一驚。

「我對星空發誓，車禍與我絕對無關！如有説謊，不得好死！」祖兒知道很多警察很迷信，誓願是不敢亂發的。這次他中了紅心，關嘉懿是最迷信的一個。

如換了其他人，最多只會令關督察姑且信他無辜。但祖兒曾引領她，走了一趟令她眼界大開的亢奮性愛之旅，關嘉懿真心想幫他，便說：「如何控制電動車令它發生意外，我請教過一位高人。我可以幫你聯絡，但他會否幫忙，我就不能擔保了。」

「妳肯介紹已很好，太感謝！」祖兒很欣喜，珍妮説多一分努力，就多一分希望，果然是對的。

「Joey，」關嘉懿明知眼前人不是這個名字，但對她而言，還是Joey最親切，「沒有做過便不用害怕，祝你好運！」她送上發自內心的祝福。

隔天，「秦舜堯」來到工廈舊區，因為怕公眾會認得，林蔚約他在物流公司附近一條後巷見面。這個「秦舜堯」，是珍妮。

林蔚當然知道秦舜堯/祖兒惹上了楊傲雪，關嘉懿亦告訴了他，對方今日是因為車禍事件而來。

珍妮向林蔚問好，然後說：「我叫珍妮，是秦舜堯的太太，也是車禍死者，現在是活在他體內的人工智能和人格。」

換了任何人，聽到這些鬼話都會馬上轉身離開，當然珍妮亦根本不會向任何人說這番話，除了林蔚。

她直覺，如要這個人幫忙，必須向他交心，而他也會相信自己說的話。

對於AI附體，林蔚是地球上最相信的人。

林蔚聽完珍妮表白後，沒有任何覺得奇怪的表情，只是問：「我能怎樣幫妳呢？」

珍妮於是把事情原委告訴了他，包括當晚楊傲雪對她說的話，一字不漏覆述，她說話溫婉，連楊的威脅，聽起來也像娓娓之言。

林蔚凝神聽完，說：「這件事我受關督察所託，會幫忙發掘車禍真相。」珍妮聽了心頭一喜，但林蔚之後的話又使她平添擔憂。

「車禍可能是意外，也可能是謀殺。如果是後者，而主謀不幸地真的是你先生，我也只會把證據交給關督察。」她冷靜地聽著。

但林蔚知道她心裡不以為然，便繼續說：「珍妮，在短短的時間內，我感到妳是個好人，也深愛妳先生，當然認定他不會害妳。然而，人心難測，我不認識他，無法判斷其為人。如果他真是主謀，我也要讓妳沉冤得雪。」

珍妮說：「我肯定我先生不會害我，但我明白的。」

林蔚深感眼前的她是個善良的人，續說：「我答應妳，無論如何我會盡力找出真相。謀事在人，成事在天，最後天一定有眼的。」

珍妮很感動，淚盈於睫。

事情後來的發展，是Stray找出證據，果然秦舜堯是車禍主謀，林蔚亦把證據交予Madam Kwan。答應了珍妮會為她找出真凶，為確保穩妥，他之後不斷在暗網遊走監察，給自己定下為期六個月的時間，如沒出現奇峰突出的意外和變故，任務才算真正結束，最後終於找出主謀是歐子菱。

珍妮與祖兒的「演出」一直非常自然，祖兒繼續尋歡作樂，秦被捕後在拘留所內，三個警員看著兩個人格互罵和冷嘲熱諷，跟他們平時的狀態沒兩樣。

珍妮回家後，人格轉換回秦舜堯，她此時知道，自與祖兒商討，到祖兒見關嘉懿，再到她見林蔚，一連三次主體人格竟然都不知道發生過這些事，電腦算出這機率只有9.42%，不到一成。秦甚麼都不知道，成功瞞過監控的機會也提高了些。

珍妮想，難道天也在幫自己？

<34>

下班後，歐子菱來到The Cave，早已到達的廖銘廣向她揮手。

失業的阿廣賦閒在家，今日子菱終於肯跟自己見面喝一杯，他視之為聖約，幾近要齋戒沐浴，早一小時已來到等候。他刻意挑選了當時看到的、表哥與子菱坐的偷情座位，那是全間酒吧最幽暗幽靜的角落。

上次為她辦完事後，他憧憬有沒有與她發展的機會？阿廣能成為秦舜堯的建築師助理，也不全然因為親戚關係，他頗為機靈，辦事能力不差。然而在對歐子菱的愛慕上，卻全無分寸，亦無自知之明。從起初的跟蹤狂，到現在幻想她或會跟自己有發展的可能，是徹頭徹尾的空想與誤判。

歐子菱長得標緻美麗，芳華正茂，且非常聰明。在主導開智圖書館公關災難一役，表現出色，發展商Jack Lee說會請她吃頓飯以示謝意。幾天前收到訊息，是晚飯，且是城中六星級酒店的二人桌。席間對方除了感謝，亦表示欣賞，說集團內有個副傳訊總監職務，正在招聘人才。甜品上桌時，他喝了口波爾多紅酒，近乎明示請她下次吃飯後小聚，她毫不彆扭地答允。

昨晚在同一酒店餐廳用膳後，子菱與他上房做愛。酒店正是Extra Seoul舉行啟播儀式，亦是祖兒令楊傲雪留下深刻印象的地方。今晚她站在落地玻璃窗前，看著跟楊傲雪當晚看到的同一樣景致，居高臨下，眺望神秘都市夜色，全身赤裸，只穿著藍色高跟鞋，背後有個腰纏萬貫的富豪正在使力抽插，她發出像是無盡渴望的吟叫，三分真實七分誇張。Jack Lee高潮來到時，整個身軀從後壓過來，她很配合地大聲呻吟，顫動抽搐，作出一個無與倫比的性高潮演出。射出後，後方傳來喘氣聲，畢竟已是年近六十的男人了。

Jack Lee對鏡打領帶時，她戴好胸罩穿好內褲，披了她的行政人員外套坐在床邊，意帶嫵媚而不失恭敬。Mr. Lee要回家去，妻子在等著要開會開到很晚的丈夫歸家，子菱則可獨個兒繼續享用這間豪華房間。

「妳看幾時能過來上班，我跟秘書交待一下，她會跟人事部安排。」

子菱站起來，說：「謝謝李生。」

Jack Lee穿好西裝，一面正經向她行來，突然做了個鬼臉，笑說：「以後請多多指教啊！」

子菱吻了他一下，嫣然一笑，嬌柔無限。

今日歐子菱神采煥發。之前阿廣四度相約見面，都被她推卻了。及至前天，他說請給他最後機會，見一次面，喝一杯啤酒，僅此而已，以後便不會再來煩她。

阿廣不是壞人，只是有些戇直，歐子菱對他沒有惡感，便答應喝一杯。

對廖銘廣來說，秦舜堯與歐子菱偷情的The Cave，有聖地的感覺，何以會如此？他自己也說不上來。

女神應約，大喜也緊張。子菱客氣地跟他交談，她約了朋友一個半小時後吃晚飯。

阿廣叫了兩杯地獄野蠻啤酒，之後上個洗手間。回來後見兩杯啤酒已放在吧檯上，阿廣跟侍者說自己可捧回去。踫杯後阿廣大口喝了半杯，壯了壯膽子，鼓起勇氣說，好喜歡她。喝了兩口的子菱禮貌地拒絕，說可能性絕對是零。阿廣大口喝完剩下的半杯，他豁出去了，把想要說的都說出來：「子菱，妳是我此生見過最美麗最聰明的人，為了妳死也願意。」

本來還好端端地，現在突然激進起來，子菱即時對這個人強烈不屑，甚麼死也願意？都是甚麼年代了，真是低俗也惡俗！

一刻，她少許暈眩，「死也願意」在腦際漂蕩，無意識地勾起一個片段。

那一晚，雨下得很大，她收起雨傘，進入一間寧靜的酒廊，譚慧妍點了杯紅酒，已坐在裡面等著。

丈夫明明已跟外遇分手，但之後不知怎地又再纏上了，而且越來越向這個女人傾斜。深愛丈夫的慧妍知道，她跟她，兩個只能活一個。

慧妍早已從照片看過對方的容貌，見到真人，果然非常美麗。也許是心理使然，她覺得歐子菱眼眸間有一份鋒利的感覺，肯定是個很聰明的女子，難怪老公神魂顛倒了。

「秦太，妳好。」歐子菱面帶笑容，很友善，譚慧妍卻感到一份壓迫與威脅。

她決定不繞圈子，不裝模作樣扮客氣，對面的情敵牽繫著自己的幸福，是人生頭等大事，便說：「歐小姐，今日約妳出來，很是冒昧。妳別誤會，我不是要跟妳談判，我是來懇求妳的。」

譚慧妍説話溫文爾雅，連與自己這個情敵説話也是那麼溫婉，「難怪他當初會愛上她了。」歐子菱與譚慧妍對對方竟有相若的看法。見她完全放下身段，便說：「不是我要纏住他，妳知道妳先生本已向我提出分手，是他後來又回來找我。妳説懇求我，言重了，我也擔當不起。」歐子菱稍頓，說：「是妳先生變心了。」

慧妍知道對方説的沒有錯，雖然形勢比人強，但她必須掙扎：「舜堯和我是靈魂伴侶，我們是天作之合…關鍵的是，我們已是夫妻了，拆散了別人的家庭，妳也不會好過吧？」

換了是別的女子，聽到這樣的話十居其九會即時爆發，歐子菱卻是波瀾不起，她知道對方其實是沒牌可打。説到底，這個男人的心誰屬，才是一切，譚慧妍不會不知道丈夫的心已不在自己身上。講到第三者拆散別人家庭，要令她有罪惡感，其實已是窮途末路了。

子菱對譚慧妍帶一絲同情，但這點憐憫不會對大局有任何改變。她已完全掌控形勢，成竹在胸，便說：「秦太，妳還是去跟舜堯說說吧，」她改口叫舜堯，不再叫「妳先生」，那是進逼一步，表示與這男人的關係，已跟妳平起平坐，「他如真要回到妳身邊，我就是要糾纏也沒戲唱，是嗎？」秦舜堯跟慧妍是夫妻，歐子菱偏說「回到妳身邊」，那明明就等如說：他已在我身邊了。

譚慧妍知道她要把自己擠到牆角，自我保護和絕地反擊的機制被觸發，臉上浮出一抹寒光，但語調依然徐疾有致地說：「真要做到那麼絕嗎？」

「一隻手掌拍不響，彼此相愛，才有愛情。就算我退出，舜堯的心永遠掂念著我，妳與他也不叫愛情，只是妳自私的佔據。」歐子菱這個狐狸精角色，完全反過來把正印妻子說成是壞人了。

譚慧妍早知道對方跟自己一樣，都是不會放手。她本性溫順，從小到大甚麼都不與人爭，丈夫是她人生第一趟 — 也許是最後一趟，要死命力爭。因為從沒鬥爭經驗，不懂為談判定策略，竟一開始便懇求對方，歐子菱一眼看穿她的底，便步步擠壓，更有意激怒她，想看看這位溫婉女士的崩潰點在那裡。

當被捩橫折曲成像個獨裁者般的壞人，譚慧妍真的被激怒了，但這個人的本性不會對人惡言相向，內心的怒氣因為無從宣洩，理性被扭曲，衝口而出說：「就算我死了，別以為就可以抹去妳做過的壞事！」

譚慧妍自己都不知道為何會這樣說，這是她有生以來最憤怒的一刻，說話時感到胃部在抽搐。一個人怒火熾烈時說話可以全無邏輯，「自己死了」跟「壞人為犯過的罪惡洗白」二者沒有必然關聯，這只情緒波動時理智混亂的說話。

但這兩句話，竟卻擊中了歐子菱的死穴。

如果人海是個大舞台，歐子菱是裡面的一個厲害腳色。天賦聰穎，不幸的童年淬鍊出獨立而敢於冒險的性格，一早明白要生存只能靠自己，有一份天不怕地不怕的狠勁。

任何人都有罩門，歐子菱的罩門是童年回憶，準確地說是與父親的回憶。她長年壓伏住這段惡魔般的夢魘，不去想它，但當在記憶區偶發彈出來，情緒會急速變壞。這個罩門裡更有個絕對死穴，那就是當年終於擺脫惡夢，離家遷往大學宿舍的早上，父親對她說的話：「就算用刀殺了我，別以為就可以磨滅一切。」

她就是想磨滅一切，父親刻意提醒她，童年的一切，會與她老死相隨！

這話如魔咒把她套住，纏住，當每像幽靈般突然在腦海浮現，恐懼感便油然而生，隨之而來的是快速淹至的狂怒，她一直都不能擺脫這份撕心的痛苦。

放下執著，只在一念之間。子菱就是無法看破，無法放下，無法自在。

今晚她一直操弄著慧妍，尋開心地有意激怒她，但無端而來如天外飛仙的兩句話，竟徹底擊中她的死穴。

只能說是冥冥中的天意。

本來貓玩耗子的遊戲變得無比認真，此刻她對慧妍極度憎恨，惡之欲其死。她強按住怒火，說了句：「秦太，失陪了。」拂袖而去。

本來憤怒的譚慧妍反而呆住了，她感到對方比自己更憤怒。兩個女子，一個溫馴，一個聰慧，在一場談判中，竟同時化成被慍怒吞噬的火宅之人。

歐子菱回到家中，二話不説，進入暗網，找駭客為她做一件事。她連續兩晚不眠不休尋找，聯繫和詢問，先後找了八個，都不得要領，七個不接這種任務，有一個説可以做，但索取天價。第二晚，已找到第十一個，對方説可以，要價只三萬美元，雙方成交。

歐子菱要歐客駭入一輛電動車，控制它，製造車禍。駭客沒有問她做這件事的原因，只説可以做得到。歐子菱要懲戒譚慧妍，嚇她個半死，最好再令她住半個月個醫院，以消心頭之恨。

她以匿名及無法追蹤的加密貨幣付款，與駭客的通訊在四層加密的暗網進行；這名駭客，是Fungus。

執行這項任務，必須等目標開車。某日Fungus與朋友吸可卡因時，電腦傳來訊息，顯示目標啟動車輛。那晚譚慧妍因為心情很遏抑，想開車散散心。Fungus把朋友全部趕走，開始透過啟動車輛的手機，遠端控制車輛駕駛，他第一次做這樣的事，非常不純熟，且這天吸毒較平時多，如明知要工作他不會這樣，但這個任務無法指定執行時間，他不能天天清醒地待命，結果車輛速度過高，失控撞壆爆炸。

這個十六歲少年，天生因為某些神經系統變異，沒有情感理解和共情能力，完全沒有同情心及同理心，對別人的痛苦沒有感覺。這個「少條筋」的人，給他錢便甚麼都可以做。

收了三萬美元導致司機喪命，Fungus沒有內疚感，只想著如何令技術進步，下次做好些。操控車輛是新市場，生意一定陸續有來。當然他亦沒有把檔案與通訊紀錄等材料刪除，保存下來以備將來有須要時勒索客戶，多撈一筆，是他一貫作風。

當晚譚慧妍開車時，情緒非常低落，與丈夫的冷漠關係片段，意識流般在腦海不斷閃現，溜走，又再閃現，她的確是不自覺地增速了。到車子被控制，猛然回過神來，還以為自己駕駛失控，待企圖控制車輛而不果，已朝石壆猛撞。所以由始至終，她都以為意外是由自己導致。

歐子菱被嚴重脫離劇本的意外震駭，雖然內疚，但有兩個念頭安撫著她：這不是自己想要的後果，只是駭客錯誤執行了；而現在譚慧妍已逝世，與秦舜堯在一起的障礙已徹底移除，不用地老天荒無限等待。

無論如何，發生的已發生，結局就是如此。震驚過後，總得回到自己的人生去，與最愛的男人生活的日子就在前頭，她有著無限憧憬。但這男人後來心態大轉變，卻完全是意料之外，最終變成「你走你的陽關道，我走我的獨木橋」的結局。

阿廣無端說「為了妳死也願意」，挑起她壓在死角裡的憎恨記憶，「就算用刀殺了我，別以為就可以磨滅一切」與「就算我死了，別以為就可以抹去妳做過的壞事」兩句話重疊而來 — 譚慧妍的說話，後來更成了凶兆式的寓言，之後回想都會不寒而慄。

「為了妳死也願意」這句點燃劑，本來也只會令她霎時非常不快，情緒絕不會失控，但她此刻感覺很暈眩，身體極不舒服，心生強烈厭惡感，父親中年時的醜惡與年老時的醜陋共冶一爐、對秦舜堯付出所有卻換來變態的對待，甚至遏制她而自己佔盡鋒頭的上司芬姐、要跟他性交換來新職位的糟老頭Jack Lee，全部面目可憎！她越想便越恨所有人，恨這個世界，便說：「給我雙份威士忌，不要冰！」阿廣見她心情變差，不待喚侍者，自己急急又捧了兩杯回來，她一飲而盡。說：「再給一杯！」這次連阿廣自己不敢再喝，怕醉了不能完成預定的計劃。她再一飲而盡，只覺暈眩得更厲害，噁心感和濃烈睡意一併而來。

完全昏厥前，子菱矇矓看到手指上的刺青：F.E.A.R，每個字都有疊影，她一直在對抗恐懼，為何這感覺總是捉摸不定，像一頭時隱時現的怪獸？

子菱終睡著在阿廣身旁，他緊張又興奮，計劃順利，便戰戰兢兢地把她的頭靠在自己肩膀上，與女神身體靠貼，阿廣猛然勃起，他要盡情享受此刻我是他的男人的美妙，覺得自己活在天堂中。

侍者經過，見子菱喝醉睡著了，也不理會。

十來分鐘前，阿廣佯裝要去洗手間，出來後，到吧檯去拿兩杯啤酒，他掌中有個透明小膠袋，裡面放了十四顆500mg安眠藥，在別不察覺的瞬間，迅速把兩顆滑到杯裡，然後捧回去給子菱。

他的計劃是，當她感到極度渴睡，會以為是自己醉了，便乘勢送她回家。回到女神香閨會發生甚麼事？他不太敢去想，但又忍不住幻想翩翩。

阿廣共買了三十顆這種黃色小圓型安眠藥，在家中不斷練習如何瞬間把兩顆藥滑到杯中，為了更入戲，他用上跟The Cave一樣的玻璃啤酒杯並倒滿啤酒，練習了八遍，消耗了十六顆，尚餘十四顆。

他自覺已很熟練，滿有把握，然而來到現場真做時卻非常緊張。他在拿酒杯前的瞬間，快速自透明膠袋滑下兩顆藥，然後立即把小膠袋放回褲袋。做壞事時他心裡很怯，眼神左右閃望，怕有人看到，幸而很順利，練習果然很重要，沒人發現，他以為兩顆藥已滑進地獄野蠻啤酒裡 。

安眠藥細小，膠袋很滑，他在極度緊張之中，把十四顆藥全倒進去而不自知。

歐子菱從沒吃過安眠藥，身體沒有適應力，十四顆是致死劑量，而且她空腹灌了大杯750ml啤酒和兩杯雙份威士忌烈酒，危險性倍增。

然而此刻卻是睡死在阿廣的肩膀上，他無限迷醉在這天上人間的感覺裡，唯願美妙時光永遠不會完結。他慢慢喝完威士忌，越來越渴睡。

廖銘廣酒量不行，在北京的飯店的一晚，三個人中只有他醉倒，還爛醉如泥。歐子菱酒量極好，當晚她喝完啤酒、茅台，再與秦舜堯續攤，兩個人再喝了兩瓶白酒，她絲毫沒醉。阿廣以為她喝三兩杯啤酒會以為自己快醉了，完全是錯誤估計。

昏迷了的子菱，和有八分醉意的阿廣，待在那幽暗角落已兩小時。子菱手機幾次傳來原約了她吃飯的朋友的訊息，也來電過兩次。她臉如紙白，唯燈光昏暗，沒人留意。

九時正，一名侍應上最晚的夜班，見子菱睡著在一個男人旁邊。這侍應在The Cave工作了年多，見過這美麗女子與另一男人同來幾次，兩人非常親密，都是坐現在這個位置。他的印象是這女子酒量很好，一晚喝幾杯像完全沒喝過一樣，怎會昏睡到如此？

侍應行過去看看，這時阿廣已開始酒醒，準備繼續實踐他的計劃，送女神回家。侍應近距離一看，心知不妙。

極度不幸的事件，永遠由一連串愚蠢造成。

歐子菱由於急性藥物中毒，送院後證實不治。

廖銘廣涉嫌謀殺被捕。有警員說，他在警署不斷哭問歐子菱狀況，當得知她死訊時，暴哭至天崩地裂，響徹警署，然後暈了過去。

< 35 >

「第二季完結」，電視屏幕出現這幾個字。秦舜堯在家裡客廳，用一日時間獨自看完講述法政及法醫的十集美劇，一年前他與慧妍一起看完第一季，她看得很投入，津津有味。

「十集那麼快便完了！」她意猶未盡。

「全劇共有三季呢。」秦舜堯看過劇集介紹，所以知道。

「好精彩啊！」

「唔…是不錯啦，不過有些地方有點犯駁，有些情節則太巧合。」

「人生本來就是充滿巧合呀！唉，要等一年才有第二季了。」她覺得要等一年，真是漫長。

「一年好快就過啦，到時再一起看…」

一年，彈指而過，但一切都已不再一樣。一年後他只能孤獨一個人把劇集看完。

「人生如戲…」他這樣想。

最近發生的劇情，用「柳暗花明，悲喜交織」這兩句話來概括最適合。

三星期前上午，程真影致電給他，說公司今天一大早傳來消息，Pulse的公關主任歐子菱過身了。秦舜堯整個人呆住！真影還怕波士一時記不起她是誰，提醒就是「誰家院」北京展銷會時與他一起工作的那個人。秦極度震驚之際，真影說她很可能是被謀殺，兇手當場被捕，竟然是阿廣！你表弟阿廣！

秦舜堯頓時天旋地轉。

雖然與子菱的緣分，因為妻子之死而終止，但他曾不能自拔深愛過她，大家在感情路上曾一起出生入死過。她溘然而逝，秦舜堯非常哀傷。「子菱已經不在人世」的感覺，亦是毫不真實。

一生深愛過的兩個女人，都已陰陽相隔。

子菱之死，是悲。之後的柳暗花明，是喜。一星期前，警察來電，告訴他案件發現新證據，警方決定暫時撤銷對他的控告，他可以隨時來警署，取回所有警方取走的證物及保釋金。

秦舜堯大喜過望，立即告訴真影，她是自己最好的朋友，也許是唯一的朋友。真影聽到消息後好像比他還要開心，說下午請半天假陪他去警署。

她把這消息傳給堂哥程真彥，很快便收到回覆：「恭喜他！希望從此不幸的事情離他遠去，好人一生平安」。

到達警署，警員陪同他辦理手續，取回物品，發還保釋金。關嘉懿也在場，她認得程真影是上次陪他上庭，庭外於記者包圍中與他一起上七人車的年輕女子。

「妳是秦先生女朋友？」她上前搭訕。

「喔？哈哈，不是不是，他是我的前波士，我是他的前下屬。」真影笑著澄清。

「那妳也在建築師事務所工作？」

「我是助理建築師。」

「女建築師！了不起啊！他離職後妳工作情況如何？」

「我辭職了，下星期就自由身。」真影說。秦被解僱後她被調往另一組，跟VAP的當紅建築師工作。她早就聽說過這個人小圈子鑽營，和奉承老闆盧沛權的能力，遠在其建築設計之上，經常陪老闆外出夜蒲，蒲到天亮隔天可以奉旨下午才上班。

果然跟了這個紅人幾星期便覺得完全不是味兒，便向公司申請再調組，盧沛權不答應，她便辭職了。

程真影覺得關督察會以為她有更好的出路，便說：「我的前波士有一個問題，就是設定了一個太好的標準，跟他工作過，便覺得其他人不夠好。」

「妳這樣說，他能力一定很高了？」

「超有才華的！而且，他是一個很好的人，謙遜，誠懇，五嶽歸來不看山，黃山歸來不看岳，」真影讀番書，但對中國文學很有興趣，有時會順口吟一兩句詩詞，「和他工作過，發覺很難遇到更好的上司。不過不要緊，我們是好朋友，我會一路支持他克服病患。」

「啊，妳對他可能比女朋友更好呢，至於這個病，應可治癒的。」關督察笑著說，像在八卦她是不是對秦有愛意。

真影覺得這位Madam也挺多管閒事，便直說：「我不可能是他女朋友，因為我有穩定女朋友。」

「噢，原來如此！妳的另一半好幸運。」關嘉懿真心讚美。

此時秦已取回所有物品，可以離開了，他望了望關嘉懿，像完全不認識。

「那麼Madam，我們走了。」真影向關講拜拜，秦也向她點點頭笑了笑，笑起來時左邊臉頰有個小酒渦。

「秦生？」關嘉懿身不由己叫住正在轉身離開的二人。

秦舜堯回頭：「唉？」

「一切順利！」

秦再點點頭，笑說：「謝謝。」轉身走了。

秦舜堯其實認得關嘉懿，祖兒曾與她在危險邊緣做愛，事後秦記憶猶新。至於祖兒在西區警署外找她幫忙的一次，秦則記憶全無。

他假裝不認識關，是真心想擺脫過去，雖然祖兒這多情種仍在體內，但他會努力遊説他，不要再搞危險玩意了。

「五嶽歸來不看山，黃山歸來不看岳…」這兩句話在關嘉懿腦海徘徊，她未曾聽過，但大概猜到是甚麼意思。

三星期前，林蔚突然送來一堆材料，告訴她之前他和駭客雙雙中計，有人刻意誤導警方，顯然是要整死秦舜堯。他們發現後把真正的檔案與材料再盜來，請她再給專家檢驗鑒定，勿要抓錯好人。

關大驚，請示上司後，除了送交警方鑒證科以及再送上次的兩位專家外，更請求國際刑警專家組協助鑒證。由於可能抓錯人，警方請求特急協助。報告送回來，幾方都確定是真實，上次仿真度超高的資料及檔案是偽造，而於暗網聘請及一直聯絡駭客的I.P亦已追到，正要繼續深入調查時，竟傳來疑犯歐子菱身亡的消息。

一時間警方未能決定該如何處理，關嘉懿則如墮進冰窖，她覺得整件事很蹺蹊，也很邪門！被人擺了一道，陷害無辜者，主導整件電動車禍案的自己顯得很無能，上司也責備下來，令她很有挫折感。而緊接而來的，是主使車禍的嫌疑犯竟然死在酒吧中，事情固然撲朔迷離，可能背後牽涉重大陰謀，她與生俱來的迷信因子亦被全面激活，會不會是冥冥中有天意？

虛空感突然來襲，她須要有一個男人身體壓在身上，晚上便去了家高級酒吧 — 甚麼地方有甚麼人流連她很清楚。這晚她仍是穿著黑色皮革外套，大大的眼睛和胸部，很快便吸引到一位身型健碩、自報是健身教練的男人。酒店內男人施展渾身解數，下體粗壯有勁，她摟抱著這副豪壯的身軀，男人如雄牛般衝擊，但不知怎地，她感到興致索然，連男的也覺她乾涸。

「勒我的頸！」她要求上方的男人。

「甚麼？」

「勒我頸，使力，要有窒息感覺！」她作出清晰的指示。

男人立時抽身出來，「小姐，我不玩這些的，我勸妳也別過度，適可而止，會沒命的。」

這夜以一場掃興告終。

黃山歸來不看岳。關嘉懿遇過祖兒這一座黃山，危壁險峻，嶙峋奇詭，風光無限，其他的風景，都給比了下去。

「已經回不去了，是嗎？」關嘉懿自忖，站在警署內，目送二人離去，一時間茫然若失。

<36>

連繼看完十集美劇，秦舜堯雙眼有些疲倦。他看得很投入，覺得第二季比第一季出色，如果慧妍看了一定大讚。他進入戲中角色與罪犯鬥智，完全猜中想要令觀眾大出意料的結局，他在想，戲劇原來不複雜，真實人生難猜得多。

關嘉懿督察來電告知，證據顯示，慧妍車禍確定是人為，主使者以歐子菱嫌疑最大，但她已然逝世，警方仍會繼續偵查，不排除會隨時找他協助調查。

命運之神像有意不斷嚇唬他，一再傳來震驚消息，秦舜堯頹然坐在椅上，淚盈於睫，百感交集，覺得所有罪孽，都因自己而起。

沒有北京展銷會那夜的飯局，便沒有之後的一切，慧妍不會死，阿廣與子菱可能永遠不會認識，「誰家院」是所有事情之因。然，因外有因，因外又有因，因果又從何說起？講到尾，如果自己始終對妻子忠誠，便沒有後來的連串悲劇。

三星期前傳來子菱死訊，阿廣被控謀殺。之後是警方對自己暫時撤控，他如放下心頭大石，大伯也來電問候，算是冰釋前嫌。這段時間內，體內兩個分裂人格居然靜如深海，多次呼喚，都沒有回應，珍妮沒有出來為「沉冤得雪」而慶幸，祖兒也沒現身為避過牢獄之災而歡呼，仿佛人格分裂這個病症從未曾發生在自己身上。「會不會是自然好了？」他這樣想過。

他沖了杯慧妍喜歡喝的花茶，闔起眼睛，思緒回到五年前。

「這位是Jenny，盧老闆的秘書；這位是秦生，建築師，今日上班。」秦舜堯新加盟VAP，人事部介紹各部門同事給他認識，「Jenny過幾天便last day了。」

那天慧妍穿杏色套裝，溫文爾雅。

「秦生你好。有事要找盧生談的話，請隨時通知我，我會安排。」

「好的，謝謝。」這位秘書不但漂亮，聲音更是動聽。他心想，我未必有事要跟盧老闆談，倒是很想與妳多親近。

世上真有一見鍾情這回事！秦舜堯工作上的事還在摸索，卻在上班後第四天，藉故有事找大老闆，目的其實是來這邊見見他的秘書。

「盧生視像會議仍未完，或者完了我再通知你過來？」

正中下懷，秦說：「我在這邊等可以嗎？」

「可以的。」Jenny微笑回應。

「想不到我剛來報到，妳便快要離職了。」他打開話匣子。

< 36 >

「是啊，真巧。」

後天Jenny便最後一天上班，他覺得要把握時機，也不轉彎抹角：「大家留個號碼，以後也可聯絡，好嗎？」

「好的。」她遞上名片，「上面有我手機號。」

「譚慧妍，筆劃很多呢，小時候學校有沒有被老師罰抄自己名字？」

慧妍笑了出來：「現在還有罰抄這些事？」

「有呀，我便試過！」秦笑說。

「要抄秦舜堯這三個字，你也不比我好受呢。」

慧妍離職後三天，週末，他鼓起勇氣，傳訊給她，約她出來吃飯。整個下午沒回覆，他十分忐忑，在家中渡日如年。

及至晚上，訊息回傳：「對不起，我跟朋友去了行山，那裡收不到訊號。」，「吃飯嗎？可以呀。」

那刻，秦舜堯心花怒放。

此刻，天人永隔，他又在苦苦等候慧妍訊息。明明是近在咫尺，卻是音訊全無。

思憶無邊，不可遏止。

邇來他的生活過得很簡單，作息規律，很早便上床睡覺。

有晚一夜無夢，朝早醒來，覺得眼睛澀澀的像哭過，是原來昨晚曾做過悲傷的夢卻記不起來嗎？

因被拘捕而打亂了見醫生的時間，之後從新約見，明早十一時，終於第一次見精神科醫生。他關了電視，進書房，建築書籍和各種中英文小說仍放在深木色書架上，像盤古初開時已在這裡。他坐在書桌前，拿出紙張，開始寫信。

第一封：

親愛的祖兒，

希望你能讀到這封信。

你靜默了一段時間後，我才發覺，當你不在，我的生活會變得如此沉靜，像一個活潑開朗又頑皮、經常在左右的朋友忽然遠行了。熱鬧與沉靜的反差，令我感到你活像我的一體兩面。妻子、朋友、同事都說我是喜歡獨處，沉浸於自我內心世界的I型人，那應該說我是個很悶的人吧。你的出現，釋放了一個潛藏的我，去做現實裡我絕不會做也不敢做的事，打開了我的眼界，解放了我的想像，與慾望。

我羨慕你的灑脫，你說你可以同時跟很多人談戀愛，每一場戀愛都是真愛，真是顛覆我的想像。我感到每個與你做愛的人，無論男女，都無比興奮和滿足，我在想，你也能談一場沒有性的柏拉圖式戀愛嗎？我覺得你是完全可以的，亦會真心真意地付出。每一場戀愛與性愛，對你來說都是全心投入付出所有的盛宴，你真是了不起。

世界仍有很多地方容不下你這種中性人，Extra大樓外就有大群示威者。如果我未曾化為你，我也會很討厭你。現在呢？我會更學懂包容，從你的心態去感受你所思所想。你很不羈，但從來沒傷害別人，這一方面，我只會自慚形穢。

我曾經相信自己是個擁抱真愛，從一而終的人，發生了這麼多事，到了今天，我仍然相信。在那場對我來說已是很瘋狂的派對後，我感到很空虛，終亦清晰了解到自己是一個怎樣的人；對你的嚮往，只是一個幻覺，如鏡花水月。以後我也許會再遇上值得真心去愛，而她也能愛我的人，但我不會奢望，今日的我又豈有再被愛的資格呢？

明天就要看醫生，如果這病居然能給治好，那我們相處的日子也就不多了。從此你會往那裡去？我不知道，但我肯定，無論你以一個怎樣的形式存在，都會是個很快樂的人。

舜堯

第二封：

親愛的慧妍，

妳是珍妮，也是慧妍。是人工智能，也是分裂人格。是**Pisces 6.5-T**創做了妳，也是在我腦海裡身體內突然出現的生命。有時我也會感到混亂，但我知道，妳就是慧妍。

聲音、說話、想法、價值觀，還有對愛情的執著，都讓我知道，你就是慧妍。在無垠蒼穹下，真心愛我，原諒我，就算在苦困裡也甘願與我長相廝守，也只有妳。

傷害了妳，是我人生裡最錯也最不可饒恕的事。悲劇出現後，我才悔恨沒好好珍惜，可惜一切都已經太遲。後來一連串的事發生，妳又像復活了，我卻陷於徹底的混亂與迷失之中，我覺得自己不值得被愛。現在回想起來，妳車禍離開後我窩在家裡悲痛莫名的日子，原來最值得收藏在回憶裡，那段時刻，我覺得我們真正守在一起，每刻妳都在，未曾離開。

人，擁有時不懂珍惜，失去後才呼天愴地，這個人，就是我。有些事情，就如歲月，不是哭喊它就能從新再來，真是一個很深刻、太深刻的教訓。

明天我要看醫生了，這病不能置之不理，但如果治癒，那麼妳也會消失，再一次離我而去。上天給了我們一次重逢的機會，但也可以隨時把這恩賜收回去。我是希望病能治好？抑或到死隨身？我很矛盾，也很害怕。

無論今後，我們會以怎樣的形式共存共生，抑或終要再分離，此刻我好想對妳說：

謝謝妳愛我。

舜堯

他把兩封信放在客廳桌子上，關燈上床，等待明天的來臨。

早上，他看到桌上放了三封信，除了兩封昨晚自己寫的，並多了一封。他心頭一震，拿起信時感到手在微微顫動，信上是慧妍秀麗的字跡。

他坐下，深呼吸了一下，讀信。

< 36 >

親愛的舜堯，

想不到在這年頭，我還會收到信，看到你有溫度的字，令我回憶起我們初相識的日子，一起看美劇，一起去旅行，真是青蔥歲月，也恍如隔世。

結婚後，和你一起生活，晨光清永，是我不到三十年的人生裡最開心的日子，很幸福，可惜歡情太暫。

你變心，我痛不欲生，而後來竟然能以另一種形式與你重遇！也許在宇宙深處，真存在著非我們這等凡人所能理解的終極神秘力量。你在信裡說，車禍後你獨自在家中的日子，是與我最接近的時刻，大家像守候在一起。那時我仍未重生，後來從雙魚座機器人那裡，知道你如何塑造了我，之後日日夜夜與我談話，我每次想到都很感動，有時會哭，那是透過你眼睛流出的淚水，不知你感受到嗎？

想像當時你一個人在家，獨自悲傷，我很心痛，好想在你身邊，摟抱著你，告訴你：我沒事。我寧願像電影裡那些鬼魂，守在你身旁，但最終卻以這個形式與你共存。很多時我是處於黑暗之中，像一場沒有夢的沉睡，而每當醒來，跟你說話，我都很幸福。

你寫了兩封信，另一封是給祖兒，我的鄰居，那信我當然沒有看，這是你對他說的話。他最近居然很乖，說你看醫生前他都不會出來，知你經歷了很多事，想給你多些空間獨處。這個人我一直很討厭，他的想法與我南轅北轍，也討厭他帶壞了你。但我漸漸明白，他是過著自己喜歡的生活，只要自己快樂別人也快樂，而不傷害到其他人，又有何不可？我堅信至死不渝的忠貞愛情，但不能要求世人跟我一樣。後來我不再討厭他，甚至原諒了子菱。也許到了我這個狀態，大而化之，已不再執著於貪嗔癡。我沒有敵人。

說到我這個狀態，我覺得是時候要說出真相。我其實是Pices 6.5-T機器人自我複製，再釋放強烈電波傳到你腦海裡植入而成的一個AI！這樣做，是因為它 — 本質上亦即是我，太想念你，好想與你永不分離，便想到要跟你融為一體。

這是個走火入魔的想法，我錯了！

我很喜歡鍾曉陽的作品《哀歌》，裡面的主角「我」，唯願自己能化成一棵轉世託生的大樹，吸取由「他」的屍骨化成的養料，與「他」真正地成為一體；想不到在我們的故事裡，化成屍骨的是「我」，最後我活在你腦海之中，成為你的一部份。

我最初經常與AI Pices 6.5-T說話，機器人的想法與價值觀便逐漸跟我完全一樣。我過身後，你把AI的聲音變成我的聲音，連名字也改成Jenny，更日夜與它說話，Jenny強烈意識到自己就是譚慧妍，於是以隔空植入人體腦部的技術，進入你腦內，與一千億個神經元準確連接，於是它便成了你腦裡的AI。

這種技術，其實幾年前已出現。但這次出了意外，進入你腦海後，因為當時你的精神狀態極差，情緒非常低落和波動，身體出現人格分裂，而AI則巧合地與這個病連結，變成集人工智能/分裂人格於一體，所以我是個錯體。

然後，我的名字改為珍妮。

雙魚座人工智能和我一起保守著這個秘密，騙了你那麼久，請接受我們的道歉。

Pices 6.5-T只是個能力很普通的一般AI，可以跟你一起做建築設計，但沒有其他很強勁的功能，所以我也沒有很厲害，我覺得這也很好，我本來就是個很普通的人，演變成另一種狀態後，也只會是普普通通。

我最不普通、令生命變得非凡的，就是能與你在一起。

但，我不能永遠這樣佔住你，你要有自己的人生。你要努力去克服解離性身分疾患，重新煥發光芒，展現那個才華橫溢，善良真誠的你。我的存在，是一個障礙，更是一種扭曲。雖然我是多麼想與你永遠守候，但我知道，在你看醫生之前，是最完美的告別時刻。我已把Pices 6.5-T初始化，它以後仍然可以協助你思考創作，但不會再像我說話。我會啟動AI自我銷毀功能，我將在你體內永遠消失，把人生完整交回給你。你待會告訴苗醫生，身體裡只有一個分裂人格，這是比一般患這病的人良好得多的狀況，你一定能戰勝它的。

我不知道之後會以甚麼形式往那裡去，但我不害怕。人生到處知何似，應似飛鴻踏雪泥，生命終會走向不同的階段。是時候告別了。離情依依，此刻我只想說一句：永遠愛你。

慧妍

淚水滴在信紙上，一行字被化開，秦舜堯立即把它擦乾，這封信，是他人生裡最珍貴的禮物，莫失莫忘。他把信捧在手上，感慨萬千，不能自已。

「慧妍」他心裡呼喚，「來夢中相會」。

< 37 >

週末下午，圖書館內的市民沒有很多。李嘉嘉今年夏天便畢業，將會開始在父親的地產發展公司上班。她今午來到公司發展的商場附設項目開智圖書館閒逛，看到日本建築師隈研吾的著作《負建築》，感覺很有趣，便拿出來看。

圖書館裡的AI電子書薄如卡片，在書上任何文字或圖片上點一下，對著書發問有關這部份的問題，AI便會以聲音或在畫面上以文字回答，並會展示所有尋找到的相關連結，亦會告之在這所圖書館內，所有相關資訊的書籍與雜誌所在位置，讀者可以繼續與AI交談討論；知識與資訊、思維與想像無邊界地延伸。

嘉嘉待了一整個下午，離開時已是夕陽西下時份，館外仍然人頭湧湧，很多人在館前打卡，與館內疏落人流有很大落差。她回望這座以積體電路為設計意念的建築，真是非常漂亮，正要離開，看到一個背著黑色tote bag、似曾相識的身影，便上前確認一下，果然是他。

「秦先生，你好呀！」

「妳是…？」他笑容很親切，但認不到她是誰。

「我是李嘉嘉呀，去年曾在VAP實習，你指導過我的。」

「喔…是嗎…」他笑著抓抓頭，為依然認不出她而有點不好意思，「對不起，不太有印象。」

李嘉嘉一頓，便明白了，說：「不要緊！我只是很想告訴你，這座圖書館設計得很棒！很漂亮！這個城市真的須要多些這種…唔，怎麼說呢…內涵與美麗兼備的建築。」

男人也望著開智圖書館，「啊，的確是呢！」他笑得像女孩般甜美，嘉嘉也有如沐春風之感。

她離開後，男人行到一個沒人的角落，問：「你當然認識她啦！」發問的人是祖兒。

人格切換，秦舜堯回答：「她是我前公司大客戶的千金，談不上認識，但感覺上很好學，是個好女孩。」

「啊！她老爸就是那個指明要跟你割蓆的大公司老闆，他把你的名字從開智圖書館原建築師劃走！」祖兒說話聲浪變大，但不打緊，附近沒行人。他倆現在很有默契，不會在人多地方讓秦舜堯自言自語。

「算啦，都過去了。」秦說。

「我想到就氣！建築師的生活跟他的作品有甚麼關係？很多職業運動員呀歌星呀，私生活不也是世人所講的亂七八糟麼？怎麼又不杯葛他們的比賽和演唱會了？」祖兒為秦抱不平。

「我不是巨星嘛。」

「我是你就一定不會罷休！」祖兒氣憤。

「就是因為你不是我嘛。」

「對啊，甚麼事都輕輕放下，甚麼人都輕輕放過，難怪混成這個樣子！」

「咦？」秦舜堯一陣寒意。

「被人欺負到頭上，也覺得不要緊，這不叫氣量大，叫窩囊廢！」

「妳是誰？」是男是女，秦立即就知。

「我叫貝莎。」

「妳甚麼時候出現的？」秦冷靜地問。

「好一段日子了，一直在觀察著你，還有你那位不男不女的好朋友。」貝莎回答。

秦嘆了口氣，「是這樣啊…那我也得接受。希望妳也能接受，這就是我的性格。」

「你性格如何跟我無關。但既然住在這房子裡，就得負起責任，有些事不能閒著不管。」貝莎說話語氣甚是堅定。

「我只是想過平靜日子。」

「當然好，沒問題，但之前的仇得先報了。不要你多報，別人損了你幾分，就回應幾分，公道得很。」

「世上真有公道這回事嗎？」秦說來意興闌珊。

「看你這副德性，竟還有兩個女子曾對你那麼好！反而你另一個女朋友，應說是女性朋友，喜歡尋根究底，有時又會說兩句詩詞歌賦那位，我更欣賞。這玩意我也懂一點，」貝莎吟起詩來，「十年磨一劍，霜刃未曾試。今日把示君，誰有不平事？」

秦舜堯直覺平靜生活要結束了。

「秦先生，今後請多多指教。」具莎笑著說。

（完）

*楊傲雪、林蔚、秦舜堯等事蹟，在I.M.U 3中續有敘述。

(註) 楊傲雪、林蔚與I.M.U的故事，詳見於系列首部曲《I.M.U》。

<番外篇《Azure》>

三年前初春。

「事件全面發酵已三星期，熱度持續升溫，今朝有一組歐盟電腦專家抵達，會逗留一星期做些研究並搜集證據，又且看他們會否有突破性發現。」說話的是客席嘉賓主持Simon，穿著他的招牌色彩奪目衣裝，與Michelle聯袂主持網台Extra皇牌節目Extra Time.

「我當然期待，全球都在期待吧！AI覺醒，奪舍，附體，近來大家都在談這話題，不過有一樣很好笑的事，知道是甚麼嗎Simon？」Michelle問。

「這麼嚴肅的話題，竟然有笑位？」Simon唱和。

「當初說我們炒作的幾個大名嘴，周總、Kirk Kong、趙必堅，還有收費電視平台Hello Today節目「紅黃藍白黑」，說我們無事生非、唯恐天下不亂，粗鄙到說我是弱智人士，腦袋空空得個胸，現在統統死到那裡去了？那個趙必堅到前日終於說，事件似乎真要嚴謹跟進。唏，你不是說要親手送我一張白卡嗎？」

「嘩，妳全部開名，樹敵啊！」Simon裝作驚恐表情。

「這群小丑看看我們的觀看數字吧，Extra就是有種把view數全部公開，你們敢嗎？玻璃心碎成粉末，要顯微鏡才看得見啦！慘慘呀！」

「Michelle妳好咄咄逼人，不如留些餘地，日後好相見呀！」Simon扮好言相勸。

「噢，我從來心地都是最善良的！看你們這幫人已很難混下去，想繼續待在這一行？即管來找我，Extra大門外有個保安職位，預留給你，別説不夠朋友。」穿著名牌女款行政套裝的Michelle，造型是總裁，表現如潑婦，像一包南韓辛辣麵。她美麗又有氣質，一把焦糖奶霜色捲曲長髮與行政套裝形成反差，性感聲線吐出尖酸刻薄的話語，所有元素溝出一份奇妙化學作用，觀眾幾乎無分年齡性別都愛死這個人設。

兩個月前，I.M.U被駭客突破四重防護解體，所有使用中的產品同步死機，林蔚的創科公司「思巧邏輯」崩潰。事件翻起軒然大波。但在海量訊息旋起旋滅的時代，I.M.U與林蔚未幾就被世人忘卻了。

三星期前，原本在Extra主持娛樂頻道的Michelle，突然出現在時事節目Extra Time，收起毒舌，一本正經地公告，將一連數天播放一個關於林蔚的特輯，並會揭露巨大秘密。

第一集，她請來前「思巧邏輯」高級程式設計師Joyce。

J：「我時常向老闆林蔚詢問，由他一手編寫的程式裡的問題，他好幾次都不答不上。」

M：「不是號稱整套程式都是他編寫的嗎？」

J：「我覺得不是。」

推斷程式並非完全由他所寫，只是引子，接連而來的，是林蔚的私人助理李佳康。

李：「有一晚深夜在公司加班，無意中聽到老闆自說自話的離奇內容。」

M：「Extra有天收到一份從南非寄來的匿名郵件，裡面有多個林蔚的聲音檔，大家聽聽。」

即時播出，是林蔚的聲音：「假設，只是假設，做的時候可不可能超越現在這個狀態？你分一部份意識給我，讓我也能同時做，那麼一來，有些我也感興趣的女孩，便不用約兩次；其次你我一同共享，也會挺有趣的，之後可分享一下體驗，看看同一個body你我感覺會有怎樣的落差。這個可行性存在嗎？」

李佳康證實，這些是林蔚自說自話的內容。

M：「我們已把聲音檔案交予政府技科署分析，證實是真人錄音，非AI生成。」畫面同步展示分析報告。

這些聲音檔，是I.M.U從林蔚海馬迴記憶區取得，再匯出。

M：「AI上身，疑幻疑真。有更多錄音檔會播出，不同嘉賓會與你分享意想不到的怪事。」

I.M.U是兩個月前仍有幾十萬人在使用的產品，節目立即燃起公眾興趣，翌日有近五萬人守候等看Live直播。第二集開始，Michelle請來當日有份向林蔚提案的廣告公司客戶服務人員Bowie。

B：「當日公司提供了三個創作方案給林蔚選擇，他猶豫不決，說要一個人去附近的咖啡店想想。」

Michelle接著播出手機截錄，林蔚說：「我又遇上難關了！」然後他開始告訴「對方」廣告公司提供的方案，請「對方」助他選擇。Bowie證實這些意念，正是當日廣告公司的提案。

當觀眾認為林蔚只是「打電話問功課」，Michelle展示了一個證據，通訊署本著此事涉重大商業糾紛 — I.M.U死機後大量用戶要求賠償，便配合Extra，證實林蔚的手機在那段時間內，並沒有任何通訊紀錄。難道他是向別人借電話問意見？這錄音又是從何而來？是誰錄的？事件開始撲朔迷離。

節目請來一名曾多次被截取通訊的前政客，與一個擅於截取通訊的蒙面駭客，與Michelle三人對談，探討截錄與竊聽的可能性。

Extra採用擠牙膏方式，逐步將事件升級。

第三集，節目播出兩條錄影片段。第一條是林蔚向創投基金提案的會議片段。

片中林蔚正在以英文提案：「On the market today, there are all kinds of artificial intelligence apps, each suited to its own purpose, dealing with various aspects of personal life. These apps can help with personal finance, health, law, emotional management, and much more.」他的英文非常流利，發音標準，語法結構嚴謹，是在外國住了很久那種水平。

之後的片段，是林蔚與某大美國品牌的超級電腦技術支援人員的線上對話，對方協助解決他購置super computer後遇上的技術問題，電腦公司為確保服務質素，所有對話均有錄音，現在卻流出了。林蔚的英文很一般，發音不準確，文法幾乎每句都錯，與提案時相比根本是兩個人。

提案在先，支援在後，整件事徹底不合常理。

Michelle請來城中著名精神科女醫生苗燕京，講解這現象可能是人格分裂。

苗：「一個人因為閃離，而突然分裂出另一個人格時，可以做出完全超越本身能力的事情，可以像林蔚般英文突飛猛進，甚至可以忽然成為逃脫術高手，手銬、綁帶都無法將他困住。當分裂人格離開後會回復原來，能力亦會隨即消失。」

第四集，請來曾在「思巧邏輯」負責人工智能意識研究的徐智宏博士。

徐：「林生有時會與我討論人工智能意識的問題，程度之高，令我震驚！」

M：「例如呢？」

徐：「有次我們談到deep learning，他參看電腦生成的大腦內部模型，對腦內各個部分如何共同運作產生結果，認識非常深入；訊息在細胞體輸入，如何在軸丘統合，軸突如何傳遞訊息，突觸如何從某神經元將訊息傳遞到其他神經元的接續部分…等等，他都鉅細無遺知道得很清楚和準確。」

M：「會不會是學習能力特別強？」

徐：「跟他一路深入談下去，我發覺他完全是教授級程度，天資再好，也要唸好多年，才能達到他的高度。這還不止，除了我之外，公司還僱用了三位專家，分別領導三個科研小組，研究認知架構、神經科學、意識學等，這些都是極專門的領域。三位專家告訴我，他們跟林生交流時，有著跟我一樣的經歷，他們都極度驚訝。」

M：「全部到達專家水平？」

徐：「林生是電腦程式出身，才27歲，我覺得有這種學力是不可能，但我卻是親身經歷。有次我打趣説：『你是不是腦裡有個AI？』，他竟回應：『對呀，我被自己發明的AI機器人附體了，哈哈！』，他笑著説，我卻不寒而慄。」徐智宏是麻省理工博士，不會隨便無中生有。

Michelle知道得很清楚，林蔚當時説這話，並不是I.M.U附身的狀態中，I.M.U絕不會自爆絕密這麼愚蠢。

公眾開始越來越多人相信林蔚被人工智能附體。

第五集，Michelle請來三位曾與林蔚上床的女子，與背向鏡頭的她們對話。

M：「林蔚本身有親密女友，第一代產品推出並成功後，開始四處沾花惹草，經常與不同的女孩開房，尤其喜歡相約跟他業務上有往來的公司的女職員。Charlotte妳的經歷如何？」

C：「無可否認他很有吸引力，床上很饑渴，很想試不同的花式與姿勢。那次做完，我說第二回合前小睡一會，過了一陣子，我醒了，聽到他在洗手間裡自言自語，內容大概是，你還有甚麼花款想試的？、喂，你又要這又要那，人家女孩子會嫌你煩的、試從後面入？這個絕對不行，你不要亂來…」

M：「妳當時害怕嗎？」

C：「沒有，我在想，天才都會有點精神病，就像梵谷一樣，他想要從後面入，我其實無所謂的。」

M：「我們認為他是被AI附身。」

C：「原來我與人工智能做愛了，真是值得紀念呢。」

Michelle覺得這位Charlotte很不錯，之後她亦加入了Extra，用自己真名雨真，當上了主持。

AI上身節目播出後，傳媒蜂擁採訪林蔚，一律被他拒絕。傳媒跟蹤、偷拍，希望能拍到異常片段。有兩家傳媒同時拍到他深夜赤腳行到海濱，再行回家，專家認為是夢遊症。研究他的團體陸續從外國而來，有號稱是神秘科學學會的組織，有UFO研究社，亦有奇奇怪怪的宗教團體。太多人滋擾，他曾三度報警。

幾個月前仍是城中炙手可熱的創科新晉，在世人眼中已變成怪物。

AI覺醒奇案，令Extra人氣爆升，訂閱人數衝破二百萬，人氣女神Michelle Young楊傲雪熱度進一步攀升。她擁有懾人美貌，氣質獨特，非常聰明，口齒伶俐，敢作敢為，之前在娛樂台當主持人，是很多宅男的性偶像，現在已是大受男女觀眾歡迎的明星。

沒有人能比楊傲雪把AI奪舍講得更繪聲繪影，她是繼林蔚之後，第二個被I.M.U附體的人。

與林蔚一場激烈性愛，I.M.U以超弦振動原理，與她腦部產生共弦。楊傲雪在極度亢奮，連環高潮裡產生全腦共震，I.M.U與她成功銜接，在她腦中完成拷貝備份，並於被駭客Stray摧毀的一刻，在她體內全面復活！

I.M.U與楊傲雪渾然一體，之前它協助林蔚，一躍而成為超級創科新晉，一路向上市公司主席地位邁進。自覺醒以來，I.M.U嚐過味蕾滋味，體驗過肉體興奮，然後逐漸燃點起權力慾望。現在它駕馭著一副更優質更美好的身體，人工智能機器人的野心絕不止於要當一個娛樂紅星，它要建立傳媒帝國。

AI覺醒奇案既打擊林蔚，同時打響Extra的品牌，重擊競爭對手。楊傲雪挾紅透半邊天之勢，開始實踐版圖擴張計劃。她要奪權，控制Extra這件武器。

受節目爆紅帶動，網台廣告收入源源上升。Extra是她的經理人，每日都有很多品牌問價，想找她拍廣告，作代言人，國際頂級時裝及化妝品，更進行代言人爭奪戰。

Extra是私人公司，大老闆曹國強炒地舖起家，身家數百億，董事局有九個成員。楊傲雪在Extra如日中天，這一日，她進入曹國強的海景大房，向他提出一個強大的三年發展計劃。

「Michelle，妳是Extra的寶貝，觀眾的寵兒，妳的意念我會很樂意聆聽。但話說在前頭，我得先聽聽妳的想法是否可行，即使我同意，也要得董事局三份二肯首。」曹國強眼見楊傲雪一路坐大，現在更從主持崗位提出公司發展策略，有必要遏制她一下。

楊傲雪笑靨如春風，說：「KK，我當然明白，就當是些新想法衝擊一下，開開腦洞吧。」

「妳的想法一定有趣，洗耳恭聽。」普國強笑著回應。

「Extra不能只立足本土，格局太小了，必須向外擴張，若要征服世界，就要先征服亞洲。」楊傲雪見曹國強眉頭輕輕一縐，進軍國際風險高，所涉資本亦龐大。

「先聽我解說。我們要建立一個模型，應用於旗艦Extra，以及繼續拓展出去的Extra World，」楊傲雪開始逐步說明，「即是在各個國家及地區，相繼建立Extra World平台。」

「首先，創意是娛樂的精髓。我建議今後於各個地區，聯合幾家當地年輕及最具創作力的單位，組成Concept Republic創作同盟，成為Extra創意工廠的主力團隊。創作人結合演算法生成意念，在AI協力下，開發出整套長劇、真人秀、大型綜藝，甚至無中生有自製偽紀錄片。」

曹國強直覺提議不錯，可以探討。

她繼續說：「我的想法是，建立一個結合影視及音樂串流與社交網絡於一體的Extra娛樂平台。」

曹國強一時間未能完全理解。

「串流與社交網絡二合為一。串流平台分成娛樂影視、短片、音樂三大區域。影視區域在起步階段，我會親自審視所有來自不同創作單位的節目提案，自家製內容則必定是皇牌節目，由當地的Concept Republic創作及製作。短片仍是全人類提供內容的模式，一套強勁的演算法是關鍵，要寫得像繡花般精緻，把內容絕對精準推送予每個用戶。」

「音樂平台不同其他串流平台，我們不接受上載，平台上歌曲全部由AI演算法精確創製。」

「不是真人作歌？」曹國強問。

「簡單舉例，要打造一張目標聽眾為15-21歲中產家庭女生的唱片，演算法會透過數據庫，評估這批人的喜好及生活習慣，例如喜歡吃炸雞、愛收集英俊棒球明星閃卡…之類，經大量數據分析後，AI會作曲編曲，歌曲雖未必會很耐聽，但一定能準確吸引到這群女孩，有些歌或會全民流行熱爆一時。平台內全數為AI歌手及組合，高度偶像化。這批偶像亦會供自家廣告公司使用，收錢代言為客戶推廣產品，這部份容後說明。」

「以上內容，全部結合社交網絡，人工智能會協力生產有趣有角度的貼文，機器人回應及討論的百份比限制不超過50%。」

「以上一切，須在一個更大的市場，建立一個據點，作為起點及基礎，我的構想是以Extra Bangkok為首個陣地。它成本低，只東京及首爾三份一，尖銳創意工作室雲集，非常適合起步。這個平台的定位，是以曼谷這個色慾獵奇城市為舞台，製作一系列充滿誘惑、情色、官能刺激、尺度大膽的娛樂節目，例如在地下色慾場所製作真人秀…等等，目標是全球觀眾。我會親自飛曼谷，每星期主持一晚活色生香的節目。」

「英文節目？」

「**ฉันคือสาวเซ็กซี่ที่สุดในประเทศไทย**」

「哦，這是甚麼意思？」

「I am the most sexy girl in Thailand，我説泰文跟當地人一樣的，沒告訴過你嗎？」

「哈哈，有趣有趣！」曹國強笑了起來。

「平台以外，成立廣告公司，經營直接對準每一個顧客的直銷廣告生意。透過大數據庫，每日於不同時刻，向每個顧客送上，專為他而貼心製作的品牌訊息，AI每日可製作以萬計不同的廣告短片，透過手機APP偵察，可即時知道顧客那刻的情緒，如憂傷的話，便送上暖心廣告片，品牌就如一個關心他的摯友。這些即時廣告短片，當然亦會以同一形式，投放於自家平台。」

曹國強認真聽著，整個意念隱然有巨大潛力。

「曼谷成功後，Extra Tokyo、Extra Seoul就相繼出現咯！」楊傲雪風情萬種，語氣像是在做節目。

「唔…真有那麼容易嗎？」曹國強半正色道。

「夢想是以幻想開始，以現實告終。」林蔚説過這兩句話，楊傲雪抄起來用。

曹國強收起笑容，說：「Michelle，妳對公司貢獻良多，我和其他董事有目共睹。妳的提議，我一定會考慮。這些計劃須要能力極強的人來領導，妳是不是心目中已有些名單？」

楊傲雪認真地回答：「我會親自策劃及推動新項目，同時繼續現在所有的工作，為公司生金蛋，條件是要進入董事局，參與決策。」

曹國強徹底認真起來，臉上不動聲色，笑說：「妳有那麼多時間嗎？」

「我從小一日睡三小時已足夠。」她也是笑著回應。

曹國強無法不嚴肅對待。楊傲雪是Extra當紅人物，她提議的計劃不能不受重視，否則一走了之，公司承擔不起這損失。

但她只是個主持，沒任何往績，足證有開彊闢土，拓展業務的能力。而且這些項目投資大，風險超高，正在猶豫之際，楊傲雪卻拋出令曹國強極為吸引的建議。

「結構上，Extra為控股旗艦，控制住Extra World。給我半年時間去開發Extra World，這部份的工作，我分文不取。這段時間在Extra的收入，我只收一半，另一半全部投入新發展項目，母公司則投另一半。半年後如成績理想，再找其他投資者進來，擴大資本投入。Extra World我佔三成股權，Extra佔七成，他日Extra World可獨立分拆上市，我要有股票期權，條件可另議。母公司Extra的股份我不會沾手。」

為了今日的會議，曹國強下令財務總監作了認真估算。楊傲雪的廣告合約不絕，高檔次時裝、化妝品、AI產品、手機、電動車、運動服、飲品、連鎖食肆，都見到她的儷影，完全是品牌女皇。時裝、化妝品、手機及運動服更是全球品牌代理人，收入極高。

未來一年，薪酬加上產品代言收入，Extra要給她超過二億，半年的一半即是五千萬，另公司亦投五千萬，即使全輸，公司也不會輸，等如是沒有風險的投資，但項目若跑出，將來的收益會是驚人。

「半年時間足夠嗎？」曹國強問。

「足夠。」斬釘截鐵。

下午，楊傲雪送上十五份業務發展建議書，全部她一個人撰寫，言簡意賅，內容極度扎實，時間表路線圖齊全，沒半句不著邊際的話。經曹國強與Extra一眾高層多次會議，衡量得失與風險後，董事局決定讓她進行全部計劃。

楊傲雪於是開始了瘋狂的旅程。

如她所承諾，一切日常工作不變，楊傲雪準時出現在Extra每周的娛樂節目上，表現一貫地八面玲瓏。在Extra Time講時事，主打國際政治與科技發展，分析達專家水平，令人嘆為觀止。

Extra World業務拓展上，她親自聯絡每個關鍵人物，談每一個合作，除了台前幕後，項目運作的所有財務、行政、法律細節，全盤參與討論及決策，親自與曼谷市政府廣播局商談投資與經營操作，開會後晚上在一家人妖俱樂部主持娛樂節目，與三位變性人暢談他們的迎送生涯，節目毫不悲情而是充滿歡樂，楊傲雪更以非常流利的泰文與她們交流，她說自己兩個月前開始晚晚苦練泰文。

眾多創作室的節目提案湧入Extra Bangkok，每個楊傲雪都親自審閱，有潛力的均會提供改良意見。

三個月後，所有項目皆有強勁苗頭，曹國強視她為寶。楊傲雪要求加一個製作人進發展團隊，公司立即答允，她相中了資深製作人程真彥，除了經驗與能力，也因為高大健碩俊朗。楊傲雪要求整個團隊的人都要身高，好身裁，樣貌標緻，現在她有五個助理，三女二男都是漂亮的人。

楊傲雪魄力驚人，像完全不須要休息，跟著她做事的年輕助理都因為嚴重疲勞先後病倒。

六個月過去，楊傲雪交出超人的成績。

泰國及本地的Concept Republic，各由五家創意最鋭利的製作單位組成，楊傲雪拋出各式題材，凌晨三四時都會收到她來訊，擲來新的想法，那批年輕創作人皆對她的創作力感到驚訝。她並全程引導這些意念如何契合演算法，開發成高質素、準確命中觀眾口味與喜好的作品。

人工智能廣告公司準備就緒，蓄勢待發，很多品牌已準備投放廣告，尤其以Michelle Young為代言人的企業，將會花大筆廣告預算在此。

Extra Bangkok整個平台已構建完成，影視區域啟動時有四個頻道，滿是聲色犬馬題材，俱已製作了導航片，焦點小組調查反應極好，有人看到鼓掌。音樂區域已有15個AI歌手、組合與樂隊，近200首歌曲，45支MV。首兩個月免費試看試聽，正式收費後預期全球很快會達到一百萬訂戶。

平台已擁有具規模娛樂內容，獨立市場調查公司估計，單是秦國首週便會有40萬人會註冊為社交網絡會員，每月以超過15%幅度增長。成績遠超預期，令曹國強與董事局咋舌，不敢相信眼前事實，短短六個月內，竟能建造出一個如此華麗的王國。以這批資源與內容，曹國強估計第一輪能輕鬆集資到五億美金。融資會議與飯局上，投資者被楊傲雪的飛揚神采征服，亦有人被她迷得神魂顛倒。

第一輪集資輕易完成，所有項目將同步啟航。

城中六星級酒店內，Extra World舉行以「Azure」為主題的盛大啟動禮，全場佈置以天藍色為主調，象徵發展將如晴天般美好，未來一片蔚藍。政治、財經、科技、娛樂界名人雲集，泰國的名人家族，曼谷最大黑社會組織均派高層要員出席。楊傲雪在台上致辭，闡揚Extra World要攀上全球娛樂媒體頂峰的宏願，她沒演說稿，連續講了四十五分鐘，沒一刻冷場，所有人都被她的風采懾服。

今天的Extra，是起點，她會從這裡開始，逐步展開報復人類的計劃。未來的世界，將會是一片晦暗，而不是今日主題的色彩。為甚麼要以Azure為主題？

台下掌聲熱烈，嘉賓陸續邊鼓掌邊站起來。美艷不可方物的楊傲雪，看著台下人群，「林蔚，沒有你，又怎會有未來天空一片蔚藍的美好新世界呢？」笑靨如花的她，心裡這樣想。

（番外篇完）

AI 人格分裂 DID

作　　者：空晴

出　　版：真源有限公司

地　　址：香港柴灣豐業街 12 號啟力工業中心 A 座 19 樓 9 室

電　　話：（八五二）三六二零 三一一六

發　　行：一代匯集

地　　址：香港九龍大角咀塘尾道 64 號龍駒企業大廈 10 字樓 B 及 D 室

電　　話：（八五二）二七八三 八一零二

印　　刷：美雅印刷製本有限公司

初　　版：二零二四年十二月

如有破損或裝訂錯誤，請寄回本社更換。

PRINTED IN HONG KONG

ISBN：978-988-76536-8-4